Né dans l'Illinois en 1959, Jonathan Franzen passe son enfance dans une banlieue de Saint Louis dans le Missouri. Après des études au Swarthmore College (Pennsylvanie), à la Freie Universität de Berlin, puis à Harvard, il renonce à une carrière scientifique pour la littérature. Avec trois romans – *La Vingt-Septième Ville* (1988), *Strong Motion* (1992), *Les Corrections* (2001) –, il s'impose comme l'un des «vingt écrivains pour le xxiᵉ siècle». Il reçoit en 1998 le Whiting Writer's Award et, en 2000, l'American Academy's Berlin Prize.

DU MÊME AUTEUR

Les Corrections
roman
Éditions de l'Olivier, 2002
et « Points », n° P1126

Pourquoi s'en faire ?
essai
Éditions de l'Olivier, 2003

La Vingt-Septième Ville
roman
Éditions de l'Olivier, 2004
et « Points », n° P1398

Le Cerveau de mon père
« Points », n° P2669, 2011

Vivre à deux
ALTO (Québec), 2011

Freedom
roman
Éditions de l'Olivier, 2011
et « Points », n° P2855

Jonathan Franzen

LA ZONE D'INCONFORT

Une histoire personnelle

ROMAN

Traduit de l'anglais (États-Unis)
par Francis Kerline

Éditions de l'Olivier

TEXTE INTÉGRAL

TITRE ORIGINAL
The Discomfort Zone

ÉDITEUR ORIGINAL
Farrar, Straus and Giroux, 2006
© Jonathan Franzen, 2006

ISBN 978-2-7578-1011-8
(ISBN 978-2-87929-559-6, 1ʳᵉ publication)

© Éditions de l'Olivier, 2007, pour l'édition en langue française

Pour Bob et Tom

Maison à vendre

Il y avait eu une tempête à St. Louis, ce soir-là. L'eau stagnait dans des flaques noires fumantes sur le trottoir devant l'aéroport et, du siège arrière de mon taxi, je voyais des branches de chêne s'agiter sous les nuages bas de la ville. Les routes du samedi soir étaient empreintes d'une sorte de langueur convalescente : la pluie ne tombait pas, elle était déjà tombée.

La maison de ma mère, dans Webster Groves, était plongée dans le noir, hormis une veilleuse dans la salle de séjour. En entrant, je suis allé directement vers l'étagère à alcools pour me servir le verre que je me promettais depuis le premier de mes deux vols. J'avais un sens viking de l'appropriation : tout ce que je pouvais piller me revenait de droit. Je frisais la quarantaine et mes frères aînés m'avaient confié la tâche de choisir un agent immobilier dans le Missouri pour vendre la maison. Pendant tout le temps où je resterais à Webster Groves, à travailler pour la propriété, l'étagère à liqueurs serait à moi. À moi ! Idem pour le climatiseur, que je réglai à un degré glaciaire. Idem pour le congélateur de la cuisine, dont l'ouverture immédiate me parut nécessaire en vue d'une inspection rigoureuse, dans l'espoir d'y dénicher quelques saucisses de petit déjeuner, quelque ragoût de bœuf maison, un bon gros truc savoureux que je pourrais réchauffer et avaler avant d'aller au lit. Ma mère avait le chic

9

pour étiqueter les aliments avec la date de leur congélation. Sous de multiples sacs de canneberges j'ai trouvé une tanche emballée qu'un voisin pêcheur avait attrapée trois ans plus tôt. Et, sous la tanche, une poitrine de bœuf de neuf ans d'âge.

J'ai parcouru la maison d'une pièce à l'autre pour retirer les photos de famille. Cette tâche me paraissait presque aussi urgente que de boire un verre. Ma mère avait été trop attachée à l'apparat de son salon et de sa salle à manger pour les encombrer de clichés mais, ailleurs, chaque appui de fenêtre, chaque nappe était un tourbillon où s'accumulaient des photos dans des cadres bon marché. J'ai rempli tout un cabas avec ce que j'ai pêché sur sa table de télé. J'en ai rempli un autre avec ce que j'ai cueilli sur un mur de la salle de séjour, comme sur un arbre fruitier en espalier. C'étaient surtout des photos de ses petits-enfants, mais j'y figurais aussi – là exhibant un sourire orthodontique sur une plage de Floride, là traînant une gueule de bois lors de la remise des diplômes à la fac, là voûtant les épaules le jour maudit de mon mariage, là debout un peu à l'écart du reste de la famille pendant des vacances en Alaska où ma mère, vers la fin, nous avait tous conviés, sacrifiant pour ce faire une part importante de ses économies. La photo était si flatteuse pour neuf d'entre nous qu'elle avait surligné au stylo-bille bleu les yeux de la dixième, une belle-sœur, qui avait plissé les paupières pendant la prise et qui maintenant, avec ses mirettes mal dessinées et tachées d'encre, avait l'air d'un monstre ou d'une folle.

Je me disais qu'il était important de dépersonnaliser la maison avant que le premier agent immobilier ne vienne la voir. Mais si quelqu'un m'avait demandé pourquoi il était également nécessaire, ce même soir, d'amonceler cette centaine de photos sur une table dans la cave, d'extraire chacune d'elles de son cadre en l'arrachant, la déchirant, la tordant ou la tirant, puis de jeter tous les cadres dans des sacs plastique, d'entasser lesdits sacs dans des casiers et de fourrer toutes les photos dans une enveloppe afin que personne ne puisse les voir – si quelqu'un m'avait comparé à un conquérant brûlant les églises de l'ennemi et détruisant ses icônes –, j'eusse été contraint d'admettre que je savourais mes droits de propriété.

J'étais la seule personne de la famille qui eût passé toute son enfance ici. Adolescent, quand mes parents sortaient, je comptais les secondes jusqu'à ma prise de possession provisoire des lieux et, pendant toute la durée de leur absence, la perspective de leur retour me désolait. Au fil des décennies, j'avais observé avec accablement l'accumulation sclérosante des photos de famille, j'avais rongé mon frein en voyant ma mère usurper mon tiroir et mon placard et, quand elle m'avait demandé de vider mes vieux cartons de livres et de papiers, j'avais réagi comme un chat domestique à qui elle essayait d'instiller l'esprit communautaire. Elle semblait croire que la maison lui appartenait.

Ce qui était évidemment le cas. C'était la maison où, cinq jours par mois pendant dix mois, tandis que mes frères et moi menions nos vies côtières, elle était revenue seule de sa chimiothérapie pour ramper jusqu'à son lit. La maison depuis laquelle, un an plus tard, au début de juin, elle m'avait appelé à New York pour me dire qu'elle retournait à l'hôpital en vue d'une chirurgie exploratrice, fondant soudain en larmes et s'excusant de la déception qu'elle causait à tout le monde avec ses mauvaises nouvelles. La maison où, une semaine après que le chirurgien eut hoché la tête amèrement et recousu son abdomen, elle avait bassiné sa bru la plus digne de confiance avec l'idée d'une vie après la mort et où ma belle-sœur lui avait avoué que, d'un point de vue purement logistique, cette idée lui paraissait tirée par les cheveux ; où ma mère, tombant d'accord avec elle, avait alors coché d'une croix la mention « Réfléchir à l'au-delà » et continué sa liste de choses à faire avec son habituel sens pratique, soulignant d'autres tâches que sa décision avait rendues plus urgentes encore, telles que « Inviter meilleurs amis un par un et leur dire adieu pour toujours ». C'était la maison où, un samedi matin de juillet, mon frère Bob était venu la chercher pour la conduire chez sa coiffeuse, une Vietnamienne aux tarifs abordables qui l'avait saluée par ces mots : « Oh, madame Fran, madame Fran, quelle tête vous avez ! » et chez qui elle était retournée, une heure plus tard, pour parfaire son allure parce qu'elle allait échanger les miles de bonus qu'elle thésaurisait de longue date contre deux billets de classe affaires et qu'un voyage en classe affaires était une occasion de se faire belle, c'est-à-dire, en l'occurrence, de se sentir bien ; elle descendit de sa chambre habillée pour la classe affaires, dit au revoir à sa sœur, qui était venue de New York pour que la maison ne soit pas vide en l'absence de ma mère – pour que quelqu'un demeure en poste à l'arrière –, puis se rendit à l'aéroport avec mon frère et s'envola vers le Pacifique, au nord-ouest, pour le restant de ses jours. Sa maison, étant une maison, avait une agonie plus lente et offrait ainsi une zone de confort à ma mère, qui avait besoin de se raccrocher à quelque chose qui la dépassait, sans croire cependant aux êtres surnaturels. Sa maison était le dieu massif (mais pas d'une masse infinie) et solide (mais pas éternel) qu'elle avait aimé, servi, qui l'avait soutenue, et ma tante avait été très avisée de venir au moment où elle l'avait fait.

Mais maintenant nous devions nous hâter de mettre la propriété en vente. Nous étions déjà dans la deuxième semaine d'août et le meilleur argument commercial de la maison, qui contrebalançait ses nombreux défauts (une cuisine minuscule, un jardin négligeable, une salle de bains trop petite à l'étage), était sa situation dans le district de l'école catholique rattachée à l'église Mary Queen of Peace. Vu la qualité des écoles publiques de Webster Groves, je ne comprenais pas pourquoi une famille devait payer un surplus pour habiter un district où elle paierait encore un autre surplus pour l'enseignement des religieuses, mais il y avait des tas de choses que je ne comprenais pas chez les catholiques. D'après ma mère, les parents catholiques de tout St. Louis faisaient des pieds et des mains pour être domiciliés dans le district, on connaissait des familles de Webster Groves qui avaient déménagé pour réemménager un ou deux pâtés de maisons plus loin afin d'être dans les limites.

Malheureusement, une fois que l'année scolaire aurait commencé, d'ici trois semaines, les jeunes parents seraient moins demandeurs. En outre, je subissais la pression de mon frère Tom, l'exécuteur testamentaire, qui voulait achever le travail au plus vite, et celle (d'une autre nature) de mon autre frère, Bob, qui m'avait rappelé avec insistance qu'il y avait de l'argent à la clé. (« Il y a des gens qui descendent de 782 000 dollars à 770 000 quand ils négocient, en pensant que c'est *grosso modo* le même chiffre, m'avait-il dit. Eh bien non, en vérité ça fait *douze mille dollars de moins*. Je sais pas pour toi mais, moi, il y a des tas de trucs que je préférerais faire avec douze mille dollars plutôt que de les filer à l'inconnu qui achète ma baraque. ») Mais la pression vraiment intense venait de ma mère, qui, avant de mourir, nous avait clairement fait comprendre que la meilleure façon d'honorer sa mémoire et de donner un sens aux dernières décennies de sa vie était de vendre la maison à un prix scandaleux.

Compter avait toujours été un réconfort pour elle. Elle ne collectionnait rien, hormis la porcelaine de Noël danoise et les feuilles de timbres originaux de la poste américaine, mais elle conservait la liste de tous les voyages qu'elle avait faits, de tous les pays où elle avait posé le pied, de tous les « merveilleux (*exceptionnels*) restaurants européens » dans lesquels elle avait mangé, de toutes les opérations qu'elle avait subies et de tous les objets assurables de sa maison et de son coffre. Elle était cofondatrice d'un club amateur d'investissements appelé Girl Tycoons, dont elle surveillait minutieusement les performances boursières. Pendant les deux dernières années de sa vie, voyant le pronostic empirer, elle s'était particulièrement intéressée au prix de vente des autres maisons du quartier, notant leur situation et leur superficie. Sur une feuille de papier intitulée *Guide immobilier pour le descriptif d'une propriété au 83 Webster Woods*, elle avait composé une annonce type comme d'autres eussent rédigé leur propre nécrologie :

> Deux étages brique trois chambres vestibule maison coloniale sur terrain arboré dans impasse privée. Il y a trois chambres, salon, salle à manger avec baie vitrée, bureau sur rez-de-jardin, cuisine avec coin repas, lave-vaisselle neuf, etc. Il y a deux terrasses couvertes, deux cheminées à bûches, deux garages adjacents, alarme antivol et anti-incendie, planchers en bois et sous-sol cloisonné.

Au bas de la page, sous une liste de nouvelles installations et de réparations récentes, on trouvait sa dernière estimation du prix de la maison : « 1999 – Valeur est. 350 000 00 $ +. » Le chiffre multipliait par dix la somme que mon père et elle avaient déboursée pour l'acquérir en 1965. Cette maison n'était pas seulement son bien le plus important, c'était aussi et de loin l'investissement le plus fructueux qu'elle eût jamais fait. Je n'étais pas dix fois plus heureux que mon père, ses petits-enfants n'étaient pas dix fois mieux éduqués qu'elle. Rien d'autre dans sa vie ne lui avait réussi ne fût-ce qu'à moitié aussi bien que l'immobilier.

« Ça vendra la maison ! » s'était exclamé mon père après avoir construit un petit cabinet de toilette dans notre sous-sol. « Ça vendra la maison ! » avait dit ma mère après avoir payé un entrepreneur pour repaver notre allée en briques. Elle a si souvent répété cette phrase que mon père, exaspéré, s'est mis à énumérer les nombreux aménagements qu'il avait pratiqués, lui, y compris le nouveau cabinet de toilette, lequel n'était évidemment *pas* un argument de vente aux yeux de ma mère ; il se demandait haut et fort pourquoi il s'était échiné à travailler tous les week-ends pendant tant d'années si, pour « vendre la maison », il suffisait de se payer une nouvelle allée en briques ! Il a refusé obstinément de s'en occuper, laissant à ma mère le soin de gratter la mousse sur les briques et de racler la glace en douceur pendant l'hiver. Mais, après qu'il eut passé une quinzaine de dimanches à installer des moulures décoratives dans la salle à manger, à décaper, à enduire, à peindre, ma mère et lui, côte à côte, admirant ensemble le travail fini, dirent et redirent à l'envi avec une immense satisfaction : « Ça vendra la maison. »

« Ça vendra la maison. »

« Ça vendra la maison. »

Bien après minuit, j'ai éteint les lumières en bas et je suis monté dans ma chambre, que j'avais partagée avec Tom jusqu'à son départ pour l'université. Comme ma tante avait fait un peu de ménage avant de retourner à New York et que j'avais débarrassé les lieux de toutes les photos de famille, la chambre était prête à être montrée aux acheteurs. Le dessus des commodes et du bureau était dégagé ; la moquette avait pris un aspect de velours côtelé après les passages d'aspirateur de ma tante ; les lits jumeaux étaient proprement bordés. Aussi ai-je été très surpris, en retirant mon couvre-lit, de découvrir quelque chose sur le matelas à côté de mon oreiller. C'était un paquet de timbres-poste dans de petites enveloppes en papier ciré : la vieille collection de ma mère.

La présence du paquet à cet endroit était tellement incongrue que j'ai ressenti un picotement dans la nuque, comme si, en me retournant, j'allais voir ma mère debout dans l'encadrement de la porte. C'était évidemment elle qui avait caché les timbres. Elle avait dû le faire en juillet, au moment où elle se préparait à quitter la maison pour la dernière fois. Quelques années plus tôt, je lui avais demandé si je pouvais avoir ses vieilles séries de timbres et elle m'avait répondu que tout ce qu'elle laisserait à sa mort serait à ma disposition. Peut-être craignait-elle que Bob, qui était collectionneur, ne s'approprie le paquet, ou peut-être voulait-elle simplement inventorier les articles figurant sur sa liste de choses à faire. Toujours est-il qu'elle avait pris les enveloppes dans un tiroir de la salle à manger pour les transporter à l'étage, dans un endroit que, selon toute probabilité, je serais le premier à inspecter. Quelle prescience microgestionnaire ! Le message privé que représentaient les timbres, le clin d'œil complice pour circonvenir Bob, le signal arrivant après la mort de l'expéditeur : ce n'était pas le regard intime que Faye Dunaway et Warren Beatty échangent dans *Bonnie and Clyde* un instant avant d'être tués, mais c'était tout de même le degré d'intimité maximal qui m'unissait à ma mère. Découvrir le paquet maintenant, c'était comme l'entendre dire : « Je fais attention aux détails de mon côté. Est-ce que tu en fais autant du tien ? »

Les trois agents immobiliers que j'ai vus le lendemain étaient aussi dissemblables que trois prétendants dans un conte de fées. Ou plutôt trois prétendantes. La première était une femme de Century 21 aux cheveux blond paille et à la peau luisante, qui devait se faire violence pour dire des choses gentilles sur la maison. Chaque pièce était une déception nouvelle pour elle et son associé imbibé d'eau de toilette ; ils s'entretenaient à voix basse de « potentiel » et d'« aménagements ». Ma mère était une fille de cafetier qui n'avait pas fini ses études et son goût était, selon son propre terme, « traditionnel », mais je doutais que les autres maisons en vente chez Century 21 fussent décorées avec un goût substantiellement *meilleur*. J'étais contrarié de voir que les aquarelles parisiennes de ma mère ne parvenaient pas à séduire la dame, qui s'obstinait par ailleurs à comparer notre modeste petite cuisine avec les espaces de taille hangar des maisons dernier cri. Si je voulais être sur ses listes, dit-elle, elle proposait de demander entre 340 000 et 360 000 dollars.

Le deuxième agent, une jolie femme nommée Pat vêtue d'un élégant tailleur d'été, était l'amie d'une excellente amie de notre famille et arrivait forte d'une chaleureuse recommandation. Elle était accompagnée de sa fille, Kim, qui travaillait avec elle. En les regardant évoluer de pièce en pièce, s'arrêtant pour admirer précisément les détails dont ma mère était le plus fière, je croyais voir deux avatars de la vie domestique de Webster Groves. On eût dit que Pat envisageait d'acheter la maison pour Kim ; que Kim aurait bientôt l'âge de Pat et, comme Pat, voudrait une maison sage, aux matériaux et au mobilier de bon ton. L'enfant prenant la place du parent, la famille succédant à la famille, le cycle de la vie banlieusarde. Nous nous assîmes ensemble dans le salon.

« C'est une maison vraiment charmante, dit Pat. Votre mère l'a magnifiquement entretenue. Je pense que nous pourrons en obtenir un bon prix, mais il faut agir vite. On pourrait la proposer à trois cent cinquante mille, mettre une annonce dans le journal de mardi et l'ouvrir à la visite le week-end suivant.

– Et votre commission ?

– Six pour cent, dit-elle en me regardant en face. Je connais plusieurs personnes qui seraient intéressées dès maintenant. »

Je lui ai promis ma réponse avant la fin de la journée.

Le troisième agent entra en coup de vent une heure plus tard. Elle s'appelait Mike, c'était une belle blonde aux cheveux courts à peu près de mon âge et elle portait un jean parfait. Son emploi du temps était surchargé, dit-elle d'une voix enrouée, elle revenait de sa troisième visite de la journée, mais, après mon coup de fil de vendredi, elle était passée devant notre maison et en était tombée amoureuse depuis la rue, son attrait extérieur était *fantastique*, elle avait tout de suite eu envie de voir l'intérieur et, waouh, comme elle s'en doutait – elle volait de pièce en pièce –, c'était *exquis*, ça *débordait* de charme, ça lui plaisait encore plus de l'intérieur que de l'extérieur, elle adorerait adorerait adorerait adorerait être chargée de cette vente, la salle de bains d'en haut n'était pas si petite que ça, ne l'empêcherait pas de monter jusqu'à 405 000 dollars, le quartier était très, très prisé – je connaissais bien sûr l'importance du district scolaire de Mary Queen of Peace, n'est-ce pas ? – et, même avec une salle de bains problématique et un jardin regrettablement minuscule, elle ne serait pas surprise que la maison se vende dans les trois quatre-vingt-dix, et puis il y avait d'autres choses qu'elle pouvait faire pour moi, sa commission ordinaire était de cinq et demi pour cent mais, si l'agent de l'acheteur appartenait à son groupe, elle pouvait la rabaisser à cinq et, si elle était elle-même l'agent de l'acheteur, descendre jusqu'à quatre, elle en avait eu la certitude dès qu'elle avait vu la maison depuis la rue, elle la voulait *absolument* – « Jon, je la veux *absolument* », dit-elle en me regardant dans les yeux – et, d'ailleurs, soit dit en passant et sans vantardise, sincèrement, elle était numéro un pour l'immobilier résidentiel dans Webster Groves et Kirkwood depuis trois ans.

Mike m'excitait. Le plastron mouillé de sueur de son corsage, ses grandes enjambées en jean. Elle me faisait ouvertement du gringue, admirait le niveau de mes ambitions, les comparait avantageusement aux siennes (quoique les siennes ne fussent pas insubstantielles), soutenait mon regard et parlait sans interruption, de sa jolie voix rauque. Elle disait concevoir parfaitement pourquoi je voulais vivre à New York. Elle disait avoir rarement rencontré quelqu'un qui comprît, comme moi manifestement, le sens du *désir*, le sens de l'*appétit*. Elle disait qu'elle mettrait la maison à prix entre 380 000 et 385 000 dollars et espérait déclencher une guerre de surenchères. Assis devant elle, spectateur de ses effusions, je me sentais comme un Viking.

Ça n'aurait pas dû être si difficile de téléphoner à Pat, mais ce le fut. Elle m'apparaissait comme une maman que je devais décevoir, une maman en travers du chemin, une mauvaise conscience. Elle semblait savoir sur moi et la maison des choses – des choses réalistes – que je regrettais qu'elle sût. Le regard qu'elle m'avait lancé en me révélant le montant de sa commission avait été à la fois sceptique et valorisant, d'un air de dire que n'importe quel adulte responsable voyait que sa fille et elle étaient évidemment les meilleurs agents pour cette tâche, tout en se demandant si j'étais assez mûr moi-même pour m'en rendre compte.

J'ai attendu jusqu'à neuf heures trente, la dernière minute possible, avant de l'appeler. Comme je le craignais, elle ne cacha ni sa surprise ni son déplaisir. Pouvait-elle savoir, si ça ne m'ennuyait pas, qui était l'agent choisi ?

Le goût et la forme du nom de Mike me firent un certain effet en franchissant mes lèvres.

« Ah, dit Pat d'un ton las. D'accord. »

Mike n'aurait pas été le genre de ma mère non plus. Pas du tout. Je dis à Pat que ç'avait été une décision pénible à prendre, un choix vraiment difficile, et que je lui savais gré de ne pas m'en tenir rigueur et que je regrettais qu'elle et moi ne puissions…

« Eh bien, bonne chance », dit-elle.

Ensuite venait l'appel téléphonique agréable, l'appel oui-je-suis-libre-vendredi-soir. Mike, chez elle, me confia à voix basse, comme pour ne pas être entendue de son mari : « Jon, je savais que vous me choisiriez. J'ai tout de suite senti que le courant passait entre nous. » La seule petite complication, dit-elle, était qu'elle avait prévu de longue date des vacances avec son mari et ses enfants. Elle partait vendredi et ne serait pas en mesure de faire visiter la maison avant la fin du mois. « Mais ne vous inquiétez pas », ajouta-t-elle.

J'ai grandi au centre du pays, au milieu de l'âge d'or de la classe moyenne américaine. Mes parents étaient originaires du Minnesota, se sont installés à Chicago, où je suis né, et ont fini par planter leurs pénates dans le Missouri, la clavette cartographique du pays. Enfant, j'attachais une grande importance au fait qu'aucun État américain ne comptait davantage d'États limitrophes que le Missouri (huit, comme le Tennessee) et que ceux-ci étaient eux-mêmes limitrophes d'États aussi éloignés que la Géorgie et le Wyoming. Le « centre de peuplement » de la nation – quels que soient le champ de maïs ou le croisement de routes départementales que le dernier recensement a identifiés comme le centre de gravité démographique de l'Amérique – n'était jamais à plus de deux heures de voiture de l'endroit où nous vivions. Nos hivers étaient meilleurs que ceux du Minnesota, nos étés meilleurs que ceux de la Floride. Et notre petite ville, Webster Groves, était au centre de ce centre. Ce n'était pas une banlieue aussi riche que Ladue ou Clayton ; elle n'était pas aussi proche de la métropole que Maplewood ni aussi éloignée que Des Peres ; la population était à peu près à soixante-dix pour cent de classe moyenne et noire. Webster Groves, aimait dire ma mère en paraphrasant Boucles d'or, était « juste comme il fallait ».

Mon père et elle s'étaient rencontrés dans un cours du soir de philosophie à l'université du Minnesota. Mon père travaillait aux Grands Chemins de fer du Nord et suivait ce cours pour le plaisir. Ma mère était secrétaire à plein temps dans un cabinet médical et accumulait peu à peu les certificats pour un diplôme en puériculture. Elle commença l'une de ses dissertations, intitulée « Ma philosophie », en se décrivant elle-même comme « une jeune Américaine moyenne – je veux dire par là que j'ai des centres d'intérêt, des doutes, des émotions et des goûts semblables à ceux de n'importe quelle fille de mon âge dans n'importe quelle ville américaine ». Mais elle avouait ensuite de sérieux doutes en matière religieuse (« Je crois ferme aux enseignements du Christ, à tout ce qu'Il a représenté, mais je ne suis pas convaincue par le surnaturel ») attestant que son appartenance à la « moyenne » était plus un souhait qu'une réalité. « Je ne vois pas ces doutes envers le monde comme un tout, écrivait-elle. Il y a un net besoin de religion dans la vie des hommes. Je dis que c'est bien pour l'humanité, mais je ne suis pas sûre que ce le soit pour moi. » Incapable de souscrire à Dieu, au Ciel, à la Résurrection et peu convaincue par un système économique qui avait produit la crise de 29, elle concluait son texte en désignant la seule chose dont elle ne doutât pas : « Je crois dur comme fer à la vie de famille. Je crois que le foyer est le fondement du vrai bonheur en Amérique – bien plus que ne le seront jamais l'église ou l'école. »

Toute sa vie, elle a détesté l'exclusion. Tout ce qui tendait à nous séparer du reste de la communauté (son incroyance, le sentiment de supériorité de mon père) devait être contrecarré par un principe qui nous réinstallerait dans la moyenne et nous aiderait à nous y tenir. Chaque fois qu'elle me parlait de mon avenir, elle soutenait que le caractère d'une personne comptait davantage que sa réussite et que plus on avait d'aptitudes, plus on était redevable à la société. Les gens qui l'impressionnaient étaient toujours « hautement capables », jamais

« intelligents » ou « doués » ni même « travailleurs », parce que ceux qui se croyaient « intelligents » pouvaient être vaniteux ou égoïstes ou arrogants, alors que ceux qui se considéraient « capables » gardaient constamment à l'esprit leur dette envers la société.

La société américaine de mon enfance était façonnée par des idéaux similaires. À l'échelle de la nation, la distribution de la richesse était la plus équitable qu'elle eût jamais connue et connaîtrait jamais ; les chefs d'entreprise ne gagnaient que quarante fois plus que leurs employés les moins bien payés. En 1965, au sommet de sa carrière, mon père gagnait 17 000 dollars par an (juste un peu plus du double du revenu moyen) et avait trois garçons à l'école publique ; nous possédions une Dodge milieu de gamme et une télé noir et blanc de 20 pouces ; mon argent de poche hebdomadaire était de vingt-cinq cents, payables le dimanche matin ; l'événement de la semaine pouvait être la location d'un appareil à vapeur pour décoller le vieux papier peint. Pour les libéraux, le milieu du siècle fut une époque de matérialisme insouciant à l'intérieur et d'impérialisme éhonté à l'extérieur, l'époque des restrictions imposées aux femmes et aux minorités, du viol de l'environnement, de l'hégémonie néfaste du complexe militaro-industriel. Pour les conservateurs, ce fut l'ère de l'effondrement des valeurs traditionnelles, du gouvernement fédéral tentaculaire, des taux d'imposition confiscatoires, de l'assistanat socialiste et des plans de retraite. Au milieu de ce milieu, pourtant, tandis que je regardais le vieux papier peint se décoller sous forme de lourds lambeaux de peau aux odeurs de mélasse qui se recollaient autour des bottes utilitaires de mon père, il n'y avait rien d'autre que la famille, la maison, le quartier, l'église, l'école et le travail. J'étais pouponné dans une pouponnière qui était elle-même pouponnée. J'étais le fils tardif à qui mon père, qui me faisait la lecture chaque soir de la semaine, confiait son amour pour Bourriquet, l'âne dépressif de A.A. Milne, et à qui ma mère, à l'heure du coucher, chantait une berceuse spécialement composée par ses soins pour fêter ma naissance. Mes parents étaient des adversaires, mes frères des rivaux et chacun d'eux se plaignait à moi de chacun des autres, mais tous s'accordaient à me trouver amusant et il n'y avait rien en eux qu'on pût ne pas aimer.

Ai-je besoin d'ajouter que ça ne dura pas ? À mesure que mes parents vieillissaient et que mes frères et moi quittions le centre géographique pour finir sur les côtes, le pays dans son ensemble quittait le centre économique pour finir dans un système où un pour cent de la population accapare soixante pour cent du revenu total (huit pour cent en 1975). C'est le bon moment pour être un patron américain, le mauvais moment pour être le salarié le moins payé du patron. Le bon moment pour être Wal-Mart, le mauvais moment pour être un concurrent de Wal-Mart, le bon moment pour être un exploiteur extrémiste, le mauvais moment pour être un entrepreneur modéré. Fabuleux d'être sous-traitant pour la Défense, minable d'être réserviste, excellent d'avoir une chaire à Princeton, mortifiant d'être adjoint d'enseignement à Queens College ; formidable de diriger un fonds de pension, affligeant de dépendre d'un fonds de pension ; mieux que jamais d'être un best-seller, pire que jamais d'être en milieu de liste ; phénoménal de gagner un tournoi de Texas Hold'Em, piteux d'être accro au vidéopoker.

Un après-midi d'août, six ans après la mort de ma mère, pendant qu'une importante ville américaine était détruite par un ouragan, je suis allé jouer au golf avec mon beau-frère sur un petit parcours de montagne bobo en Californie du Nord. C'était le mauvais moment pour être à La Nouvelle-Orléans, mais le bon moment pour être dans l'Ouest, où le baromètre était au beau fixe et où les Oakland A, une équipe sous-payée que j'aime suivre, faisaient leur remontée estivale annuelle en tête du championnat. Mes plus gros soucis de la journée étaient de savoir si je devais avoir des scrupules de quitter le boulot à trois heures et si mon épicerie bio préférée aurait des citrons Meyer pour les margaritas que je comptais préparer après le golf. Contrairement au pote de George Bush, Michael Brown, qui pensait à sa manucure et à ses réservations pour les dîners de la semaine, j'avais l'excuse de ne pas être le directeur de la Federal Emergency Management Agency[1]. Chaque fois que j'envoyais une balle dans les bois ou dans la flotte, mon beau-frère me chambrait : « Au moins tu n'es pas assis sur un toit sans eau potable en attendant qu'un hélicoptère vienne te chercher. » Deux jours plus tard, dans l'avion qui me ramenait à New York, je craignais que les séquelles de Katrina ne créent de désagréables turbulences, mais le vol fut étonnamment calme et il faisait beau et chaud dans l'Est.

Les choses s'étaient bien passées pour moi depuis la mort de ma mère. Au lieu d'être endetté et de vivre à la merci des lois de la ville sur le logement social, je possédais désormais un joli appartement dans la 81e Rue Est. En franchissant la porte, après deux mois en Californie, j'eus la sensation d'entrer dans l'appartement de quelqu'un d'autre. Le type qui habitait là était apparemment un prospère Manhattanite d'âge moyen avec le genre d'existence que j'avais enviée de loin tout au long de ma trentaine, vaguement dédaigneux et finalement incapable d'imaginer le moyen d'y parvenir. Comme c'était bizarre que j'eusse maintenant les clés de l'appartement de ce type !

La gardienne avait laissé les lieux en bon état, propres et nets. Les sols nus et le mobilier minimal ont toujours eu ma préférence – j'avais eu ma dose de style « tradi-

1. Littéralement : Agence fédérale pour la gestion de l'urgence. (Toutes les notes sont du traducteur.)

tionnel » dans mes jeunes années – et j'avais récupéré très peu de choses dans la maison de ma défunte mère. Des ustensiles de cuisine, des albums de photos, quelques oreillers. Une caisse à outils fabriquée par mon arrière-grand-père. Une marine représentant un bateau qui pouvait être le *Dawn Treader*. Un ensemble de bibelots que je conservais par loyauté envers ma mère : une banane en onyx, une bonbonnière Wedgwood, un éteignoir en étain, un coupe-papier en bronze niellé à la main avec des ciseaux assortis dans un étui en cuir vert.

Vu le peu de choses, donc, qu'il y avait dans l'appartement, il ne m'a pas fallu longtemps pour remarquer que l'une d'elles – la paire de ciseaux – avait disparu pendant mon séjour californien. Ma réaction fut semblable à celle du dragon Smaug dans *Bilbo le Hobbit*, quand Smaug s'aperçoit qu'une coupe en or manque dans sa montagne d'objets précieux. Je me suis mis à tourner en rond dans l'appartement, en soufflant de la fumée par les narines. Lorsque j'ai interrogé la gardienne, qui disait ne pas avoir vu les ciseaux, j'ai failli lui arracher la tête avec mes dents. J'ai tout mis sens dessus dessous, fouillé chaque tiroir et chaque casier deux fois. Ce qui me faisait enrager, c'était que, entre toutes les choses qui eussent pu disparaître, il avait fallu que ce fût un objet qui me venait de ma mère.

J'étais en rogne contre Katrina aussi. Pendant une partie de ce mois de septembre, je ne pouvais pas me connecter sur Internet, ouvrir un journal ou même retirer de l'argent dans un distributeur sans tomber sur des incitations à aider les victimes sans abri de l'ouragan. L'appel aux dons était si étendu et si bien orchestré qu'il semblait presque officiel, comme les rubans « Soutenez nos soldats » qui avaient fleuri du jour au lendemain sur les voitures de la moitié du pays. Mais, à mes yeux, l'aide aux victimes de Katrina incombait au gouvernement, pas à moi. J'avais toujours voté pour des candidats qui proposaient d'augmenter mes impôts, parce que je pensais que c'était patriotique de payer des impôts et parce que mon idée de la tranquillité – mon idéal libertaire ! – était un gouvernement central bien pourvu et bien dirigé qui m'épargnait la peine de prendre cent décisions budgétaires différentes chaque week-end. Du genre : la catastrophe Katrina était-elle aussi grave que le tremblement de terre au Pakistan ? Que le cancer du sein ? Que le sida en Afrique ? Moins grave ? Moins grave à quel point ? Je voulais que mon gouvernement se charge de ces questions.

Il est vrai que les baisses d'impôts de Bush avaient rallongé mon argent de poche et que même ceux d'entre nous qui n'avaient pas voté pour une Amérique privatisée devaient se comporter en bons citoyens. Mais, quand un gouvernement abandonne autant de ses anciennes responsabilités, on se retrouve avec des centaines de nouveaux sujets de contribution. Bush n'a pas seulement négligé la gestion de l'urgence et le contrôle des crues ; à part l'Irak, il n'y avait pas grand-chose qu'il *n'eût pas* négligé. Pourquoi devais-je payer pour cette catastrophe en particulier ? Et pourquoi apporter un secours politique à des gens qui selon moi ruinaient le pays ? Si les Républicains sont tellement opposés à un gouvernement fort, qu'ils demandent à leurs propres donateurs de cracher au bassinet ! Il était possible que les milliardaires anti-impôts et les patrons de PME anti-impôts qui font élire des parlementaires anti-impôts au Congrès eussent tous généreusement participé à l'effort humanitaire, mais il était également probable que ces gens, qui voient une injustice dans le fait de ne garder que 2 millions de dollars sur leurs 2,8 millions de revenus annuels au lieu de la totalité, comptaient secrètement sur la solidarité des Américains ordinaires pour pallier Katrina : bref, qu'ils nous prenaient pour des poires. Quand les donations privées remplacent les dépenses fédérales, on ne sait jamais qui tire les marrons du feu et qui les mange.

Tout cela revenait à dire : mes velléités charitables étaient maintenant complètement subordonnées à ma colère politique. Et je n'étais pas particulièrement heureux de me sentir polarisé à ce point. Je *voulais* être capable de rédiger un chèque, parce que je voulais sortir les victimes de Katrina de mon esprit et recommencer à profiter de la vie, parce que je pensais avoir le droit, en tant que New-Yorkais, de profiter de la vie, parce que je vivais dans la cible terroriste numéro un de l'hémisphère occidental, la destination préférée de tout futur frappadingue porteur d'un gadget nucléaire ou d'un atomiseur de petite vérole, et parce que la vie à New York pouvait passer de géniale à horrible plus vite encore qu'à La Nouvelle-Orléans. Argument supplémentaire, je traînais déjà mon boulet de citoyen à me coltiner les nombreux nouveaux œils-de-bœuf que George Bush m'avait collés dans le dos – et dans celui de tout New-Yorkais – en déclenchant sa guerre ingagnable en Irak, en gaspillant des centaines de milliards de dollars qui auraient pu être consacrés à la lutte contre les vrais terroristes, en galvanisant une nouvelle génération de djihadistes américanophobes et en accroissant notre dépendance au pétrole étranger. La honte et le danger d'être citoyen d'un pays que le monde entier assimile à Bush : n'était-ce pas là déjà un fardeau suffisant ?

J'étais de retour en ville depuis deux semaines, agitant des pensées de ce genre, quand je reçus un e-mail collectif d'un pasteur protestant du nom de Chip Jahn. J'avais connu Jahn et sa femme dans les années soixante-dix et, plus récemment, je leur avais rendu visite dans leur paroisse de l'Indiana rural du Sud, où il m'avait montré ses deux églises et où sa femme m'avait fait monter son cheval. Le titre de son e-mail était « Mission Louisiane », ce qui m'avait laissé craindre un nouvel appel aux dons.

Mais Jahn se bornait à parler des semi-remorques que ses ouailles avaient chargés de ravitaillement et conduits en Louisiane :

Un couple de femmes de la congrégation a dit que nous devrions envoyer un camion dans le Sud pour participer à l'aide aux victimes. Les Foertsch étaient prêts à offrir un camion et Lynn Winkler et Winkler Foods se sont proposés de fournir des vivres et de l'eau…

Nos projets se sont amplifiés à mesure qu'arrivaient les dons. (Un peu plus de 35 000 $ en liquide et en nature. Plus de 12 000 $ en provenance de St. Peter et Trinity.) Nous nous sommes vite mis en quête d'un autre camion et de chauffeurs. Nous avons eu plus de mal à les trouver qu'à collecter des fonds. Larry et Mary Ann Wetzel ont prêté leur camion. Phil Liebering devait être leur deuxième chauffeur…

Le camion de Foertsch avait la remorque la plus lourde mais la plus courte, chargée en eau. Le camion de Larry transportait les palettes de nourriture et les fournitures pour bébés. Nous avons acheté pour 500 $ de serviettes et de gants de toilette et 100 matelas en mousse à la dernière minute, grâce à l'importance des dons. Ces deux articles figuraient sur la liste des besoins de Thibodaux. Ils étaient ravis de nous voir. Le déchargement a été rapide et ils ont demandé s'ils pouvaient emprunter le semi-remorque de Wetzel pour transporter les vêtements dans un autre entrepôt, afin de pouvoir utiliser le chariot élévateur au lieu de faire le travail à la main…

En lisant le message de Jahn, j'ai regretté, ce qui ne me serait jamais arrivé en temps normal, de ne pas appartenir à une paroisse du sud de l'Indiana, qui m'aurait permis de voyager dans l'un de ces camions. J'aurais éprouvé un certain malaise, bien sûr, à m'asseoir tous les dimanches dans une église pour chanter des psaumes à la gloire d'un dieu auquel je ne crois pas. Et pourtant : n'était-ce pas exactement ce que mes parents avaient fait tous les dimanches de leur vie adulte ? Je me suis demandé comment j'avais pu passer de leur univers à l'appartement d'une personne dans laquelle je ne me reconnaissais pas. Durant tout l'automne, la vue de l'étui en cuir vert à moitié vide me retourna les ciseaux manquants dans la plaie. Je n'arrivais pas à croire qu'ils eussent disparu. J'ai continué pendant des mois à fouiller des tiroirs et des étagères que j'avais déjà inspectés trois fois.

L'autre maison de mon enfance fut une spacieuse villa de riche, avec baie vitrée en façade et six chambres, sur une vaste plage de sable blanc dans la « queue de poêle » de Floride. Outre un accès privatif au Golfe, la maison offrait un droit d'entrée gratuite à trois *golfs* locaux, un permis de pêche en haute mer et un tonnelet de bière réfrigéré dans lequel les résidents étaient invités à puiser sans réserve : il suffisait de composer un numéro de téléphone pour le faire remplir. Nous pûmes passer nos vacances dans cette maison et y vivre la vie des riches pendant six mois d'août consécutifs, parce que le chemin de fer qui employait mon père achetait du matériel ferroviaire au propriétaire des lieux. Sans en informer celui-ci, mes parents prirent la liberté d'inviter aussi nos bons amis Kirby et Ellie, leur fils David et, une année, leur neveu Paul. Le caractère légèrement illicite de cet arrangement se devinait à ceci que, chaque année, mon père recommandait *instamment* à Kirby et Ellie de ne pas arriver trop tôt, de peur de se retrouver nez à nez avec le propriétaire ou son agent.

En 1974, après cinq étés de vacances dans la maison, mon père décida de ne plus accepter l'hospitalité du monsieur. Il offrait de plus en plus de contrats à l'un de ses concurrents, un manufacturier autrichien dont le matériel était selon lui supérieur à tout ce qui se fabriquait aux États-Unis. À la fin des années soixante, il avait aidé les Autrichiens à pénétrer le marché américain, et leur gratitude fut immédiate et totale. À l'automne 1970, invités par la compagnie, ma mère et lui ont fait leur premier voyage en Europe, passant une semaine à visiter l'Autriche et les Alpes, une autre la Suède et l'Angleterre. Je n'ai jamais su si tout était aux frais de la princesse ou si la compagnie ne payait que leurs repas et leurs nuits dans des hôtels de luxe tels que l'Impérial à Vienne ou le Ritz à Paris et la Lincoln Continental avec chauffeur, Johann, lequel pilota mes parents dans trois pays et les guida dans leurs emplettes, ce qu'ils n'auraient jamais pu faire seuls. Leurs compagnons de voyage étaient le chef des opérations américaines de la compagnie et son épouse, Ilse, qui, commençant ses journées à midi, leur apprit à manger et à boire comme des Européens. Ma mère était aux anges. Elle a tenu un journal des restaurants, des hôtels, des panoramas…

> Déjeuner à l'hôtel Geiger « Berchtesgarden » [*sic*] – table *délicieuse* & atmosphère spectaculaire – schnaps, saucisse genre bacon cru & pain bis sur sommet montagne…

et, si elle avait connaissance de certains faits historiques liés à ce panorama, tels que les fréquentes visites de Hitler à Berchtesgaden en guise de virées récréatives, elle n'en a pas fait mention.

La somptueuse hospitalité des Autrichiens avait inspiré de sérieux scrupules à mon père, mais ma mère avait calmé le jeu en le persuadant de demander directement à son patron, M. German, s'il y avait lieu de décliner l'invitation. (M. German avait répondu, en substance : « Vous rigolez ou quoi ? ») En 1974, quand mon père manifesta quelque hésitation à retourner en Floride, ma mère l'adoucit à nouveau. Elle lui rappela que Kirby et Ellie comptaient sur notre invitation et répéta inlassablement :

« Juste une dernière fois », jusqu'à ce que mon père, à contrecœur, se résignât à renouer avec nos habitudes.

Kirby et Ellie étaient de bons joueurs de bridge et mes parents auraient trouvé le séjour morne avec moi pour seule compagnie. J'étais une présence silencieuse, effacée sur le siège arrière pendant les deux jours que durait le trajet via Cape Girardeau, Memphis, Hattiesburg et Gulfport. Sur la route qui nous menait à la villa, par un après-midi couvert qu'assombrissait encore une sinistre barre de hauts immeubles nouvellement érigés à l'est, je m'aperçus avec étonnement que notre arrivée cette année-là ne suscitait chez moi qu'indifférence. Je venais d'avoir quinze ans et je m'intéressais davantage à mes livres et à mes disques qu'à la plage.

L'allée de la maison était déjà en vue quand ma mère s'exclama : « Oh non ! *Non !* » Mon père cria : « Nom de Dieu ! », braqua et arrêta la voiture derrière une dune basse surmontée de joncs de mer. Ma mère et lui – je n'avais jamais vu une chose pareille – se recroquevillèrent sur leurs sièges et jetèrent un œil par-dessus le tableau de bord.

« Nom de Dieu ! » répéta mon père en colère.

Puis ma mère le dit aussi : « *Nom de Dieu !* »

Ce fut la première et dernière fois que je l'entendis jurer. Plus loin sur la route, dans l'allée, je vis Kirby debout à côté de la portière ouverte de sa voiture. Il bavardait aimablement avec un homme qui, je le compris sans avoir à poser la question, était le propriétaire de la maison.

« Nom de Dieu ! dit mon père.

– *Nom de Dieu !* dit ma mère.

– Nom de Dieu ! Nom de Dieu ! »

Ils s'étaient fait prendre.

Exactement vingt-cinq ans après, l'agent immobilier Mike et mon frère Tom convinrent de demander

382 000 dollars pour la maison. Après le week-end de la fête du Travail[1], où nous nous étions retrouvés à St. Louis pour une messe en souvenir de ma mère, Mike fit un saut chez nous. Elle semblait avoir complètement oublié l'ardeur de notre première entrevue – c'est à peine si elle m'adressa la parole – et se montra réservée et révérencieuse avec mes frères. Elle avait enfin fait visiter la maison quelques jours plus tôt et, des deux acheteurs potentiels qui avaient manifesté quelque intérêt, aucun n'avait fait une offre.

Dans les jours qui suivirent la messe commémorative, pendant que mes frères et moi vaquions de pièce en pièce pour trier les affaires, j'ai commencé à me dire que cette maison était le roman de ma mère, l'histoire concrète qu'elle avait racontée sur elle-même. Elle avait débuté par un mobilier bon marché, le stéréotype domestique des grands magasins, acheté en 1944. Elle avait ajouté ou remplacé certaines choses selon ses moyens, recouvert des divans et des fauteuils, accumulé des objets d'art un peu moins laids que les gravures qu'elle avait choisies à vingt-trois ans, abandonné progressivement ses premiers schémas coloriques arbitraires en découvrant et affinant les vraies couleurs qu'elle portait en elle comme une destinée. Elle réfléchissait à la disposition des tableaux sur un mur comme un écrivain réfléchit à la ponctuation. Elle s'asseyait dans les pièces, année après année, en se demandant ce qui lui convenait le mieux. Ce qu'elle voulait, c'était que, en entrant chez elle, on se sentît enveloppé et enchanté par ce qu'elle avait fait ; elle se montrait elle-même, en guise d'hospitalité ; elle voulait qu'on eût envie de rester.

Bien que les meubles de sa dernière période fussent solides et de bonne qualité, en merisier et en érable, nous ne pouvions pas nous forcer à vouloir ce que nous ne

---

1. Premier lundi de septembre.

voulions pas ; je ne pouvais pas préférer sa table de nuit en érable au cageot de récupération que j'avais à côté de mon lit à New York. Pourtant, l'idée de m'en aller en laissant sa maison si abondamment meublée, si semblable à l'aspect qu'elle avait toujours voulu lui donner, instillait en moi ce même sentiment paniqué de *gaspillage* que j'avais éprouvé deux mois plus tôt, quand j'avais abandonné son corps entier, avec des mains, des yeux, des lèvres, une peau intacts et encore opérationnels peu de temps auparavant, aux croque-morts pour le brûler.

En octobre, nous engageâmes une liquidatrice de biens pour mettre à prix tout ce que nous ne voulions pas garder. À la fin du mois, des acheteurs se sont présentés, Tom a reçu un chèque de quinze mille dollars, la liquidatrice a fait disparaître, je ne sais comment, tout ce qu'elle n'avait pas vendu et j'ai essayé de ne pas penser aux sommes minables que les biens terrestres de ma mère avaient rapportées.

Quant à la maison, nous nous sommes efforcés de la vendre pendant qu'elle était encore meublée. L'année scolaire ayant débuté, nous n'avons pas été bombardés d'offres par de jeunes parents catholiques avides et avons dû abaisser le prix à 369 000 dollars. Un mois plus tard, comme le marché immobilier stagnait et que les feuilles de chêne commençaient à tomber, nous avons encore réduit nos prétentions, à 359 000 dollars. Sur la suggestion de Mike, nous avons aussi passé une annonce montrant la maison sous un manteau de neige de Noël, une image qui avait toujours eu la préférence de ma mère, avec une nouvelle légende accrocheuse (également sur la suggestion de Mike) : MAISON DE VACANCES. Personne n'en voulut. La maison resta vide tout au long de novembre. Aucun des attributs qui devaient vendre la maison, selon mes parents, ne l'a vendue. Il fallut attendre début décembre pour qu'un jeune couple se présente et nous en offre miséricordieusement 310 000 dollars.

À ce moment, j'étais convaincu que l'agent immobilier Pat aurait trouvé un acheteur à la mi-août pour le prix souhaité par ma mère. Ma mère eût été accablée d'apprendre la somme que nous en avions obtenue – elle eût ressenti cette dévaluation comme l'effondrement de ses espérances, le rejet de son œuvre créatrice, la stigmatisation affligeante de sa médiocrité. Mais là ne fut pas ma plus haute trahison. Elle était morte maintenant, après tout. Elle était à l'abri de l'accablement. Ce qui perdura en moi fut un double inconfort : avoir passé l'âge du roman dans lequel j'avais vécu si heureux et me soucier comme d'une guigne du prix de vente final.

Notre ami Kirby, en fin de compte, avait charmé le propriétaire de la villa de Floride et le tonnelet de bière fut pleinement réactivé, de sorte que notre dernière semaine de vie rupine eut lieu dans la bonne humeur. J'ai passé de longs moments morbides et délicieux dans la solitude, commandé par cette espèce d'instinct hormonal qui, j'imagine, incite les chats à manger de l'herbe. Les hauts immeubles inachevés sur notre côté est étaient voués à engouffrer notre idylle : même si nous avions voulu revenir l'année suivante, la transformation d'une plage tranquille et ouverte aux petits oiseaux marins en un centre de population à forte densité représentait pour nous une telle nouveauté que les mots nous manquaient pour exprimer la perte subie. J'observais les tours squelettiques à la manière dont j'observais le mauvais temps.

À la fin de la semaine, mes parents ont fait route vers l'arrière-pays de Floride pour m'emmener à Disney World. Mon père était d'une équité rigoureuse et, comme mes frères avaient passé une journée à Disneyland, des années auparavant, il était impensable de ne pas m'octroyer l'équivalent, à savoir une journée à Disney World, que j'en aie l'âge ou non, et que ça me plaise ou non. Ça ne m'aurait peut-être pas ennuyé d'y aller avec mon copain Manley ou ma non-fiancée Hoener, en prenant les choses au second degré ou à la dérision, histoire de rigoler. Mais le second degré et la dérision étaient hors de question en présence de ma mère.

Dans notre chambre d'hôtel à Orlando, je l'ai suppliée de me laisser mettre mon jean raccourci et un tee-shirt, mais ce fut elle qui eut gain de cause et j'ai débarqué à Disney World en short à pli et chemise de sport à la Bing Crosby. Ainsi attifé, mortifié dans mon amour-propre, je ne bougeais les pieds que lorsqu'on me l'ordonnait expressément. Tout ce que je voulais, c'était m'asseoir dans notre voiture et bouquiner. Devant chaque attraction à thème, ma mère me disait que ça avait l'air follement amusant, mais je voyais les autres adolescents faire la queue, je sentais leurs regards sur mes vêtements et sur mes parents, ma gorge se serrait et je répondais que la queue était longue. Ma mère tâchait de me consoler, mais mon père l'interrompait : « Puisqu'il n'a pas envie d'y aller, Irene ! » Nous crapahutions sous le soleil diffus et brûlant de Floride jusqu'à l'attraction suivante. Où c'était à nouveau la même histoire.

« Faut que tu essaies au moins quelque chose ! » dit finalement mon père, après le déjeuner. Nous étions debout, à l'abri dans un snack-bar, tandis que des filles aux jambes bronzées se pressaient du côté des attractions aquatiques. Mes yeux tombèrent sur un manège proche, vide à l'exception de quelques mouflets.

« Je vais monter sur celui-là », dis-je d'une voix morne.

Pendant vingt minutes, nous montâmes et remontâmes inlassablement sur le misérable manège, pour être sûrs de ne pas repartir avec des tickets non utilisés. Je regardais les chevrons métalliques sur le sol du manège, je rayonnais de honte, je vomissais mentalement le festin qu'ils avaient tenté de m'offrir. Ma mère, en touriste accomplie, prit des photos de mon père et de moi sur les chevaux ridiculement trop petits mais, derrière ses sourires contraints, elle me maudissait parce qu'elle savait que ma mauvaise humeur s'exerçait contre elle seule, à cause de notre conflit vestimentaire. Mon père, agrippant du bout des doigts le pilier métallique d'un cheval, regardait au loin, d'un air résigné qui résumait sa vie. Je ne sais pas comment nous avons supporté ça. J'étais leur heureux petit dernier et je ne souhaitais rien d'autre que m'éloigner d'eux. Ma mère me semblait affreusement conformiste et désespérément obsédée par l'argent et les apparences ; mon père me semblait allergique à toute espèce d'amusement. Je ne voulais pas ce qu'ils voulaient. Je n'appréciais pas ce qu'ils appréciaient. Et nous étions tous également désolés d'être sur ce manège, et nous étions tous également incapables d'expliquer ce qui nous était arrivé.

Deux poneys

En mai 1970, quelques nuits après que des Gardes nationaux eurent tué quatre étudiants qui manifestaient à Kent State University, mon père et mon frère Tom commencèrent à se disputer. Ils ne se disputaient pas au sujet de la guerre du Vietnam, tous deux y étaient opposés. La dispute avait probablement de nombreuses causes mêlées. Mais le déclencheur immédiat fut le boulot d'été de Tom. C'était un artiste, d'une nature méticuleuse, et mon père l'avait encouragé (disons même plutôt forcé) à choisir une faculté dans une petite liste d'universités qui proposaient un cursus en architecture. Tom avait délibérément choisi la plus lointaine, Rice University, et il venait de terminer sa deuxième année à Houston, où ses incartades dans la contre-culture de la fin des années soixante l'avaient poussé vers un diplôme en filmologie, non en architecture. Mon père lui avait cependant dégotté un boulot peinard chez Sverdrup & Parcel, la grosse société d'engineering de St. Louis, dont l'associé principal, le général Leif Sverdrup, avait été un héros du génie militaire aux Philippines. Ça n'avait pas dû être facile pour mon père, qui rechignait à demander des faveurs, de faire des appels du pied à Sverdrup. Mais la direction de l'entreprise était du genre belliciste, coupe au carré et globalement hostile aux jeunes gauchistes à pattes d'ef diplômés en filmologie ; et Tom ne voulait pas y aller.

Dans la chambre qu'il partageait avec moi, les fenêtres étaient ouvertes et l'air était empreint de cette touffeur propre aux maisons en bois qui apparaît chaque printemps. Je préférais la prétendue absence d'odeur de la climatisation, mais ma mère, dont la science thermique subjective était essentiellement basée sur les factures de gaz et d'électricité, se déclarait partisane de « l'air frais » et les fenêtres restaient souvent ouvertes jusqu'à Memorial Day [1].

Sur ma table de nuit, il y avait le *Peanuts Treasury*, une grande et grosse compilation reliée de la bande dessinée quotidienne et dominicale de Charles M. Schulz. Ma mère me l'avait offert à Noël et je ne cessais de le relire depuis lors avant de dormir. Comme la plupart des enfants de dix ans de la nation, j'avais une intense complicité avec Snoopy, le chien des dessins. C'était un animal non-animal solitaire qui vivait parmi des créatures plus grandes et d'une autre espèce, ce qui était plus ou moins le sentiment que j'avais de ma propre situation à la maison. Mes frères étaient moins des frères qu'une paire supplémentaire drolatique de quasi-parents. J'avais beau avoir des copains et être un louveteau bon teint, je passais beaucoup de temps seul avec des animaux parlants. J'étais un relecteur obsessionnel de A.A. Milne et des romans de la série Narnia et Dr Dolittle, et mon attachement à ma collection d'animaux en peluche ne correspondait plus vraiment à mon âge. C'était un autre point commun avec Snoopy : lui aussi aimait les jeux animaliers. Il incarnait des tigres, des vautours, des lions, des requins, des monstres marins, des pythons, des vaches, des piranhas, des pingouins et des chauves-souris vampires. Il était le parfait égoïste heureux, crânant avec ses fantasmes ridicules et jubilant d'être un centre d'attention.

1. Le 30 mai.

Dans une bande dessinée pleine d'enfants, le chien était le seul personnage en qui je reconnaissais un enfant.

Tom et mon père étaient en conversation dans le living-room quand j'étais monté me coucher. À présent, à une heure tardive et encore plus étouffante, alors que j'avais reposé le *Peanuts Treasury* et m'étais endormi, Tom entra en coup de vent dans notre chambre. Il hurlait des sarcasmes : « Tu t'en remettras ! Tu m'oublieras ! Ça sera tellement plus simple ! Tu t'en remettras ! »

Mon père était quelque part en coulisse, il émettait des sons abstraits. Ma mère était juste derrière Tom, elle sanglotait sur son épaule, le suppliait d'arrêter, d'arrêter. Il ouvrait des tiroirs de la commode, remballait des affaires qu'il venait à peine de déballer. « Tu crois tenir à ma présence, disait-il, mais ça te passera.

– *Et moi, tu as pensé à moi ?* implorait ma mère. *Et à Jon ?*

– Vous vous en remettrez. »

J'étais une petite personne fondamentalement ridicule. Même si j'avais osé me redresser dans mon lit, qu'aurais-je pu dire ? « Excusez-moi, je voudrais bien dormir » ? Je n'ai pas bougé et j'ai suivi l'action à travers mes paupières. Il y eut d'autres allées et venues dramatiques, pendant lesquelles j'ai peut-être parfois dormi. Finalement, j'ai entendu les pieds de Tom dévalant l'escalier et les terribles cris de ma mère, presque des hurlements, qui s'éloignaient à sa suite : « Tom ! Tom ! Tom ! Je t'en prie ! Tom ! » Puis la porte d'entrée claqua.

Ce genre de choses n'arrivait jamais chez nous. La pire dispute à laquelle j'eusse jamais assisté éclata entre mes frères à propos de Frank Zappa, dont Tom admirait la musique et que Bob, un après-midi, a dénigré avec une telle condescendance, un tel mépris que Tom, à son tour, a dénigré le groupe favori de Bob, les Supremes ; et les propos se sont envenimés. Mais les vrais coups de gueule, les vraies crises de colère étaient inconcevables.

Quand je me suis réveillé le lendemain, la scène n'était déjà plus qu'un souvenir lointain, à demi onirique, inracontable.

Mon père était parti à son travail et ma mère me servit mon petit déjeuner sans commentaire. Les aliments sur la table, les jingles à la radio et le trajet jusqu'à l'école furent semblables à l'ordinaire ; et cependant une ombre angoissante plana sur la journée. À l'école, cette semaine-là, dans la classe de Mlle Niblack, nous répétions notre pièce de fin de cours primaire. Le texte, que j'avais écrit, comportait nombre de petits personnages et un très grand rôle principal que j'avais créés grâce à mes facultés de mémorisation. L'action, qui se déroulait dans un bateau et mettait en scène un méchant taciturne nommé M. Scuba, n'avait absolument ni humour, ni morale, ni queue, ni tête. Personne, pas même moi, qui m'étais réservé l'essentiel des dialogues, ne prenait plaisir à la jouer. Sa noirceur – ma responsabilité dans sa noirceur – était le reflet de l'atmosphère générale de la journée.

Il y avait quelque chose d'angoissant dans le printemps même. La lutte biologique, le bourdonnement de *Sa Majesté des mouches*, la boue pullulante. Après l'école, au lieu de jouer dehors, j'ai emporté ma morosité à la maison et j'ai cuisiné ma mère dans la salle à manger. Je l'ai questionnée sur ma future représentation théâtrale à l'école. Papa serait-il là ? Et Bob ? Bob serait-il rentré de la fac ? Et Tom ? Tom serait-il là aussi ? C'étaient des questions plausiblement innocentes – j'étais un glouton d'attentions, je ramenais toujours les conversations à ma personne – et, dans un premier temps, ma mère me fournit des réponses plausiblement innocentes. Puis elle s'effondra dans un fauteuil, se prit la tête entre les mains et se mit à pleurer.

« Tu n'as rien entendu cette nuit ? dit-elle.

– Non.

– Tu n'as pas entendu Tom et papa crier ? Tu n'as pas entendu les portes claquer ?

– Non ! »

Elle m'a pris dans ses bras, ce qui était probablement ce que je redoutais le plus. Je me suis laissé enlacer en me raidissant.

« Tom et papa ont eu une terrible dispute, dit-elle. Tu étais déjà couché. Une terrible dispute. Tom a fait sa valise, il est parti et on ne sait pas où il est allé.

– Oh.

– Je croyais qu'on aurait des nouvelles aujourd'hui, mais il n'a pas appelé et je suis morte d'angoisse, je ne sais pas où il est. Morte d'angoisse ! »

J'ai bougé un peu sous son étreinte.

« Mais ça n'a rien à voir avec toi, dit-elle. C'est entre lui et papa et ça n'a rien à voir avec toi. Je suis sûre que Tom regrette beaucoup de ne pas pouvoir être là pour ta pièce. Mais, on ne sait jamais, peut-être qu'il sera rentré vendredi et qu'il la verra.

– D'accord.

– Mais surtout ne dis à personne qu'il est parti tant qu'on ne sait pas où il est. Tu es d'accord pour ne le dire à personne ?

– D'accord, répondis-je en me dégageant de ses bras. On peut mettre la climatisation ? »

Ce que j'ignorais, c'était qu'une épidémie faisait rage dans le pays. De grands adolescents, dans des banlieues comme la nôtre, pris d'une folie subite, fuyaient vers d'autres villes pour faire l'amour au lieu d'aller à la fac, ingéraient toutes les substances qui leur tombaient sous la main, se rebellaient contre leurs parents, les reniaient carrément, effaçaient de leurs esprits tout ce qui les concernait. Pendant une période, les parents furent si effrayés, si déroutés, si honteux que chaque famille, notamment la mienne, se replia sur elle-même pour souffrir dans son coin.

En regagnant ma chambre, j'eus l'impression d'entrer dans une chambre de malade surchauffée. Le vestige le plus visible de Tom était le poster *Don't Look Back*[1] qu'il avait scotché sur un côté de sa commode, où la coupe de cheveux psychédélique de Bob Dylan était à l'abri du regard de censeur de ma mère. Le lit de Tom, impeccablement fait, était le lit d'un gars emporté par une épidémie.

Dans cette saison instable, tandis que le soi-disant fossé des générations scindait le paysage culturel, l'œuvre de Charles Schulz jouissait d'une faveur unique. Cinquante-cinq millions d'Américains avaient vu *Le Noël de Charlie Brown* au mois de décembre précédent (plus de cinquante pour cent de parts de marché). La comédie musicale *You're a Good Man, Charlie Brown* affichait complet à Broadway pour la deuxième année. Les astronautes d'*Apollo X*, pour la répétition en costumes du premier alunissage, avaient baptisé leurs véhicules orbital et lunaire respectivement *Charlie Brown* et *Snoopy*. Les journaux qui publiaient « Peanuts » touchaient plus de cent cinquante millions de lecteurs, les collections « Peanuts » figuraient dans toutes les listes de best-sellers et, si l'on considère mes copains comme un indice, il n'y avait pratiquement pas une chambre de gosse en Amérique sans une corbeille à papier « Peanuts », des draps « Peanuts » ou un papier peint « Peanuts ». Schulz était, avec une confortable avance, l'artiste vivant le plus célèbre de la planète.

Les petits cadres de la bande dessinée cadraient aussi avec l'esprit de la contre-culture. Un chien avec des lunettes d'aviateur pilotant une niche et se faisant abattre par le Baron rouge avait le même attrait grotesque que

1. Ne regarde pas en arrière.

Yossarian ralliant la Suède à la pagaie. Le pays n'aurait-il pas gagné à écouter Linus Van Pelt plutôt que Robert McNamara ? C'était l'époque des enfants à fleurs, non des adultes à fleurs. Mais la bande dessinée séduisait d'autres Américains aussi. Elle respectait scrupuleusement la bienséance (Snoopy ne levait jamais la patte) et se situait dans une banlieue sûre, plaisante, où les gosses, à l'exception de Pigpen (ce n'est pas par hasard que Ron McKernan du groupe Grateful Dead en a tiré son surnom), étaient propres sur eux, bien éduqués et correctement habillés. Hippies et astronautes, adolescents contestataires et adultes contestés, tous s'y retrouvaient.

Ma famille faisait toutefois exception. Pour autant que je sache, mon père n'a jamais lu une bande dessinée de sa vie, et l'intérêt de ma mère pour cet art se limitait à une série de dessins humoristiques intitulée « Les Filles », qui mettait en scène des rombières d'âge moyen, dont les problèmes de poids, les pingreries, les maladresses au volant et la passion pour les soldes des grands magasins étaient pour elle une source inépuisable d'amusement.

Je n'achetais pas de BD, pas même le magazine *Mad*, mais je sacrifiais sur les autels des dessins animés Warner Bros et des pages humour du *St. Louis Post-Dispatch*. Je lisais la page noir et blanc d'abord, sautant les personnages dramatiques comme « Steve Roper » et « Juliet Jones » pour aller directement à « Li'l Abner », juste afin de m'assurer que c'était toujours ordurier et repoussant. Dans la page verso en couleurs, je lisais les bandes dessinées dans l'ordre inverse de mes préférences, essayant tant bien que mal de rire de la gloutonnerie de Dagwood Bumstead et m'efforçant d'oublier que Tiger et Punkinhead étaient le genre de gars débraillés à cervelle de moineau que je détestais dans la vraie vie, avant de me délecter de ma préférée, « B.C. », de Johnny Hart. C'était de l'humour d'homme des cavernes. Hart concoctait des centaines de gags à partir de l'amitié entre un oiseau incapable de voler et une tortue souffreteuse qui s'échinait à tenter des prouesses intortuesques d'agilité et de souplesse. Les dettes étaient toujours payées en palourdes ; le dîner était toujours un gigot rôti de quelque chose. Quand j'avais fini « B.C. », j'avais fini le journal.

Les BD de l'autre journal de St. Louis, le *Globe-Democrat*, que mes parents n'achetaient pas, me paraissaient sinistres et étrangères. « Broom Hilda » et « Funky Winkerbean » et « The Family Circus » étaient aussi déconcertants pour moi que le jeune type au caleçon partiellement visible, avec le nom CUTTAIR écrit à la main sur l'élastique, que j'avais vu pendant que nous visitions en famille le Parlement du Canada. Bien que « The Family Circus » fût résolument dépourvu de drôlerie, ses dessins s'inspiraient visiblement de la vie quotidienne, moite, d'une famille réelle avec bébé et s'adressaient à un lectorat qui se reconnaissait dans cette vie, ce qui m'avait contraint à créer une nouvelle catégorie de sous-espèce humaine pour cataloguer ceux qui trouvaient « The Family Circus » hilarant.

Je savais parfaitement, bien sûr, pourquoi les dessins du *Globe-Democrat* étaient tellement nuls : le journal qui publiait « Peanuts » n'avait *pas besoin* d'autres BD de qualité. D'ailleurs, j'aurais échangé le *Post-Dispatch* tout entier contre une dose quotidienne de Schulz. Seul « Peanuts », la BD que nous n'avions pas, traitait de sujets vraiment importants. Je ne croyais pas un instant que les enfants de « Peanuts » fussent réellement des enfants – ils étaient tellement plus emphatiques, tellement plus caricaturalement *réels* que quiconque dans mon quartier –, mais je n'en considérais pas moins leurs aventures comme inhérentes à un univers enfantin plus substantiel et plus convaincant que le mien. Au lieu de jouer à la balle au prisonnier ou aux quatre coins, comme je le faisais avec mes copains, les gosses de « Peanuts » avaient de vraies équipes de base-ball, de vrais équipements de football, livraient de vrais combats de boxe. Leurs rapports avec Snoopy étaient beaucoup plus riches que les poursuites et les morsures qui constituaient mes propres rapports avec les chiens du quartier. Des catastrophes mineures mais incroyables, impliquant souvent un vocabulaire nouveau, leur arrivaient quotidiennement. Lucy était « blackboulée par les Bluebirds ». Elle expédiait la boule de croquet de Charlie Brown si loin qu'il lui fallait se rendre dans une cabine téléphonique pour communiquer avec les autres joueurs. Après avoir remis à Charlie Brown un document signé dans lequel elle s'engageait à ne pas déplacer le ballon de foot au moment où il essaierait de shooter, elle découvrait dans le dernier dessin que ledit document avait « ceci de particulier » qu'il n'était pas « un acte notarié authentifié ». Quand Lucy écrasait le buste de Beethoven sur le piano de Schroeder, je trouvais bizarre et comique que Schroeder eût un placard plein de bustes de rechange identiques, mais la chose me paraissait humainement possible, puisque Schulz l'avait dessinée.

Au *Peanuts Treasury* j'ai bientôt ajouté deux autres volumes reliés aussi épais, *Peanuts Revisited* et *Peanuts Classics*. Un parent bien-pensant m'a offert en outre un exemplaire du best-seller de Robert Short, *L'Évangile selon Peanuts*, mais ça ne m'a pas intéressé le moins du monde. « Peanuts » n'était pas une introduction à l'Évangile. C'était mon évangile.

Chapitre 1, versets 1 à 4, de ce que je sais sur la désillusion : Charlie Brown devant la maison de la petite rouquine, l'objet de ses éternelles assiduités infructueuses. Il s'assoit avec Snoopy et dit : « Je voudrais avoir deux poneys. » Il s'imagine offrant l'un des poneys à la petite rouquine, chevauchant à travers champs à ses côtés et s'asseyant avec elle sous un arbre. Tout à coup, il regarde sévèrement Snoopy et lui demande : « Pourquoi n'es-tu pas deux poneys ? » Snoopy, roulant les yeux, pense : « Je savais qu'on en arriverait là. »

Ou chapitre 1, versets 26 à 32, de ce que je sais sur les mystères de l'étiquette : Linus exhibe sa montre-bracelet neuve à tout le monde dans le quartier. « Montre neuve ! » dit-il fièrement à Snoopy qui, après une hésitation, la lèche. Les cheveux de Linus se dressent sur sa tête. « TU AS LÉCHÉ MA MONTRE ! s'écrie-t-il. Elle va rouiller ! Elle va verdir ! Il l'a bousillée ! » Snoopy, vaguement intrigué, en reste songeur : « Je pensais qu'il eût été impoli de ne pas la goûter. »

Ou chapitre 2, versets 6 à 12, de ce que je sais sur la fiction : Linus embête Lucy, il la cajole et la supplie de lui lire une histoire. Pour le faire taire, elle attrape un livre, l'ouvre au hasard et dit : « Un homme naquit, vécut et mourut. Fin ! » Elle jette le livre et Linus le ramasse respectueusement. « Quel récit fascinant, dit-il. On regrette presque de ne pas avoir connu ce type. »

La parfaite absurdité des textes de ce genre, leurs paradoxes insondables me passionnaient déjà quand j'avais dix ans. Mais certaines séquences plus élaborées, notamment celles qui montraient l'humiliation et la solitude de Charlie Brown, me passaient un peu au-dessus de la tête. Lors d'un concours d'orthographe à l'école, qui comptait beaucoup pour Charlie Brown, le premier mot qu'on lui demande d'épeler est « maze ». Avec un sourire satisfait, il répond : « M... A... Y... S ». La classe éclate de rire. Il revient s'asseoir, renverse la tête sur son pupitre et, quand la maîtresse lui demande ce qu'il a, il l'invective, pour finir dans le bureau du directeur. L'idée profonde de Schulz, dans « Peanuts », était que, pour chaque vainqueur dans une compétition, il y a un perdant, sinon vingt perdants, ou deux mille, mais personnellement j'aimais gagner et je ne voyais pas pourquoi on faisait tant d'histoires à propos des perdants.

Au printemps 1970, Mlle Niblack, notre maîtresse, nous apprit des homonymes pour nous préparer à ce qu'elle appelait « l'orthographe homonyme ». J'ai fait quelques exercices en dilettante avec ma mère, ripostant par « sleigh » au mot « slay » ou « slough » au mot « slew », à la manière dont d'autres gosses renvoyaient des balles de softball au centre. Pour moi, la seule question moyennement intéressante relative aux interrogations d'orthographe était de savoir qui serait le deuxième de la classe. Un nouveau était arrivé cette année-là, un bûcheur gringalet aux cheveux noirs, Chris Toczko, qui s'était mis en tête que nous étions rivaux. J'étais un petit garçon assez sympa, tant qu'on ne marchait pas sur mes plates-bandes. Toczko ignorait malencontreusement que c'était moi, et non lui, qui étais, de droit divin, le meilleur élève de la classe. Le jour de l'interrogation d'orthographe, il m'a provoqué. Il a déclaré qu'il avait beaucoup révisé et qu'il me battrait ! J'ai regardé de haut la petite peste, sans savoir quoi répondre. J'étais visiblement plus important à ses yeux que lui aux miens.

Pour l'interrogation, nous étions tous debout devant le tableau. Mlle Niblack lançait le premier mot d'une paire d'homonymes et l'élève qui ne savait pas donner le deuxième se rasseyait. Toczko était pâle et tremblant, mais il connaissait ses homonymes. Il était le dernier élève encore debout, avec moi, quand Mlle Niblack lança le mot « liar ». Toczko trembla et ânonna : « L... I... » J'ai vu tout de suite que je l'avais battu. J'ai attendu impatiemment qu'il sorte deux lettres de plus de sa moelle, avec une angoisse considérable : « E... R ?

– Désolée, Chris, ce mot n'existe pas », dit Mlle Niblack.

Avec un rire sec de triomphe, sans même attendre que Toczko se rasseye, je me suis avancé et j'ai répondu : « L... Y... R... E ! *Lyre*. C'est un instrument à cordes [1] ! »

1. Les exemples qui précèdent sont effectivement des homonymes dans la prononciation anglaise.

Je n'avais jamais vraiment douté de ma victoire, mais Toczko m'avait énervé avec sa provocation et j'étais très remonté. Je fus la dernière personne dans la classe à remarquer que Toczko accusait mal le coup. Il devint tout rouge et se mit à pleurer, affirmant rageusement que le mot « lier » *existait*, que le mot *existait*.

Qu'il existât ou non, moi, ça m'était égal. Je connaissais mes droits. « Liar » avait peut-être d'autres homonymes en théorie, mais celui qu'attendait Mlle Niblack était manifestement « lyre ». Les larmes de Toczko m'ennuyaient et me décevaient. Pour clore le litige, je suis allé chercher le dictionnaire de la classe et je lui ai montré que « lier » n'était pas dedans. C'est ainsi que Toczko et moi nous retrouvâmes dans le bureau du directeur.

Je n'y avais encore jamais été envoyé. J'appris avec intérêt que le directeur, M. Barnett, avait un *Webster's International* en version intégrale dans son bureau. Toczko, qui pesait à peine plus lourd que le livre, l'ouvrit à deux mains et feuilleta les pages « L ». Debout derrière son épaule, je vis son minuscule index tremblotant s'arrêter sur : *lier, n, one that lies (as in ambush)*[1]. M. Barnett nous déclara immédiatement vainqueurs *ex æquo* du concours d'orthographe – un compromis qui me sembla un peu déloyal, car j'eusse indubitablement écrasé Toczko au tour suivant. Mais son esclandre m'avait effrayé et, pour une fois, il m'a paru acceptable de laisser quelqu'un d'autre gagner.

Quelques mois après le concours d'orthographe, alors que les grandes vacances venaient à peine de commencer, Toczko est mort renversé par une voiture dans Grant Road. Le peu que je savais de la méchanceté du monde me venait d'une partie de camping, quelques années plus

---

1. Subst. (du verbe *to lie*, être couché) : se dit de quelqu'un qui est couché (en embuscade, par exemple).

tôt, au cours de laquelle j'avais jeté dans un feu de camp une grenouille, que j'avais regardée se flétrir et se tortiller sur la face plate d'une bûche. Mon souvenir de cette flétrissure et de ce tortillement était *sui generis*, distinct de mes autres souvenirs. C'était comme un atome lancinant et nauséabond de réprimande en moi. Et j'ai perçu une réprimande du même ordre quand ma mère, qui ignorait tout de ma rivalité avec Toczko, m'annonça sa mort. Elle pleurait comme elle avait pleuré sur la disparition de Tom, quelques semaines auparavant. Elle me fit asseoir et écrire une lettre de condoléances à la mère de Toczko. Je n'avais pas l'habitude de concevoir les états d'âme d'autres que moi-même, mais il était impossible de ne pas concevoir ceux de Mme Toczko. Bien que je ne l'aie jamais rencontrée en personne, je l'ai si souvent et si intensément imaginée dans sa souffrance, pendant les semaines qui suivirent, que j'arrivais presque à la visualiser : un petit bout de femme proprette aux cheveux noirs, larmoyant comme avait larmoyé son fils.

« Tout ce que je fais me donne un sentiment de culpabilité », dit Charlie Brown. Il est sur une plage, il vient de lancer un galet dans l'eau et Linus a commenté : « Bravo… Ce caillou a mis quatre mille ans pour atteindre le rivage, et maintenant tu l'as renvoyé. »

Je me sentais coupable envers Toczko. Je me sentais coupable envers la petite grenouille. Je me sentais coupable d'esquiver les embrassades de ma mère quand elle en avait le plus besoin. Je me sentais coupable envers les gants de toilette du bas de la pile dans le placard à linge, les plus vieux, les plus minces, ceux qu'on n'utilisait presque jamais. Je me sentais coupable de préférer mes meilleures billes, une vraie agate rouge et une vraie agate jaune, mon roi et ma reine, aux billes très inférieures dans mon implacable hiérarchie. Je me sentais coupable envers les jeux de société auxquels je n'aimais pas jouer – Uncle Wiggily, U.S. Presidential Elections, Game of the States – et parfois, quand mes copains n'étaient pas là, j'ouvrais les coffrets pour examiner les pions afin qu'ils n'aient pas l'impression d'être abandonnés. Je me sentais coupable de négliger mon ours Mr. Bear, aux membres raidis, à la fourrure râpeuse, qui n'avait pas de voix et se démarquait de mes autres animaux en peluche. Et, pour éviter de me sentir coupable envers eux à leur tour, j'en choisissais un différent chaque nuit pour dormir, selon un ordre hebdomadaire très strict.

Nous nous gaussons des teckels qui s'attaquent à nos mollets, mais notre espèce est encore plus égocentrique dans son imaginaire. Aucun objet n'est assez Autre pour échapper à l'anthropomorphisme et à un enrôlement forcé dans notre conversation. Toutefois, certains sont plus dociles que d'autres. L'ennui avec Mr. Bear, c'était qu'il était plus réaliste que les autres. Il avait une personnalité à part, austère, bestiale ; contrairement à nos gants de toilette sans visage, il affirmait son Altérité. Pas étonnant que je fusse incapable de lui donner une voix. Il est plus simple d'attribuer une personnalité comique à une vieille godasse que, disons, à une photo de Cary Grant. Plus le modèle est neutre, plus il nous est facile de le façonner à notre image.

Nos cortex visuels sont programmés pour reconnaître rapidement les visages et en soustraire instantanément une foule de détails, les réduire à leur image essentielle : telle personne est-elle heureuse ? fâchée ? craintive ? Les individus ont des visages très variés, mais un sourire moqueur chez l'un est très semblable à un sourire moqueur chez l'autre. Les sourires sont conceptuels, non picturaux. Nos cerveaux sont comme des caricaturistes – et les caricaturistes sont comme nos cerveaux, ils simplifient, ils exagèrent, ils subordonnent les détails faciaux aux concepts comiques abstraits.

Scott McCloud, dans *L'Art invisible,* son traité sur la bande dessinée, soutient que l'image que vous avez de vous-même quand vous conversez est différente de celle de la personne avec qui vous conversez. Votre interlocuteur peut afficher des sourires universels, des froncements de sourcils universels qui vous permettront d'identifier ses émotions, mais il a aussi un nez particulier, une peau particulière, des cheveux particuliers qui vous rappellent continuellement qu'il est un Autre. L'image que vous avez de votre propre visage, en revanche, est extrêmement stylisée. Quand vous souriez, vous imaginez un dessin de sourire, non l'ensemble composite peau-nez-cheveux. C'est précisément la simplicité et l'universalité des visages dessinés, l'absence des particularismes constitutifs de l'Autre, qui nous invitent à les aimer comme nous-même. Les visages les plus communément aimés (et rentables) du monde moderne sont des dessins exceptionnellement basiques et abstraits : Mickey Mouse, les Simpson, Tintin et – le plus simple de tous, juste un cercle, deux points et une ligne horizontale – Charlie Brown.

Charles Schulz a toujours voulu être dessinateur. Il est né à St. Paul en 1922, fils unique d'un père allemand et d'une mère d'origine norvégienne. L'essentiel de la littérature schulzienne repose sur les traumatismes charliebrownesques des premières années : sa maigreur, ses taches de rousseur, son impopularité auprès des filles à l'école, l'inexplicable refus d'une série de dessins par le journal de son lycée et, quelques années plus tard, le refus de sa demande en mariage par l'authentique Petite Rouquine, Donna Mae Johnson. Schulz lui-même parle de sa jeunesse sur un ton presque colérique. « Il m'a fallu longtemps pour devenir un être humain », dit-il dans une interview en 1987.

Beaucoup me considéraient comme une espèce de femmelette, ce qui me peinait parce que je n'étais vraiment pas efféminé. Je n'étais pas un gros dur, mais… j'étais bon dans tous les sports où il fallait lancer, renvoyer ou attraper quelque chose, ce genre-là. Je détestais nager, sautiller, enfin tout ça, quoi, et donc je n'étais vraiment pas une femmelette. Mais les moniteurs étaient intolérants et il n'y avait pas une activité pour chacun. Donc je ne me suis jamais pris pour quelqu'un d'important, je ne me suis jamais trouvé beau gosse et je ne suis jamais sorti avec une fille au lycée, parce que je me disais : qui voudrait sortir avec moi ? Donc, je m'en fichais.

Schulz « se fichait » également des écoles de beauxarts : ça l'aurait découragé, dit-il, de se retrouver parmi des gens qui dessinaient mieux que lui.

À la veille de l'enrôlement de Schulz dans l'armée, sa mère mourut d'un cancer. Schulz décrivit par la suite cette perte comme une catastrophe dont il s'est à peine remis. Pendant ses classes, il fut déprimé, replié sur luimême et chagrin. À long terme, pourtant, l'armée lui fut bénéfique. Il commença son service, confiera-t-il plus tard, comme « un rien du tout » et termina sergent-chef d'un escadron d'artilleurs. « Je pensais, bon Dieu, si c'est pas être un homme, ça, alors qu'est-ce que c'est ? dira-til. Je me sentais bien dans ma peau, ça a duré environ huit minutes, et puis je suis rentré, là où je suis toujours. »

Après la guerre, il retourna dans le quartier de son enfance, vécut avec son père, participa activement à un mouvement de jeunesse chrétienne et apprit à dessiner les gosses. De toute sa vie, il n'a pratiquement jamais dessiné d'adultes. Il évitait les vices des adultes – ne buvait pas, ne fumait pas, ne jurait pas – et, au fil de son œuvre, passait toujours plus de temps dans les cours et les bacs à sable imaginaires de son enfance. Il était enfantin aussi dans l'absoluité de ses scrupules et de ses inhibitions. Même après être devenu célèbre et puissant, il rechignait à demander aux journaux un espace plus flexible pour « Peanuts », parce qu'il estimait que c'eût été déloyal envers des publications qui, elles, avaient toujours été loyales envers lui. Il trouvait également déloyal de caricaturer des personnes. (« Si quelqu'un a un gros nez, disait-il, je suis sûr qu'il regrette lui-même d'avoir ce gros nez, alors de quel droit irais-je l'accentuer encore dans une caricature ? ») Pour lui, le titre de « Peanuts [1] », qu'un rédacteur avait imposé à sa bande en 1950, était une vexation, qu'il ressentait toujours comme telle à la fin de sa vie. « Qualifier de "Peanuts" quelque chose qui allait être l'œuvre d'une vie était vraiment insultant », explique-t-il dans l'interview en 1987. À l'objection selon laquelle trente-sept ans avaient dû amoindrir l'insulte, Schulz réplique : « Non, non. Je suis rancunier, mon garçon. »

Le génie comique de Schulz était-il le produit de ses blessures psychiques ? Certes, l'artiste d'âge mûr était une masse de ressentiments et de phobies qu'on peut imputer à des traumatismes antérieurs. Il était de plus en plus sujet à des crises de dépression et d'amère solitude (« La simple évocation d'un hôtel me refroidit », dit-il à son biographe) et, quand il s'est finalement arraché à son Minnesota natal, il s'est mis à reproduire le même environnement en Californie, s'est fait construire une patinoire avec un snack-bar appelé « Warm Puppy [2] ». Dans les années soixante-dix, il hésitait même à monter dans un avion sans être accompagné d'un membre de sa famille. Ce pourrait être un exemple classique de la pathologie

---

1. Littéralement « cacahuètes ». S'emploie au figuré dans le sens de « petits riens, broutilles ».
2. Chiot chaud. (Hot dog signifie littéralement « chien brûlant ».)

qui engendre le grand art : blessé dans son adolescence, notre héros trouve un refuge permanent dans le monde enfantin de « Peanuts ».

Mais si Schulz avait choisi d'être marchand de jouets plutôt qu'artiste ? Aurait-il mené une vie aussi retirée et affectivement turbulente ? Je ne crois pas. Je crois que Schulz le marchand de jouets se serait colltiné la vie ordinaire avec la même persévérance que précédemment la vie militaire. Il aurait fait ce qu'il fallait pour entretenir sa famille – aurait extorqué une ordonnance de Valium à son médecin, bu quelques verres au bar de l'hôtel.

Schulz n'était pas artiste parce qu'il souffrait. Il souffrait parce qu'il était artiste. Persister à préférer l'art au confort d'une vie normale – ramer pour sortir une bande dessinée par jour pendant cinquante ans, en payer le lourd prix psychique –, ce n'est pas rechercher un dédommagement. Il faut des trésors de force et de lucidité pour faire ce choix. Si les premiers chagrins de Schulz sont les sources de son brio ultérieur, c'est parce qu'il a eu assez de talent et d'énergie pour en extraire l'humour. Presque tous les jeunes gens connaissent des chagrins. Ce qui distingue l'enfance de Schulz, ce n'est pas la souffrance, c'est le fait qu'il a aimé les BD très tôt, qu'il était doué et bénéficiait de l'attention sans partage de deux parents affectueux.

Chaque mois de février, Schulz dessinait une planche qui montrait Charlie Brown attendant en vain une carte de vœux pour la Saint-Valentin. Schroeder, dans l'une des séquences, réprimande Violet qui essaie de refiler un vieux billet doux à Charlie Brown plusieurs jours après la Saint-Valentin, et Charlie Brown repousse Schroeder par ces mots : « Ne t'en mêle pas… je vais l'accepter ! » Mais l'histoire que Schulz racontait à propos de sa propre expérience de la Saint-Valentin était différente. Quand il était à l'école primaire, dit-il, sa mère l'a aidé à rédiger un mot pour chacun de ses camarades, afin qu'aucun ne soit vexé de ne pas en recevoir, mais la timidité l'a empêché de les mettre dans la boîte à l'entrée de la salle de classe et il les a rapportés à sa mère. À première vue, cette histoire rappelle une planche de 1957 dans laquelle Charlie Brown regarde, par-dessus une palissade, une piscine pleine d'enfants heureux, puis rentre tristement chez lui et s'assoit dans un seau d'eau. Mais Schulz, à la différence de Charlie Brown, avait une mère attentionnée – une mère à qui il a choisi de donner son panier tout entier. Un enfant profondément meurtri de ne pas recevoir de billets doux n'aurait pas eu envie, en grandissant, de dessiner d'adorables vignettes sur la douleur de ce manque. Un enfant comme ça – on pense à Robert Crumb – aurait plutôt dessiné une boîte de Saint-Valentin se métamorphosant en vulve qui dévore ses cartes et le dévore lui-même pour finir.

Je ne veux pas dire par là que le Charlie Brown déprimé et toujours perdant, l'égoïste et sadique Lucy, l'hurluberlu philosophant Linus et l'obsessionnel Schroeder (dont les ambitions beethovéniennes s'expriment sur un piano miniature à une seule octave) ne sont pas tous des avatars de Schulz. Mais son véritable *alter ego* est assurément Snoopy : l'espiègle protéiforme dont la liberté se fonde sur la certitude d'être fondamentalement aimé, l'artiste transformiste qui, si ça lui chante, peut se muer en hélicoptère, en joueur de hockey, en grand chef et redevenir, en un éclair, avant que sa virtuosité ne risque de vous déplaire ou de vous diminuer, le petit chien gourmand qui ne pense qu'à son dîner.

Je n'ai jamais entendu mon père raconter une blague. Parfois il évoquait un collègue de travail qui avait commandé un scotch-Coca et un filet « à la flamande » dans une gargote de Dallas en juillet, et il pouvait rire de ses propres gaffes, ses remarques peu diplomatiques au bureau, ses erreurs idiotes dans ses projets d'amélioration de l'habitat ; mais il n'y avait pas une seule fibre rigolarde dans son corps. Il réagissait aux plaisanteries des autres par un rictus ou une moue. Enfant, je lui ai raconté une histoire drôle de mon cru, à propos d'une compagnie d'éboueurs condamnée pour « *fragrant* délit ». Il a secoué la tête, le visage impassible, et a dit : « Pas plausible. »

Dans une autre planche archétypale de « Peanuts », Violet et Patty harcèlent Charlie Brown en stéréophonie : « RENTRE CHEZ TOI ! ON VEUT PAS DE TOI ICI ! » Il s'en va clopin-clopant, les yeux baissés, et Violet commente : « Y a un truc bizarre chez Charlie Brown. On le voit presque jamais rire. »

Les très rares fois où il a joué à la balle avec moi, mon père jetait celle-ci comme une chose dont il voulait se débarrasser, un trognon de fruit pourri, et il renvoyait mes retours d'un coup de patte maladroit. Je ne l'ai jamais vu toucher un ballon de foot ou un Frisbee. Ses deux loisirs principaux étaient le golf et le bridge, et son plaisir consistait à se confirmer perpétuellement qu'il était peu doué pour l'un et malchanceux dans l'autre.

Il voulait surtout ne plus être un enfant. Ses parents étaient un couple de Scandinaves du dix-neuvième siècle engagés dans une lutte hobbesienne pour triompher des marais du Minnesota central nordique. Son charismatique frère aîné, aimé de tous, s'est noyé dans un accident de chasse à un âge encore jeune. Sa sœur cadette, sotte, jolie et gâtée, a eu une fille unique qui s'est tuée dans un accident de voiture non provoqué. Les parents de mon père eux aussi sont morts dans un accident non provoqué, mais seulement après l'avoir abreuvé d'interdits, d'exigences et de critiques pendant cinquante ans. Il n'a jamais dit un mot méchant à leur propos. Jamais un mot gentil non plus.

Les quelques souvenirs d'enfance qu'il me racontait concernaient son chien, Spider, et sa bande de copains dans la petite ville joliment baptisée Palisade que son père et ses oncles avaient bâtie dans les marais. Le lycée local était à huit miles de Palisade. Pour pouvoir s'y rendre, mon père a vécu dans une pension de famille pendant un an, puis a fait le trajet dans la Ford A de son père. Il était une énigme sociale, invisible après l'école. La fille la plus populaire de sa classe, Romelle Erickson, était pressentie pour prononcer le discours de fin d'études, et « la fine équipe » fut « scandalisée », m'a-t-il raconté maintes fois, d'apprendre que c'était le « péquenot », Earl « Machin », qui avait obtenu cet honneur.

Quand il s'inscrivit à l'université du Minnesota, en 1933, son père l'accompagna et annonça, au premier rang de la file d'attente : « Il sera ingénieur civil. » Mon père fut mal dans sa peau pour le restant de ses jours. À trente ans passés, il hésitait à entreprendre des études de médecine ; à quarante et quelque, on lui proposa une place d'associé dans une société privée mais, au grand dam éternel de ma mère, il n'eut pas le courage d'accepter ; à cinquante, puis à soixante ans, il m'intimait de ne jamais me laisser exploiter par une grosse compagnie. Au bout du compte, cependant, il aura passé cinquante années à faire exactement ce que son père lui avait dit de faire.

Après sa mort, j'ai fouillé quelques boîtes contenant ses papiers. Dans l'ensemble, elles étaient décevantes, sans révélation. De son enfance, il ne restait qu'une enveloppe brune dans laquelle il avait sauvegardé une épaisse liasse de cartes de Saint-Valentin. Certaines étaient succinctes et non signées, d'autres plus élaborées, dans des pochettes en papier crépon ou des dépliants en relief, et quelques-unes de « Margaret » étaient dans de vraies enveloppes ; le style des illustrations oscillait entre victorien et Art déco. Les signatures – des garçons et des filles de son âge pour la plupart, quelques-unes de ses cousins, l'une de sa sœur – étaient d'une écriture d'écolier. Les plus prolixes étaient de la main de son meilleur copain, Walter Anderson. Mais il n'y avait pas une seule carte de ses parents, pas même une carte postale ou le moindre témoignage d'amour, dans aucune des boîtes.

Ma mère le qualifiait d'« hypersensible ». Elle voulait dire non seulement qu'il était très susceptible, mais que cette sensibilité était également physique. Dans sa jeunesse, un médecin lui avait fait subir un examen montrant qu'il était allergique « à presque tout », y compris le blé, le lait et les tomates. Un autre médecin, dont le cabinet était au cinquième étage sans ascenseur, s'était contenté de prendre sa tension pour le déclarer inapte au combat contre les nazis. Du moins c'est ce que mon père m'a dit, avec un haussement d'épaules et un curieux sourire (du genre : « Qu'est-ce que je pouvais y faire ? »), quand je lui ai demandé pourquoi il n'avait pas fait la guerre. Déjà dans mon adolescence, j'avais remarqué que sa gaucherie en société et sa susceptibilité étaient aggravées par cette exemption du service militaire. Il venait pourtant d'une famille de pacifistes suédois et se félicitait de ne pas avoir été soldat. Il était content que mes frères aient eu un sursis et de la chance à la loterie des affectations. Avec ses collègues anciens combattants, il était tellement à côté de la plaque sur la question du Vietnam qu'il n'osait pas aborder le sujet. À la maison, en privé, il clamait avec force que, si Tom avait tiré un mauvais numéro, il l'aurait personnellement conduit au Canada.

Tom sortait du même moule que mon père. Il était tellement sujet à l'urticaire qu'il semblait avoir la rougeole. Son anniversaire tombait à la mi-octobre et il était éternellement le plus jeune de sa classe. La seule fois qu'il sortit avec une fille du lycée, il eut un tel trac qu'il oublia les billets du match de base-ball et dut revenir en courant à la maison, abandonnant la voiture dans la rue, moteur allumé ; la voiture descendit la pente, grimpa sur un trottoir, traversa deux niveaux d'un jardin en terrasses et termina sa course sur la pelouse d'un voisin.

Pour moi, le fait que la voiture fut toujours en état de marche, et même absolument intacte, ajouta encore au prestige de Tom. Ni lui ni Bob ne pouvaient faire quoi que ce fût de mal à mes yeux. Ils étaient experts dans l'art de siffler, dans le jeu d'échecs, dans le maniement des outils et des crayons, et ils étaient mes fournisseurs exclusifs en anecdotes et informations utilisables pour épater mes copains. Dans les marges de son exemplaire scolaire de *Portrait de l'artiste jeune homme*, Tom avait composé sur deux cents pages un dessin qui s'animait au feuillettement représentant un bonhomme-bâton qui sautait à la perche, atterrissait sur la tête et repartait sur une civière portée par des brancardiers-bâtons. J'y voyais un chef-d'œuvre d'art et de science cinématographiques. Mais mon père avait dit à Tom : « Tu ferais un bon architecte, choisis l'une de ces trois écoles. » Il avait dit : « Tu iras travailler chez Sverdrup. »

Tom resta cinq jours sans donner de nouvelles. Il appela un dimanche après la messe. Nous étions assis dans la véranda et ma mère courut à l'autre bout de la maison pour décrocher le téléphone. Son soulagement fut tellement extatique que je me sentis gêné pour elle. Tom était retourné en auto-stop à Houston et faisait griller des poulets dans un fast-food géré par l'Église, dans l'espoir d'économiser assez pour rejoindre son meilleur ami dans le Colorado. Ma mère ne cessait de lui demander quand il comptait rentrer, assurant qu'il était le bienvenu et ne serait pas obligé de travailler chez Sverdrup ; mais je n'eus pas besoin d'entendre les réponses de Tom pour comprendre qu'il ne voulait plus avoir affaire à nous.

Le but d'une bande dessinée, aimait dire Schulz, est de vendre des journaux et de faire rire. La formule peut ressembler à de l'autodérision de prime abord, mais en fait c'est un serment de loyauté. Quand I.B. Singer, dans son allocution pour le Nobel, a déclaré que la première mission du romancier était d'être un conteur, il n'a pas dit « un simple conteur » et Schulz n'a pas dit « de faire simplement rire ». Il était loyal envers le lecteur qui voulait de l'humour dans les pages « humour ». Presque tout – manifester contre la faim dans le monde, arracher un rire avec des mots comme « cocu », prononcer de sages paroles, mourir – est plus facile que la vraie comédie.

Schulz n'a jamais cessé d'essayer d'être drôle. Vers 1970, pourtant, il commença à s'écarter de l'humour agressif pour dériver vers la rêverie mélancolique. Ce furent les fastidieux méandres dans Snoopyland avec Woodstock, l'oiseau guère hilarant, et Spike, le chien sans drôlerie. Certaines grosses ficelles, telle l'insistance de Marcie à donner du « monsieur » à Peppermint Patty, furent recyclées à l'envi. Vers la fin des années quatre-vingt, les vignettes étaient devenues si sages que mes plus jeunes amis s'étonnaient de ma passion pour l'auteur. Et le fait que les anthologies ultérieures de « Peanuts » accordèrent tant de place à Spike et Marcie n'arrangea pas les choses. Les volumes qui rendaient vraiment justice au génie de Schulz, les trois compilations des années soixante, étaient épuisés.

Ce qui fit encore plus de tort à la réputation de Schulz, ce furent ses propres sous-produits kitsch. Même dans les années soixante, il fallait se dépatouiller dans le fatras sirupeux de Warm Puppy pour atteindre le comique ; le côté gentillet des récentes séries télévisées « Peanuts » m'a mis les nerfs en pelote. Ce qui, au début, a fait que « Peanuts » était « Peanuts », c'étaient la cruauté et l'échec ; or, sur toutes les cartes de vœux, les bibelots, les gadgets « Peanuts », on voyait quelqu'un afficher un doux sourire à fossettes. Tout, dans l'industrie milliardaire « Peanuts », incitait à ne pas prendre Schulz au sérieux en tant qu'artiste. Bien plus que Disney, dont les studios ont débité du kitsch dès le départ, Schulz est devenu le symbole de la corruption de l'art par le commerce, qui tôt ou tard finit par peindre un sourire vendeur sur tout ce qu'il touche. L'amateur qui veut voir en lui un artiste ne voit qu'un marchand. Pourquoi n'est-il pas deux poneys ?

Il est toutefois difficile de répudier une bande dessinée si les souvenirs que vous en avez sont plus vivaces que ceux de votre propre vie. Quand Charlie Brown est allé en colonie de vacances, je l'ai accompagné en imagination. Je l'ai entendu essayer de lier conversation avec le campeur cloué sur sa couchette qui refusait de dire autre chose que : « Tais-toi et laisse-moi tranquille. » Je l'ai vu crier à Lucy en rentrant enfin à la maison : « Je suis de retour ! Je suis de retour ! » et j'ai vu Lucy lui répondre, d'un air las : « Tu étais parti ? »

Je suis allé camper moi aussi, à l'été 1970. Mais, à part un problème alarmant d'hygiène personnelle qui résultait apparemment d'une miction dans des orties et que j'ai pris pendant plusieurs jours pour une tumeur fatale ou une crise de puberté, mon expérience du camping fut bien pâle en comparaison de celle de Charlie Brown. Le meilleur moment fut mon retour, quand j'ai vu Bob m'attendre au volant de sa nouvelle Karmann Ghia dans le parking de l'auberge de jeunesse.

Entre-temps, Tom était revenu. Il avait réussi à rallier le domicile de son copain dans le Colorado, mais les parents de celui-ci ne sautèrent pas de joie à l'idée d'héberger le fils fugueur d'autrui et renvoyèrent Tom à St. Louis. Officiellement, j'étais enchanté de son retour. En vérité, j'étais mal à l'aise auprès de lui. Je craignais, si jamais je faisais allusion à sa maladie et à notre quarantaine, de provoquer une rechute. Je voulais vivre dans un monde à la « Peanuts » où la colère était drôle et l'insécurité adorable. Le plus petit enfant de mes livres de « Peanuts », Sally Brown, s'est mis à grandir un instant, puis

61

s'est cogné dans un plafond de verre et n'est pas allé plus loin. Je voulais que chacun aille bien, dans ma famille, et que rien ne change ; mais soudain, après la fugue de Tom, nous avions l'air de nous regarder, tous les cinq, en nous demandant pourquoi nous étions ensemble, sans parvenir à trouver beaucoup de réponses satisfaisantes.

Pour la première fois, dans les mois qui suivirent, les conflits de mes parents devinrent audibles. Les soirs d'hiver, mon père trouvait en rentrant qu'il faisait froid dans la maison. Ma mère objectait que la maison n'était pas froide quand on passait sa journée à y faire des *corvées domestiques*. Mon père fonçait dans la salle à manger et, d'un geste théâtral, réglait le thermostat sur « Zone de Confort », un arc bleu clair entre 25 et 22 degrés. Ma mère disait qu'elle *crevait de chaud*. Pour ma part, comme toujours, je m'abstenais de faire valoir que la Zone de Confort se référait plutôt à la climatisation estivale qu'au chauffage hivernal. Mon père fixait la température à 22 degrés et se retirait dans son bureau, lequel était situé directement au-dessus de la chaudière. Il s'ensuivait un moment de flottement, puis de grands éclats de voix. Où que je me cache dans la maison, impossible de ne pas entendre mon père beugler :

« LAISSE CE MAUDIT THERMOSTAT TRANQUILLE !

– Je ne l'ai pas touché, Earl !

– Si ! Encore une fois !

– Je ne pensais pas l'avoir bougé, je l'ai juste *regardé*, je n'avais pas l'intention de le changer.

– Encore ! Tu l'as encore tripoté ! Je l'avais réglé comme je voulais. Et tu l'as descendu à 21 !

– Eh bien, si j'ai fait ça, c'est tout à fait involontaire. Tu aurais chaud, toi aussi, si tu travaillais toute la journée dans la cuisine.

– Tout ce que je demande, à la fin d'une longue journée, c'est que la température se situe dans la Zone de Confort !

– Earl, il fait très chaud dans la cuisine. Tu ne t'en rends pas compte, parce que tu n'y viens jamais, mais il fait *très* chaud.

– Le *niveau inférieur* de la Zone de Confort ! Même pas intermédiaire ! Inférieur ! Ce n'est pas trop demander ! »

Je m'étonne que « caricatural » reste un adjectif péjoratif. Il m'a fallu la moitié de ma vie pour parvenir à considérer mes parents comme des personnages de bande dessinée. Quant à devenir moi-même une bande dessinée : quelle victoire ce serait !

Finalement, mon père a appliqué la technologie au problème de la température. Il a acheté un calorifère, qu'il plaçait derrière sa chaise dans la salle à manger où, en hiver, les courants d'air venus de la baie vitrée derrière lui le gênaient. Comme la plupart de ses acquisitions mobilières, le calorifère était un minable petit truc de quatre sous, un dévoreur de watts avec un ventilateur asthmatique et une gueule ricanante orange, qui faisait baisser la lumière, noyait les conversations et dégageait une odeur de brûlé chaque fois qu'il se remettait en marche. J'étais déjà au lycée quand il a acheté un modèle plus silencieux et plus cher. Un soir, ma mère et moi évoquions le vieil appareil, caricaturant la frilosité de mon père, tournant en dérision le petit calorifère, la fumée et le ronronnement. Mon père s'est fâché et a quitté la table. Il croyait que nous étions ligués contre lui. Il trouvait que j'étais cruel, et je l'étais, mais je lui pardonnais aussi.

Et la joie se fait jour

Nous nous réunissions le dimanche à cinq heures et demie. Nous choisissions des partenaires, nous leur bandions les yeux et les menions dans des couloirs vides à toute vitesse, pour éprouver leur confiance. Nous faisions des collages sur la protection de l'environnement. Nous jouions des sketches sur la traversée des crises émotionnelles des classes de Sixième et Cinquième. Nous chantions des chansons de Cat Stevens, accompagnés par des éducateurs. Nous écrivions des haïkus sur le thème de l'amitié et nous les lisions à haute voix :

Un ami te soutient
Même quand tu as des ennuis
Alors c'est moins grave.

Un ami est une personne
Sur qui tu peux te reposer
Et en qui tu as confiance.

Ma contribution personnelle à cet exercice –

Tu te fais couper les cheveux
Les gens ordinaires rient
Et les amis ? Non, pas eux.

– se référait à certaines réalités de mon collège, non du groupe. Les membres du groupe, même ceux que je ne considérais pas comme des amis, n'étaient pas autorisés à se moquer de nous de la sorte. C'était l'une des raisons pour lesquelles j'avais voulu en être membre moi-même.

Le groupe s'appelait Camaraderie – sans article, sans adjectif – et il était patronné par la Première Église congréganiste, avec l'aide de l'Église évangélique unie du Christ, au bout de la rue. La plupart des gosses de Sixième et Cinquième s'étaient connus au catéchisme de la Première congréganiste et se sentaient presque cousins. Nous nous étions vus mutuellement dans des manteaux miniatures avec des cravates à élastique ou en culottes courtes écossaises avec des nœuds papillons en velours, nous avions passé de longues minutes assis dans les travées à regarder nos parents respectifs suivre la messe et, un matin, dans le sous-sol de l'église, pendant une vibrante interprétation de « Jésus aime les petits enfants », nous avions tous vu une fillette en collant blanc se faire affreusement pipi dessus. Après avoir vécu ces expériences ensemble, nous entrions dans Camaraderie avec très peu de préventions sociales.

Ça commençait à se gâter en Quatrième. Les élèves de Quatrième formaient un groupe séparé dans Camaraderie, comme pour stigmatiser la toxicité particulière de l'adolescence à cet âge, et nos premières réunions de Quatrième, en septembre 1973, attirèrent des bandes de nouveaux venus qui paraissaient plus émancipés, plus durs et plus expérimentés que nous autres, les petits congréganistes. Il y avait des filles avec des noms à postillonner tels que Julie Wolfrum et Brenda Pahmeier. Il y avait des gars avec des barbes naissantes et des cheveux longs. Il y avait une blonde sculpturale qui s'exerçait continuellement à jouer « The Needle and the Damage Done » à la guitare. Tout ce petit monde leva la main quand nos éducateurs nous demandèrent qui envisageait de participer au premier week-end de retraite à la campagne en octobre.

J'ai levé la main aussi. J'étais un vétéran de Camaraderie et j'aimais les retraites. Mais j'étais petit, j'avais un filet de voix, plus d'élocution que de maturité, et de cet angoissant point de vue la retraite à venir s'annonçait moins comme une réunion de Camaraderie que comme une de ces surprises-parties où je n'étais pas invité d'habitude.

Par chance, mes parents étaient à l'étranger. Ils faisaient leur deuxième voyage en Europe, dorlotés par leurs relations d'affaires autrichiennes, aux frais de l'Autriche. Je passais les trois dernières semaines d'octobre sous la garde de différentes voisines et ce fut à l'une d'elles, Celeste Schwilck, qu'il incomba de me conduire à la Première Église congréganiste un vendredi en fin d'après-midi. Sur le siège du passager de l'Oldsmobile bordeaux des Schwilck, j'ouvris une lettre que ma mère m'avait envoyée de Londres. La lettre commençait par les mots « mon chéri », bien plus dominateurs et bien moins engageants que « mon cher », ce que ma mère n'avait jamais voulu comprendre. Eussé-je été enclin à m'ennuyer d'elle, ce qui n'était pas le cas, le « mon chéri » aurait suffi à m'en dissuader. J'ai reposé la lettre, non lue, dans le sac en papier contenant le repas que Mme Schwilck m'avait préparé.

Je portais mon ensemble antidépresseur : jean, bottes de cow-boy et blouson. Dans le parking de l'église, trente-cinq gaillards en denim lançaient des Frisbees, accordaient des guitares, fumaient des cigarettes, échangeaient des desserts et rivalisaient pour être admis dans les voitures conduites par les jeunes éducateurs les plus en vue. Nous allions à Shannondale, un camp dans l'Ozark à trois heures de route au sud de St. Louis. Pour un trajet aussi long, il était impératif d'éviter la voiture de la Mort sociale, c'est-à-dire celle où montaient des filles mal fagotées et des garçons au sens de l'humour inférieur à la moyenne. Je n'avais rien contre eux, sinon une peur panique d'être pris pour leur semblable. J'ai jeté mes sacs dans une pile de bagages et j'ai couru pour m'assurer une place dans une voiture sûre avec un séminariste moustachu et quelques congréganistes fins et tranquilles, qui savaient fermer les yeux.

En cette saison, dans le Missouri, le soir tombe vite. En retournant chercher mes sacs, je n'ai pas retrouvé mon casse-croûte. Les portières des voitures claquaient, les moteurs démarraient. J'ai fait le tour des gens qui n'étaient pas encore partis. Quelqu'un avait-il vu mon sac en papier ? La retraite n'avait pas commencé depuis cinq minutes que déjà je perdais mon calme. Et ce n'était pas le pire : il était possible que, au même moment, dans l'une des voitures prestigieuses, *quelqu'un fût en train de lire la lettre de ma mère.* Je me sentais comme un officier de l'armée de l'air qui a égaré une ogive nucléaire.

J'ai regagné au pas de course la voiture que j'avais choisie et, avec un emphatique dégoût de moi-même, j'ai annoncé que j'avais perdu mon dîner. Mais le séminariste moustachu a presque traité mon malheur comme une bonne nouvelle. Il a dit que chacun dans la voiture me donnerait une petite part de son repas, que personne n'aurait faim, que tout le monde serait nourri. Dans l'obscurité vespérale, tandis que nous roulions vers le sud, des filles me passèrent inlassablement des victuailles. En les prenant de leurs mains, je sentais leurs doigts.

Lors de mon unique week-end scout, deux ans auparavant, les chefs de la patrouille des Bisons avaient laissé les Pieds-Tendres que nous étions planter nos tentes sous une pluie battante. Les chefs restaient avec leurs potes dans des patrouilles mieux organisées qui avaient apporté des biftecks, des sodas, des allume-feu en paraffine et de grandes quantités de petit bois sec. Quand nous, jeunes Bisons, les avons rejoints pour nous réchauffer, nos chefs nous ont renvoyés vers notre campement trempé. Dans la soirée, le grand chef nous a consolés avec des blagues de Sally la Sotte que les scouts plus âgés connaissaient par cœur. (« Un jour, dans la forêt, un vieil homme dit à Sally la Sotte : "Je voudrais que tu enlèves tous tes habits !" Et Sally la Sotte répond : "Bah, c'est idiot, parce que je suis sûre qu'ils vous iront pas du tout !" ») Je suis rentré du camp mouillé, affamé, épuisé, sale et furieux. Mon père, qui haïssait toute forme de militarisme, s'est fait un plaisir de me retirer des scouts, mais il a insisté pour que je participe à d'autres activités et ma mère a suggéré Camaraderie.

Dans les camps de Camaraderie, il y avait des filles en débardeurs et en shorts. Chaque mois de juin, le groupe des Sixième-Cinquième allait passer cinq jours à Shannondale pour travailler à l'entretien de l'église locale, armé de faucilles et de rouleaux à peinture. Le camp était près de la Current, une rivière alimentée par une source, au lit de gravier, sur laquelle nous faisions une virée en canoë tous les ans. Pour mon premier été, je voulais durcir mon image, passer pour plus stupide que je n'étais, et je pensais y parvenir en m'exclamant continuellement : « Putain ! » Au fil de la Current, je m'émerveillais de la sorte devant chaque trouée de verdure : « Putain ! » Cela irritait mon compagnon de bord, qui, à chaque répétition, répondait non moins mécaniquement : « Putain toi-même. »

Notre canoë était une rôtissoire à cuisses, une véritable étuve en aluminium. Le lendemain de la virée, j'étais plus rouge que le rouquin de Sixième, Bean, mais un peu moins tout de même que le plus populaire de la Cinquième, Peppel, sur le dos écrevisse duquel Bean avait renversé une pleine soupière de bouillon de poulet aux nouilles tout juste retiré du feu. Ce genre de gaffes était la destinée de Bean. Il avait une voix grinçante, une délicatesse de règle à calcul et passait de sales quarts d'heure à Camaraderie, où l'éthique dominante de sincérité et le droit d'aînesse autorisaient des gars comme Peppel à hurler : « Vingt dieux ! T'es pas seulement lourdingue physiquement, t'es lourdingue moralement ! Tu devrais apprendre à faire un peu attention aux autres ! »

Bean, qui était également scout, quitta Camaraderie peu après, laissant ma pomme et ma propre balourdise devenir les cibles désignées de la sincérité des copains. L'été suivant à Shannondale, je jouais aux cartes avec MacDonald, une fille de Sixième aux manières félines dont les lunettes de grand-mère et les frisettes à la Carole King m'attiraient et m'angoissaient à la fois, et dans un moment d'inspiration beanienne j'ai trouvé drôle de regarder en douce dans son jeu pendant qu'elle était aux toilettes. Mais l'humour de la chose échappa à MacDonald. Sa peau était si claire que la moindre de ses émotions, même infime, s'y reflétait selon tout un nuancier de rougeurs. Elle se mit à me traiter de tricheur, alors même que je lui jurais, avec un sourire coupable, que je n'avais pas vu ses cartes. Elle me traita de tricheur jusqu'à la fin du voyage. Au départ de Shannondale, nous nous sommes tous écrit des billets d'adieu réciproques. Celui de MacDonald commençait par « Cher tricheur » et se terminait par : « J'espère qu'un jour tu découvriras qu'il n'y a pas que la triche dans la vie. »

Quatre mois plus tard, je n'avais assurément pas retenu la leçon. Le bien-être que j'éprouvais à revenir à Shannondale en qualité de Quatrième, à porter un jean et à courir dans les bois la nuit, avait été acquis en grande partie par félonie. Je devais faire semblant d'être un môme qui disait naturellement « merde » à tout bout de champ, un môme qui n'avait pas rédigé un exposé long comme un livre sur la physiologie des plantes, un môme qui n'aimait pas calculer des magnitudes stellaires absolues sur sa nouvelle calculatrice Texas Instruments à six fonctions, sous peine de me retrouver mis au pilori comme je l'avais été peu de temps auparavant en cours d'anglais, quand un athlète m'avait accusé de préférer le dictionnaire à tout autre livre et que mon vieux copain Manley, vers qui je m'étais tourné pour qu'il réfutât cette calomnie dévastatrice, m'avait souri en confirmant tranquillement : « Il a raison, Jon. » En entrant bravement dans la grange des garçons de Shannondale, en identifiant les bagages de la voiture de Mort sociale et en réclamant une couchette aussi éloignée que possible desdits bagages, je me fiais au fait que mes copains de Camaraderie fréquentaient d'autres collèges et ignoraient que j'étais une Mort sociale moi-même.

Dehors, j'entendais le gravier de silex de l'Ozark crisser sous les bottes des bandes de potes. Plus loin, près du foyer de Shannondale, entourés de filles de Camaraderie permanentées comme dans les magazines, à la personnalité suave comme une talure sur une pêche, deux caïds inconnus de moi en vestes militaires s'interpellaient en affectant des voix efféminées haut perchées. L'un d'eux avait les cheveux raides et assez d'hormones pour incarner un Fu Manchu duveteux. Il lança : « Ce chéri de Jonathan ! » L'autre, qui était tellement blond qu'il semblait n'avoir ni cils ni sourcils, reprit : « Oh, ce chéri de Jonathan !

– Hé hé hé. Jonathan chéri !

– Jonathan chéri ! »

J'ai tourné les talons et couru dans les bois, je me suis enfoncé dans les feuilles mortes et caché dans le noir. La retraite était maintenant officiellement un désastre. Ma seule consolation était que les membres de Camaraderie m'appelaient Jon, jamais Jonathan. Les caïds pouvaient penser que Jonathan chéri était quelqu'un d'autre. Jonathan chéri était peut-être encore à Webster Groves, en train de chercher son sac en papier. Si j'arrivais à éviter les deux loubards pendant tout le week-end, ils ne devineraient peut-être jamais à qui appartenait le dîner qu'ils s'étaient tapé.

Ils me facilitèrent un peu la tâche, quand le groupe se rassembla au foyer, en choisissant de s'asseoir côte à côte à l'écart du cercle de Camaraderie. Je suis arrivé en retard dans la salle, tête basse, et j'ai intégré la section opposée du cercle, où j'avais des copains.

« Si vous voulez participer à ce groupe, dit aux loubards le jeune prêtre Bob Mutton, rapprochez-vous du cercle. »

Mutton n'avait pas peur des caïds. Il portait lui-même une veste militaire et parlait comme un dur à cuire blasé. Le défier, c'était passer pour un enfant, non pour un émancipé. Mutton supervisait toute l'opération Camaraderie, avec ses deux cent cinquante ados et plusieurs dizaines d'éducateurs, et il avait une tête de Christ qui faisait assez peur – non pas le Christ de la Renaissance au long nez grec, mais celui plus tourmenté du gothique nordique. Ses yeux étaient bleus et rapprochés sous des sourcils tristement froncés. Il avait de grosses mèches châtain qui lui tombaient dans le cou et barraient son front d'une masse oblique ; son bouc était une épaisse broussaille rousse dans laquelle il aimait insérer un cigare Hauptmann. Quand il ne fumait pas ou ne mâchouillait pas un Hauptmann, il tenait d'une main un magazine roulé ou un tisonnier, un bâton, une règle, qu'il tapotait dans sa paume opposée. Quand vous lui adressiez la parole, vous ne saviez jamais s'il allait rire, acquiescer et vous donner raison ou vous clouer le bec avec sa sentence favorite : « Ça, c'est… *de la connerie.* »

Dans la mesure où toute parole sortant de ma bouche était potentiellement une connerie, je m'efforçais de me tenir à l'écart de Mutton. Camaraderie était une classe dont je ne serais jamais le meilleur élève ; je me contentais d'obtenir des B et des C en sincérité et en serviabilité. Pour le premier exercice nocturne, dans lequel chacun devait révéler quel type d'évolution personnelle il attendait de cette retraite, j'ai affiché l'objectif tiède de « nouer de nouvelles relations ». (Mon objectif réel était d'éviter certaines nouvelles relations.) Puis le groupe s'est scindé en plusieurs dyades et groupes réduits d'éveil à la sensibilité. Les éducateurs tentèrent de nous mélanger, de briser les cliques pour provoquer de nouvelles interactions, mais j'avais l'art de repérer et d'attraper en vitesse les partenaires qui n'étaient ni Mortels ni bons amis, et je mis ma technique à profit pour éviter les loubards. Je me suis assis en face d'un fils d'instituteur, un gentil garçon avec une malheureuse propension à parler de Gandalf, j'ai fermé les yeux, j'ai tâté son visage du bout des doigts et je l'ai laissé tâter le mien. Nous avons formé des groupes de cinq et enchevêtré nos corps de manière à créer des machines. Puis nous nous sommes regroupés tous ensemble, nous nous sommes allongés en cercle et en zigzag, chacun avec la tête sur le ventre de son voisin, et nous avons ri collectivement.

Je fus soulagé de voir les loubards participer à cet exercice. Une fois que vous avez laissé un inconnu vous palper la figure, même à contrecœur et en ricanant, vous devenez partie intégrante du groupe et moins enclin à le ridiculiser le lundi. J'avais également l'intuition que ces exercices coûtaient davantage aux loubards qu'à moi-même ; que les gars qui volaient des sacs-repas étaient en plus mauvaise posture que moi. Bien qu'ils fussent incontestablement mes ennemis, j'enviais leurs cheveux longs et leurs fringues rebelles, que je n'avais pas le droit de porter, et j'admirais en partie la pureté de leur colère adolescente, qui contrastait avec mon attitude brouillonne de poseur constipé et nunuche. L'une des raisons pour lesquelles les ados de ce genre m'effrayaient, c'était qu'ils semblaient authentiques.

« Juste un petit rappel, dit Mutton avant que nous ne nous dispersions pour la nuit. Les trois règles d'ici sont : pas d'alcool, pas de sexe, pas de drogue. Par ailleurs, si vous apprenez que *quelqu'un d'autre* a enfreint l'une des règles, vous devez venir me le dire ou le dire à un éducateur. Sinon, même traitement que si vous aviez enfreint la règle vous-même. »

Mutton embrassa le cercle d'un regard étincelant. Les voleurs de dîner eurent l'air de trouver ça extrêmement drôle.

Depuis que je suis adulte, quand je prononce les mots « Webster Groves » devant des gens que je viens de rencontrer, on m'informe souvent que j'ai grandi dans une ville horriblement bourgeoise, insulaire et conformiste, avec une hiérarchie sociale punitive. La vingtaine de personnes qui m'ont dit ça au fil des années n'ont pas dû passer, d'après mon estimation, plus de vingt minutes à eux tous à Webster Groves, mais chacune était en fac dans les années soixante-dix et quatre-vingt, à une époque où l'une des références sociologiques incontournables était un documentaire de 1966 de CBS intitulé *16 ans à Webster Groves*. Le film, d'une durée d'une heure, l'une des premières expériences de sociologie en *prime time*, portait sur le comportement d'adolescents de seize ans en banlieue. J'ai essayé d'expliquer que le Webster Groves décrit dans le documentaire était assez éloigné de la bourgade tranquille et sans prétention où j'avais grandi. Mais il est impossible de contredire la télé : les gens me lancent des regards soupçonneux, ou hostiles, ou apitoyés, comme si je refoulais la vérité.

À en croire le commentateur du documentaire, Charles Kuralt, le lycée de Webster Groves était dirigé par une minuscule élite de « gandins » qui marginalisaient et gâchaient la vie de la grande majorité des élèves, ceux qui n'étaient ni « capitaines de football », ni « pom-pom girl », ni « reines de bal ». Les interviews de ces gandins tout-puissants montraient une gent estudiantine obsédée par les notes, les bagnoles et le fric. CBS faisait défiler les images des plus grandes maisons de Webster Groves ; les milliers d'habitations petites et moyennes n'étaient jamais filmées. Sans raison apparente, uniquement pour le grotesque visuel qui en résultait, les réalisateurs inclurent un plan de presque vingt minutes où l'on voyait des adultes en smokings et robes de soirée danser le rock dans un club mondain. D'un ton accablé, pour laisser entendre à quel point la ville était oppressante, Kuralt rapporta que le nombre de lycéens à problèmes et buveurs était « *très* bas » et, tout en concédant qu'une « minorité de vingt pour cent » des ados de seize ans accordaient une haute valeur à l'intelligence, il ajoutait une insinuation de portée orwellienne : « Ce genre de mentalité peut mettre en péril votre standing social au lycée de Webster. »

Le film n'était pas entièrement faux en ce qui concernait le lycée de Webster. Mon frère Tom, bien qu'il ne fût pas l'un des six cent quatre-vingt-huit seize-ans éponymes (il était né un an trop tard), se rappelle en effet que ses années de lycée ont surtout consisté à accumuler de bonnes notes et à zoner dans l'arrière-ban social avec tous les autres non-gandins ; ses principaux loisirs étaient les virées avec les copains qui avaient des voitures. Le film n'était pas faux non plus en ce qui concernait le conservatisme de la ville : Barry Goldwater avait conquis Webster Groves en 1964 [1].

Le problème de *16 ans* était le ton. Lorsque Kuralt, avec un sourire affligé, demanda à un groupe de parents de Webster Groves si une manifestation pour les droits

1. La candidature de Barry Goldwater à la présidence en 1964 est considérée comme le début d'une droitisation extrême du Parti républicain.

civiques n'insufflerait pas « un peu de vie dans le quotidien d'ici », lesdits parents se cabrèrent en le prenant pour un fou ; et les réalisateurs, incapables d'imaginer qu'on puisse être une brave personne sans vouloir pour autant que son fils de seize ans participe à une manifestation pour les droits civiques, présentèrent Webster Groves comme un cauchemar d'autoritarisme idéologique et de matérialisme sans âme. « Nous pensions que les jeunes rêvaient d'aventure, disait la voix off de Kuralt. Mais les trois quarts de ces adolescents ont pour principaux objectifs dans la vie une bonne situation, l'argent et la réussite. Et nous pensions que, à seize ans, on était plein de désirs et d'insatisfaction. Mais quatre-vingt-dix pour cent déclarent se trouver bien à Webster Groves. Près de la moitié serait d'accord pour y rester *jusqu'à la fin de leurs jours*. » Kuralt prononça ces derniers mots avec une emphase inquiétante. L'explication la plus évidente – à savoir que CBS était tombée par hasard sur une communauté particulièrement conviviale – ne semble pas lui avoir traversé l'esprit.

La diffusion du film, le 25 février 1966, entraîna tant de protestations téléphoniques et épistolaires de Webster Groves que la chaîne concocta une suite exceptionnelle, *Webster Groves revisitée*, qu'elle diffusa deux mois plus tard. Là, Kuralt tenta plus ou moins de s'excuser sans aller jusqu'à prononcer les mots : « Je regrette. » Pour arrondir les angles, il proposa une séquence où l'on voyait des gandins regardant l'émission de février et s'arrachant les cheveux devant les âneries qu'ils avaient dites sous l'œil de la caméra ; il concéda que les enfants qui grandissaient dans des environnements sécurisés pouvaient néanmoins devenir des aventuriers à l'âge adulte.

La valeur centrale de Webster Groves, celle dont l'absence dans le documentaire exaspérait ses citoyens, était une espèce de bonhomie apolitique. Les paroissiens de la Première Église congréganiste étaient peut-être fortement républicains, mais ils avaient toujours choisi des pasteurs libéraux. Le prêtre des années vingt avait averti la congrégation que son travail était « clinique » et non personnel. (« Un bon prêtre est un psychanalyste, dit-il. Si cette idée vous choque, laissez-moi vous dire que Jésus fut le premier psychanalyste de tous les temps. Comment un prêtre ne suivrait-il pas son exemple ? ») Dans les années trente, le pasteur était un fervent socialiste qui portait un béret, fumait des cigarettes et se rendait à l'église à vélo. Son successeur fut un ancien combattant, Ervine Inglis, qui prêcha le pacifisme tout au long de la Seconde Guerre mondiale.

Bob Roessel, le fils d'un avocat républicain local, fréquentait l'église au temps du pasteur socialiste et passait ses étés dans le Nouveau-Mexique chez un oncle qui dirigeait le Federal Writer's Project[1] régional sous la houlette du ministère des Grands Travaux. En voyageant dans le Sud-Ouest, Roessel s'éprit de la culture navajo et décida de devenir missionnaire – une ambition qui perdura jusqu'à sa rencontre au séminaire avec de vrais missionnaires qui parlaient de conduire les sauvages des ténèbres à la lumière. Roessel alla demander à Ervine Inglis, qui était de tendance unitarienne (il ne croyait pas à l'efficacité de la prière, par exemple), si on pouvait être à la fois chrétien *et* navajo. Inglis répondit oui. Abandonnant le séminaire, Roessel épousa la fille d'un sorcier navajo et voua sa vie au service de son peuple adoptif. Quand il venait à Webster Groves pour voir sa mère, il installait une table devant l'église et vendait des couvertures et des bijoux en argent pour aider la tribu. Il fit de vibrants discours sur la grandeur des Navajos, expliquant aux paroissiens que leur Midwest, avec ses pelouses

1. Programme de subvention des écrivains dans le cadre du New Deal de Roosevelt. De nombreux bénéficiaires furent par la suite accusés d'être des gauchistes.

ombragées, ses bonnes écoles, ses emplois de cadre chez Monsanto, serait un *paradis* pour son autre peuple. « Les Navajos, dit-il, n'ont rien. Ils vivent dans le désert avec rien. Et cependant les Navajos ont quelque chose que vous n'avez pas : les Navajos croient en Dieu. »

À l'automne 1967, le nouveau pasteur associé de la paroisse, Duane Estes, réunit seize adolescents et un séminariste pour leur faire une proposition : cela leur plairait-il de former un groupe pour lever des fonds afin d'aller aider les Navajos en Arizona pendant les vacances de printemps ? Dans la ville de Rough Rock, Bob Roessel lançait une « école pilote », la première école indienne du pays gérée par un directoire indien local et non par le Bureau des Affaires indiennes, et il cherchait des bénévoles pour travailler dans la communauté. Le vieux groupe scolaire de la Première congréganiste, Camaraderie des Pèlerins, venait de traverser une passe difficile (peut-être en rapport avec l'obligation faite aux membres de porter des chapeaux de pèlerin noirs pendant les assemblées). Estes, ancien aumônier des classes préparatoires et entraîneur de football, supprima le mot « Pèlerins » (ainsi que les chapeaux) et proposa une forme différente de pèlerinage, un pèlerinage d'entraîneur de foot : allons montrer au monde de quoi on est capables ! Il avait prévu que deux breaks suffiraient pour le voyage en Arizona mais, lorsque le groupe partit pour Rough Rock, le lendemain de l'assassinat de Martin Luther King, il fallut un bus tout entier.

Le séminariste solitaire, Bob Mutton, était dans ce bus en compagnie de tous les jeunes banlieusards BCBG, avec ses grosses rouflaquettes et sa dégaine de marginal. Mutton avait grandi dans une ville ouvrière près de Buffalo. Il avait été un mauvais garçon au lycée, draguant les filles dans l'énorme Buick décapotable de 49 qu'il avait rafistolée avec son père, un conducteur d'engins. Il se trouvait que l'une des filles qu'il poursuivait de ses assiduités appartenait à un groupe paroissial ; or le chef de ce groupe s'intéressa à lui et l'incita à faire des études. Il termina au Elmhurst College, une faculté de Chicago dépendante de l'Église. Pendant deux ans, il continua sa vie de bâton de chaise ; il traînait avec de mauvais garçons, qu'il appréciait. Puis, durant sa quatrième année d'immersion à Elmhurst, il annonça à ses parents qu'il allait épouser une camarade de classe, une fille d'ouvriers de Chicago, et irait au séminaire. L'idée du séminaire n'enchanta pas son père – ne pouvait-on pas faire du droit tout en étant chrétien ? – mais Mutton pensait avoir la vocation et il s'inscrivit à l'Eden Theological Seminary, à Webster Groves, à l'automne 1966.

C'était une époque où les écoles telles qu'Eden attiraient les étudiants qui convoitaient le statut de conscription militaire IV-D, dont bénéficiaient les séminaristes. Mutton et ses copains de première année faisaient les quatre cents coups dans le dortoir, riant au nez de leurs pieux aînés qui se plaignaient du bruit. Toutefois, plus le séjour de Mutton et de sa femme à Webster Groves se prolongeait, moins ils sortaient. Webster Groves n'était pas une ville collet monté, mais elle était pleine de petits-bourgeois sérieux et les Mutton n'avaient guère l'occasion de rencontrer de jeunes couples à leur image. Mutton mangeait en tenant sa fourchette dans son poing, comme une pelle. Il roulait dans une voiture qui consommait presque autant d'huile que d'essence. Il payait sa scolarité en travaillant comme couvreur. Quand vint le moment de choisir une spécialisation, en seconde année, il fut l'un des deux seuls de sa classe à vouloir devenir aumônier de la jeunesse. Il était conscient de l'existence souterraine d'une immense population d'adolescents égarés, parfois bons élèves, parfois en rébellion, parfois simplement paumés, mais toujours sous-alimentés par les valeurs de leurs parents et, à la différence de CBS, il leur reconnaissait des désirs et de l'insatisfaction. Il était passé par là lui-même. Et, au fond, il était encore l'un d'eux.

Dans les églises de la taille de la Première congréganiste, les groupes scolaires comptaient en principe trente ou quarante membres – le nombre qu'avait obtenu Camaraderie la première année. En juin 1970, quand la Première congréganiste engagea Mutton pour remplacer Duane Estes, il y avait déjà quatre-vingts membres et, au cours des deux premières années de fonction de Mutton, au moment où la méfiance des Américains envers l'autorité institutionnelle atteignait son plus haut degré historique, le chiffre doubla encore. Chaque jour après l'école, les aînés devaient se frayer un chemin entre les pieds des adolescents en sandales, en Keds et en bottes. Il y avait une poignée d'admiratrices qui campaient pratiquement dans le bureau de Mutton, coude à coude sur son divan élimé, sous son poster psychédélique de Jésus. Entre son bureau et le foyer de la paroisse, des dizaines d'autres mômes en tuniques brodées et chemises en denim jouaient de la guitare dans des tonalités rivales tandis que des fumées de cigarettes blanchissaient l'intérieur des bouteilles de soda à long col dans lesquelles chacun persistait à jeter des mégots malgré les plaintes de la compagnie de distributeurs automatiques.

« Je demanderai à l'aumônier de les prier de ne plus le faire », promettait inlassablement à la compagnie la secrétaire infiniment patiente de la paroisse.

Des jeunes d'autres églises se joignirent au groupe, pour le charme de l'Arizona, pour les marathons de musique vivante que devinrent rapidement les allers-retours en bus et pour se mêler au public avenant qui se pressait aux concerts acoustiques et électriques donnés dans l'église le vendredi soir par les musiciens de Camaraderie. L'attrait principal, pourtant, restait Mutton lui-même. Comme le disait une rengaine très en vogue à l'époque, « pour chanter le blues, il faut vivre durement », et les origines prolétariennes de Mutton, outre son allergie à la bigoterie, faisaient de lui une balise d'authenticité aux yeux des jeunes gens policés de Webster Groves. Le travail avec des adolescents, c'est bien connu, est très prenant, mais Mutton, qui n'avait pas de vie sociale, disposait du temps nécessaire. Avec son tempérament bouillant, ses manières carrées, ses jurons, il répondait aux problèmes de l'adolescence que les plus de vingt ans ne semblaient pas comprendre à Webster Groves.

Sur un terrain de basket, Mutton était un fou aux yeux flamboyants et au tee-shirt mouillé de sueur. Il lançait le ballon aux mauvais joueurs avec la même vivacité brusque qu'aux bons joueurs ; si vous ne teniez pas sur vos cannes quand il montait au panier, il vous renversait et vous passait dessus. Si vous étiez un vieux Navajo et que, voyant débarquer sur vos terres un car rempli d'ados avec des guitares et des pinceaux, vous demandiez à Mutton la raison de leur venue, il ne tournait pas autour du pot : « Nous sommes venus principalement pour nous-mêmes », répondait-il. Si vous étiez un membre de Camaraderie et, par hasard, passager de sa voiture quand il s'arrêtait pour acheter de quoi célébrer l'eucharistie, il se tournait vers vous comme vers un pair et vous demandait votre avis : « Quel genre de vin devrais-je choisir ? » Il parlait de sexe avec la même liberté. Il voulait savoir ce qu'on pensait de l'idée européenne selon laquelle les Américains étaient passifs au lit et si on connaissait la blague du Français qui, apercevant une femme couchée sur une plage, se met à lui faire l'amour et, quand ses copains lui font remarquer qu'elle est morte, répond : « Oh, pardon, je croyais qu'elle était américaine. » Il semblait prêt à se fier à votre jugement quand il vous interrogeait sur certains miracles du Nouveau Testament, tels que la multiplication des pains. Qu'est-ce qui s'était vraiment passé, d'après vous ? Vous pouviez émettre la supposition que quelques-unes des cinq mille personnes présentes pour écouter Jésus avaient des provisions cachées sous leurs robes et que, encouragées à partager leurs victuailles par le message de fraternité de Jésus, l'offrande entraîna l'offrande et tout le monde fut nourri. « Le miracle du socialisme, en somme ? disait Mutton. Ça me suffirait, comme miracle. »

Dans un article d'une page entière sur Camaraderie en novembre 1972, le *St. Louis Globe-Democrat* s'exclamait : « Des parents d'élèves se plaignent que leurs enfants passent trop de temps à l'église ! Pour punir un lycéen, on le prive d'église ! » Certains parents, membres ou non de la Première congréganiste, pensaient même que Camaraderie était une secte. Mutton, sous un mauvais éclairage, pouvait ressembler à Charles Manson et il y avait quelque chose de troublant dans l'assiduité des gosses au catéchisme : ils économisaient leurs vêtements préférés, les plus usés, pour l'occasion et piquaient des colères quand ils rataient une réunion. Mais la plupart des parents reconnaissaient que, vu l'état des relations intergénérationnelles, les choses auraient pu être bien pires. Mutton bénéficiait de la confiance de son supérieur hiérarchique, Paul Davis, et de l'appui déterminant de plusieurs responsables ecclésiastiques haut placés qui avaient participé aux premiers voyages en Arizona et en étaient revenus acquis à Camaraderie. Quelques congréganistes conservateurs se plaignaient à Davis du style de Mutton, de ses cigares, de ses obscénités, et Davis écoutait leurs plaintes avec beaucoup de sympathie, acquiesçait, grimaçait complaisamment, répétait de sa voix extraordinairement apaisante qu'il comprenait leurs soucis et les remerciait de s'être donné la peine de lui en faire part. Puis il refermait la porte de son bureau et ne prenait aucune mesure.

Mutton était comme un appât jeté dans un étang où personne n'avait pêché depuis trente ans. Dès qu'il eut pris Camaraderie en main, il fut entouré d'ados à problèmes qui ne supportaient pas leurs parents mais avaient cependant besoin d'un adulte dans leur vie. Ils lui rapportaient, sur le ton de la plus extrême confidentialité, que leurs pères buvaient et les battaient. Ils lui racontaient des rêves pour qu'il les interprète. Ils faisaient la queue devant son bureau, attendant une audience particulière, souffrant de n'être pas à la place du petit veinard seul à seul avec lui derrière sa porte fermée, pensant que même la joie d'être enfin reçus ne pourrait compenser la douleur de l'attente. Tout le monde se droguait. Des ados éclusaient le Gilbey's familial, planquaient de l'acide dans les toilettes de l'école, fumaient des peaux de bananes spécialement vieillies, avalaient des antihistaminiques parentaux et de la nitroglycérine grand-parentale, consommaient des noix de muscade en quantités vomitives, remplissaient de bière des cartons à lait vides et picolaient en public, exhalaient de la fumée de haschich dans les hottes des cuisines ou les isolants des plafonds de cave, puis fonçaient à l'église. Trois garçons de bonne famille furent pris en train de se droguer dans le sanctuaire même de la Première congréganiste. Mutton passa des heures à essayer de comprendre ce que lui disait un membre fondateur de Camaraderie à l'issue d'un séjour en hôpital psychiatrique consécutif à un abus de LSD. Quand une fille de Camaraderie raconta à Mutton que, s'étant saoulée dans une fête, elle avait fait l'amour tour à tour avec trois garçons de Camaraderie, Mutton convoqua les quatre acteurs ensemble dans son bureau et, s'arrogeant une sorte de prérogative patriarcale, obligea chaque garçon à présenter des excuses. Une autre fille refusa de parler à ses parents, qui venaient de trouver des préservatifs dans sa chambre, jusqu'à ce que Mutton fût appelé comme médiateur. À la fois parrain et apprenti sorcier, il intervenait de plus en plus dans la vie des familles.

En septembre 1973, un mois avant la retraite des Quatrièmes à Shannondale, un adolescent brillant de dix-sept ans nommé MacDonald vint trouver Mutton dans son bureau pour lui dire que la vie ne lui offrait plus de perspectives. MacDonald était le frère aîné de la fille qui avait été scandalisée par ma tricherie aux cartes. Il était sur le point d'entrer en fac. Mutton ne donna pas suite à leur conversation et, quelques semaines plus tard, Mac-Donald se pendit. Mutton fut anéanti. À vingt-neuf ans, il se sentait dépassé et mal préparé. Il jugea nécessaire de recevoir une formation de thérapeute et un paroissien de la Première congréganiste lui prêta généreusement cinq mille dollars pour lui permettre de suivre les cours d'un célèbre psy chrétien local.

Il m'a fallu des années – des décennies – avant d'apprendre tout cela. J'étais arrivé tardivement à Camaraderie, de même que j'étais arrivé tardivement dans ma propre famille. Quand on dressa les listes des « choses à connaître », je fus laissé-pour-compte. C'était comme si je traversais la vie avec une pancarte disant NE LE METTEZ PAS AU COURANT.

Quand j'ai parlé avec mon copain Weidman de ce que faisait une fille quand elle se masturbait, je croyais tenir honnêtement mon rôle dans la conversation, mais j'ai dû dire quelque chose de bizarre, parce que Weidman m'a demandé, sur le ton d'un professeur amical : « Tu sais ce que c'est, la masturbation, hein ? » J'ai répondu que oui, bien sûr, c'était le saignement, les règles et tout ça. En cours d'éloquence, je n'ai pas su prévoir la pénalité sociale à laquelle s'exposait un individu qui apportait ses peluches Kangou et Rou en classe pour illustrer son exposé sur les animaux sauvages d'Australie. Question drogues, j'avais remarqué que de nombreux collégiens se défonçaient pour se donner des forces avant l'étude. La marijuana des cours de récréation du Missouri en 1973 était une herbe peu forte, pleine de graines, et les consommateurs devaient tirer tellement de taffes qu'ils sentaient la fumée en entrant, empestaient autant que la

84

salle de sciences naturelles le jour du cours annuel sur la distillation du bois. Mais, à quatorze ans, je n'étais pas dans le coup. Je ne savais même pas comment appeler ce que fumaient les ados. Le mot « herbe » était pour moi ce genre de terme entre guillemets qu'employaient les mères et les profs pour se donner l'air plus à la page qu'ils ne l'étaient en réalité, ce qui correspondait hélas d'assez près à mon propre cas. Je préférais résolument dire « dope », parce que c'était ce que disait mon copain Manley, mais ce mot aussi, dans ma bouche, perdait son côté cool ; je n'étais pas sûr du tout que « dope » fût le vocable en usage chez les vrais fumeurs d'herbe, et le « o » long (dôôpe) flétrissait sur ma langue comme un raisin sec pour produire un phonème plus proche de « dup ».

Donc, si d'aventure, en traversant le parking de Shannondale le samedi soir, je percevais une odeur de chanvre brûlé, je ne pipais pas. Le week-end s'avéra moins désastreux que je ne l'avais craint. Les voleurs de dîner s'étaient faits discrets au point de sécher quelques activités obligatoires et j'étais devenu assez téméraire pour entraîner mes vieux potes du catéchisme dans une variante du jeu des quatre coins avec ballon de basket. (À l'école, l'année précédente, Manley et moi avions lancé une nouvelle forme de ce jeu pendant la pause de midi, le transformant en sport de vitesse ; Manley était un trop bon athlète pour être raillé, mais mon apologie béate d'un jeu de fillettes fut probablement l'une des raisons pour lesquelles mon camarade de travaux pratiques Lunte fut sommé de reconnaître que j'étais une tapette et se fit casser la gueule pour avoir répondu par la négative.) Je m'assis sous le soleil de l'Ozark avec ma jolie et poétique copine Hoener pour parler de Gregor Mendel et E.E. Cummings. Le soir, je jouai aux cartes avec une tutrice pour qui j'avais le béguin, une fille de Terminale appelée Kortenhof, pendant que quelqu'un d'autre traversait le parking et flairait la fumée.

Le lendemain matin, quand nous convergeâmes vers le foyer pour ce qui eût dû être une courte messe dominicale avec accompagnement musical mais sans Jésus, les éducateurs se présentèrent tous en rang serré, l'œil mauvais. Mutton, qui pâlissait quand il était en colère, avait les lèvres presque bleues.

« Hier soir, dit-il d'une voix blanche, certains ont enfreint la règle. Il y en a qui se sont drogués. Ils savent qui ils sont et ils ont des choses à nous dire. Si vous êtes l'un d'eux, ou si vous étiez au courant et n'avez rien dit, je veux que vous vous leviez pour nous raconter ce qui s'est passé. »

Mutton recula d'un pas, tel un présentateur de music-hall, et six coupables se levèrent. Il y avait deux filles, Hellman et Yanczer, bouffies de larmes ; un garçon effacé de Camaraderie, nommé Magner ; les deux voleurs, le blond et Fu Manchu le barbichu ; et une fille chafouine, en vêtements moulants, qui semblait être leur comparse. Les voleurs prirent un air à la fois piteux et effronté. Ils dirent que marmonno marmonni marmonna.

« Quoi ? Je n'ai pas bien entendu, fit Mutton.

– J'ai dit que j'ai fumé un joint dans le parking et que j'ai enfreint la règle », cracha Fu Manchu.

Une séparation physique s'était installée entre nous et les délinquants, qui se tenaient alignés contre un mur du foyer, certains furieux, d'autres en pleurs, les pouces accrochés aux poches de leur jean. Je me faisais l'effet d'un môme qui avait consacré son week-end à d'innocentes activités bébêtes (les quatre coins !) pendant que les grands s'encanaillaient ailleurs.

La fille Hellman était la plus déconfite. Déjà en temps normal, ses yeux étaient brillants et légèrement exorbités, comme sous la pression d'une émotion contenue ; maintenant c'était sa figure tout entière qui brillait. « Je regrette ! » lança-t-elle, gémissante, à Mutton. Des larmes comprimées jaillirent de ses yeux et elle se tourna vers nous : « Je regrette ! »

Yanczer était une fille petite, à la bouille ronde, qui parlait par-dessus son épaule, tournée de trois quarts, comme si elle n'avait décidé de rester que provisoirement. À présent, son épaule était contre le mur. « Je regrette aussi, dit-elle en nous lorgnant de travers. Mais en même temps, bon, je me dis, quand même, c'est pas si grave.

– C'est grave parce que nous sommes une communauté, ici, dit Mutton. Si nous avons une liberté d'action, c'est parce que les parents nous font confiance. À partir du moment où quelqu'un enfreint la règle et sape cette confiance, toute la communauté en pâtit. Ce week-end a peut-être sonné la fin de notre groupe. »

Les loubards échangeaient des sourires en coin.

« Qu'est-ce qui vous fait sourire ? aboya Mutton. Vous trouvez ça drôle ?

– Non, dit le blond en rejetant ses mèches presque blanches. Mais faut pas exagérer non plus, quoi.

– Personne ne t'oblige à rester dans cette pièce. Tu peux prendre la porte dès que tu veux. Vous pouvez partir tout de suite, d'ailleurs. Tous les deux. Vous avez ricané pendant tout le week-end. J'en ai marre. »

Les loubards se mirent d'accord d'un coup d'œil et se dirigèrent vers la porte, suivis de la fille chafouine. Restaient Hellman, Yanczer et Magner. La question était de savoir s'il fallait les bannir aussi.

« Si c'est comme ça que vous traitez le groupe, dit Mutton, si on ne peut pas vous faire davantage confiance, pourquoi aurait-on envie de vous revoir la semaine prochaine ? Expliquez-nous donc ce qui, à votre avis, vous autorise à faire encore partie de ce groupe. »

Hellman nous implora du regard, les yeux écarquillés. Elle dit que nous ne pouvions pas la bannir. Elle aimait Camaraderie ! Nous lui avions pratiquement sauvé la vie ! Elle tenait plus au groupe qu'à *n'importe quoi.*

Un lutin en salopette délavée riposta :

« Si tu tiens tellement au groupe, pourquoi tu as fait venir ces loubards, pourquoi tu nous embêtes ?

– Je voulais leur faire connaître Camaraderie, répondit Hellman en se tordant les mains. Je pensais que ça leur ferait du bien ! Je regrette !

– Attends, tu n'es pas responsable des actes de tes amis, dit Mutton. Tu n'es responsable que des tiens.

– Mais j'ai déconné aussi ! geignit Hellman.

– Exact, et tu en assumes la responsabilité.

– *Mais elle a déconné !* reprit le lutin en salopette. En quoi elle "assume sa responsabilité" ?

– En restant ici pour vous affronter, répondit Mutton. C'est très difficile. Il faut du cran pour ça. Peu importe ce que vous déciderez, je veux que vous sachiez qu'ils ont du cran, tous les trois, rien qu'en restant dans cette pièce avec nous. »

Il s'ensuivit une heure d'expiation, au cours de laquelle, l'un après l'autre, nous nous adressâmes aux trois mécréants pour leur exposer le fond de notre pensée. Des filles tachaient leur jean de cendres et trituraient leurs paquets de Winston. Des garçons éclataient en sanglots à l'idée que le groupe allait être dissous. Dehors, on entendait crisser sur le gravier les pneus des parents venus chercher leurs enfants, mais la procédure de Camaraderie exigeait de régler les conflits sans délai et nous restions donc assis là. Hellman, Yanczer et Magner s'excusaient tour à tour et nous interpellaient : n'avions-nous aucun sens du pardon, n'avions-nous jamais enfreint une règle nous-mêmes ?

J'ai trouvé la scène perturbante. La confession de Hellman l'avait cataloguée dans mon esprit comme une dangereuse droguée asociale, le genre de marginale que je craignais et dédaignais à l'école, et pourtant elle se comportait comme si une exclusion de Camaraderie eût signifié sa mort. J'aimais bien le groupe, moi aussi, du moins jusqu'à ce matin, mais pas au point de mourir si on m'en avait privé. Hellman semblait avoir un lien plus fort et plus authentique avec Camaraderie que les membres obéissants qu'elle avait trahis. Et voilà que Mutton nous vantait son courage ! Quand ce fut à moi de parler, je dis que j'avais peur que mes parents ne m'interdisent de retourner à Camaraderie, parce qu'ils étaient très antidrogue, mais que je n'étais pas favorable à une exclusion.

Il était midi passé quand nous avons émergé du foyer, éblouis par la lumière du jour. Les voleurs bannis jouaient avec un ballon Nerf en rigolant près des tables de pique-nique. Nous avions décidé d'offrir une seconde chance à Hellman, Yanczer et Magner, mais l'essentiel, dit Mutton, était de rentrer directement à la maison et de raconter à nos parents ce qui s'était passé. Chacun de nous devait se sentir responsable pour tout le groupe.

Ce fut certainement plus difficile pour Hellman, dont la dévotion à Camaraderie était proportionnelle à la méchanceté de son père envers elle, et pour Yanczer. Quand la mère de celle-ci apprit la nouvelle, elle menaça d'appeler la police si Yanczer n'allait pas voir le proviseur pour dénoncer le copain qui lui avait procuré de la drogue. Ce copain était Magner. Ce fut une semaine de disputes sordides mais, malgré tout, les trois ados rappliquèrent à Camaraderie le dimanche suivant.

Moi seul avais encore un problème. Ce problème était mes parents. D'entre toutes mes épouvantes de ce temps-là – les araignées, l'insomnie, les hameçons, les bals scolaires, les balles de base-ball, l'altitude, les abeilles, les urinoirs, la puberté, les profs de musique, les chiens, la cafétéria du collège, la réprimande, les adolescents plus âgés, les méduses, les vestiaires, les boomerangs, les filles en vogue, les plongeons –, la pire était probablement mes parents. Mon père ne me donnait presque jamais la fessée mais, quand il le faisait, c'était avec le courroux de Jéhovah. Ma mère possédait une tondeuse avec laquelle, le jour où des gosses du quartier m'avaient enduit les cheveux de vaseline pour obtenir un effet bébé rocker quand j'avais trois ou quatre ans, elle avait attaqué ma tignasse à répétition après m'avoir ébouillanté la tête. Ses opinions étaient aussi tranchantes que sa tondeuse. Il ne fallait pas lui chercher noise. Je n'aurais jamais osé, par exemple, profiter de son absence du pays pour passer outre l'interdit de porter un jean en classe, de peur qu'elle ne le découvre.

Eussé-je été en mesure de parler à mes parents immédiatement, l'élan de la retraite m'aurait peut-être porté. Seulement voilà, ils étaient toujours en Europe et j'étais de plus en plus convaincu qu'ils me défendraient de retourner à Camaraderie – pis que cela, qu'ils me gronderaient ou, pis encore, me forceraient à haïr le groupe –, je me faisais un sang d'encre, comme si c'était *moi* qui avais commis l'infraction. Bientôt, la peur d'avouer le crime collectif du groupe se changea en terreur, la plus grande terreur de ma vie.

À Paris, ma mère se fit coiffer chez Elizabeth Arden et bavarda avec la veuve de Pie Traynor, le glorieux champion de base-ball. À Madrid, elle mangea du cochon de lait à la Casa Botín parmi des hordes d'Américains dont la laideur la déprima, puis elle tomba sur le couple qui possédait la quincaillerie de Webster Groves, également en vacances, et elle se sentit mieux. Elle passa le 28 octobre dans un compartiment de première classe d'un train pour Lisbonne et nota dans son carnet de voyage : *Agréable 29ᵉ anniversaire de mariage – ensemble toute la journée*. À Lisbonne, elle reçut une lettre dans laquelle je n'écrivis pas un mot sur la retraite de Camaraderie.

Je les attendais avec mon frère Bob à l'aéroport de St. Louis, le jour de Halloween. À leur descente d'avion, mes parents m'apparurent en pleine forme, cosmopolites et adorables. Je souriais jusqu'aux oreilles. Ce devait être la soirée de mes aveux, mais il me semblait gênant de mêler Bob à l'affaire et je compris trop tard, lorsqu'il regagna ses pénates en ville, qu'il me serait beaucoup plus difficile, au contraire, d'affronter mes parents sans lui. Puisque Bob venait habituellement dîner à la maison le dimanche soir, et que dimanche tombait dans quatre jours, je décidai de reporter ma révélation jusqu'à son retour. N'avais-je pas déjà attendu deux semaines ?

Le dimanche matin, ma mère m'annonça que Bob avait d'autres projets et ne viendrait pas dîner.

J'envisageai de ne rien dire du tout. Mais je ne voulais pas manquer à la promesse faite au groupe. L'angoisse ressentie à Shannondale avait eu pour étrange effet de consolider mon attachement au groupe, comme si nous étions tous liés par la honte, à la manière dont deux inconnus ayant couché ensemble pourraient éprouver une gêne mutuelle au réveil et tomber amoureux pour cette raison. À ma surprise, je découvris que moi aussi, comme Hellman, j'aimais le groupe.

Au dîner, assis entre mes parents, je n'ai rien mangé.

« Tu ne te sens pas bien ? demanda finalement ma mère.

— Je dois vous avouer quelque chose, à propos de Camaraderie, dis-je, les yeux rivés sur mon assiette. Pendant la retraite. Six personnes... pendant la retraite... ont fumé de la dup.

— Ont quoi ?

— Dup ? Quoi ?

— Fumé de la marijuana », dis-je.

Ma mère fronça les sourcils.

« Qui était-ce ? Des copains à toi ?

« – Non, surtout des nouveaux.

– Ah, hum hum. »

Et ce fut toute leur réaction : indifférence et approbation. Dans mon ravissement, je ne pris pas le temps de me demander pourquoi. Peut-être que mes frères avaient connu quelques déboires avec la drogue dans les années soixante, des déboires en regard desquels ma propre faute indirecte était ridiculement bénigne pour mes parents. Mais personne ne m'en avait parlé. Après le dîner, ivre de soulagement, je volai sur un petit nuage vers Camaraderie, où j'appris qu'on m'avait attribué le rôle principal dans la farce en trois actes *Mumbo-Jumbo*, le grand spectacle hivernal destiné à remplir les caisses du groupe. Hellman jouait une jeune mijaurée qui était en fait une étrangleuse ; Magner jouait le méchant dignitaire hindou Omahandra ; et je jouais l'étudiant blanc-bec, boutonneux et complexé Dick.

L'homme qui formait Mutton à la thérapie, George Benson, était un théoricien de l'ombre de Camaraderie. Dans son livre *Then Joy Breaks Through*[1] (Seabury Press, 1972), Benson se gaussait de l'idée selon laquelle la renaissance spirituelle était « simplement un beau miracle pour les honnêtes gens ». Il soutenait que « l'évolution personnelle » était « la seule grille de référence à partir de laquelle la foi chrétienne donnait un sens à notre monde moderne ». Pour survivre dans une époque d'angoisse et de scepticisme, le christianisme devait s'appuyer sur le radicalisme de Jésus, et le message central des Évangiles, dans la lecture de Benson, portait sur l'importance de la sincérité, de la confrontation et de la lutte. Les relations entre Jésus et Pierre en particulier ressemblaient beaucoup à une relation psychanalytique :

1. Et la joie se fait jour.

L'introspection n'est pas suffisante. Les assurances des autres ne sont pas suffisantes. L'acceptation, dans le cadre d'une relation suivie refusant la complaisance (qui induit en erreur généralement) et amenant par conséquent le patient à prendre conscience de son besoin de s'évaluer et de s'accepter, voilà ce qui permet de changer.

Benson relatait son traitement d'une jeune femme présentant de sérieux symptômes de « hippietude » – toxicomanie, promiscuité, hygiène personnelle calamiteuse (on vit même des cafards sortir de son sac à main) – et comparait ses progrès à ceux de Pierre, qui commença par résister à Jésus puis l'idéalisa monstrueusement, se laissa désespérer par la perspective de la fin et fut finalement sauvé par l'intériorisation de la relation.

Mutton était allé voir Benson peu après être devenu aumônier associé. Il avait soudain une telle influence sur les adolescents dont il avait la charge qu'il craignait d'outrepasser son rôle, et Benson confirma qu'il avait raison d'avoir peur. Il demanda à Mutton d'énumérer à voix haute les choses qu'il était tenté de faire, afin de s'en dissuader lui-même. C'était une sorte d'homéopathie psychique, et Mutton introduisit la méthode dans ses réunions avec les cadres de Camaraderie : chaque semaine, à huis clos, dans le foyer de l'église, les éducateurs et lui-même se remettaient en question, se vaccinaient contre la tentation d'abuser de leur pouvoir, verbalisaient leurs problèmes personnels pour éviter de les transmettre aux jeunes. Des photocopies de *Then Joy Breaks Through* commencèrent à circuler parmi les éducateurs. La Relation authentique, à l'exemple de Jésus et Pierre, devint le Graal du groupe – son alternative à la complicité passive des communautés toxicomanes, sa réfutation des notions pastorales traditionnelles de « réconfort » et d'« accompagnement ».

Dès que Mutton commença son apprentissage chez Benson, à la suite du suicide de MacDonald, l'esprit de Camaraderie changea. Le changement découla en partie d'une évolution culturelle – l'essoufflement du mouvement hippie –, en partie de l'évolution personnelle de Mutton, son intérêt pour les jeunes de dix-sept ans décroissant à mesure que croissait sa clientèle de l'extérieur. Toutefois, après la débâcle de Shannondale, il n'y eut plus d'infractions massives et Camaraderie perdit son côté one-man-show, son côté happening, pour devenir une machine bien huilée. À mon arrivée en Troisième, le groupe lycéen payait de petits salaires mensuels à une demi-douzaine de jeunes éducateurs. Leur présence me permettait de m'éloigner de Mutton, dont l'habitude de m'appeler « Franzone ! » (pour rimer avec « trombone ») confirmait à mes yeux que nous n'avions pas une vraie relation. J'étais moins enclin à lui soumettre mes problèmes qu'à me confier à mes parents.

Les éducateurs, en revanche, étaient comme des grands frères ou des grandes sœurs. Mon préféré était Bill Symes, qui avait été un membre fondateur de Camaraderie en 1967. Il avait un peu plus de vingt ans maintenant et étudiait la religion à Webster University. Ses épaules étaient larges comme un joug pour deux bœufs, sa queue-de-cheval grosse comme une queue de cheval et ses pieds nécessitaient la plus grande pointure existante chez Earth Shoes. C'était un bon musicien, qui attaquait avec fougue les cordes métalliques des guitares acoustiques. Il aimait entrer chez Burger King et commander à voix haute deux Whoppers sans viande. Quand il avait un mauvais jeu aux cartes, il en sortait une de sa main, disait aux autres joueurs : « Jouez cette couleur ! » puis léchait la carte et la collait sur son front, au vu de tous. Dans les discussions, il aimait se pencher tout contre les gens et leur crier dessus. Il disait : « T'as intérêt à régler cette question ! » Il disait : « J'ai l'impression que *tu* as un problème dont *tu* ne parles pas ! » Il disait : « Tu sais quoi ? Je crois que tu ne penses pas *un mot* de ce que tu viens de me dire ! » Il disait : « Toute résistance s'expose à une réaction *agressive* ! » Si vous hésitiez quand il voulait vous étreindre, il reculait, écartait les bras et vous lorgnait en haussant les sourcils, d'un air de dire : « Eh bien quoi ? Tu vas me prendre dans tes bras, oui ou non ? » Quand il ne jouait pas de guitare, il lisait Jung, quand il ne lisait pas Jung, il regardait les oiseaux, quand il ne regardait pas les oiseaux, il pratiquait le taï-chi et, si vous veniez le trouver à ce moment-là pour lui demander comment il comptait se défendre face à un flingue pointé sur lui, il vous montrait, avec des gestes lents à l'orientale, comment piquer un portefeuille dans une poche intérieure et le rendre. Quand il écoutait la radio dans sa Coccinelle Volkswagen, il pouvait se mettre à crier tout à coup : « Je veux entendre… "La Grange" de ZZ Top ! » et tapait sur le tableau de bord. Alors la radio jouait « La Grange ».

Un week-end de 1975, Mutton, Symes et les autres éducateurs participaient à une retraite pastorale patronnée par l'Église unifiée du Christ. La bande de Camaraderie arriva comme des Apaches de la confrontation, déterminés à choquer et à édifier les accompagnateurs vieux jeu. Ils se livrèrent à une parodie de supervision, assis en petit cercle sous les yeux de soixante-dix ou quatre-vingts prêtres alentour. Dans son bocal, Mutton se tourna vers Symes pour lui demander : « Quand tu vas te couper les cheveux ? »

Symes savait d'avance qu'il allait être le « volontaire ». Mais sa queue-de-cheval était très importante pour lui et le sujet était explosif.

Mutton répéta sa question :

« Quand tu vas te couper les cheveux ?

– Pourquoi je les couperais ?

– Quand seras-tu un adulte et un chef ? »

Tandis que les autres éducateurs baissaient la tête et que les vieux prêtres ouvraient de grands yeux, Mutton se mit à frapper Symes. « Tu dois pratiquer la justice sociale et l'amélioration personnelle, disait-il. Ce sont tes valeurs. »

Symes prit un air bête :

« Eh ! Oh ! Tes valeurs aussi.

– Bon, et quels sont ceux qui ont le plus besoin d'entendre ta voix ? Ceux qui t'aiment ou ceux qui ne t'aiment pas ?

– Les deux. Tout le monde.

– Mais si ton attachement à ton *style* devient une barrière qui t'empêche de faire ce qui est important ? Pourquoi ça t'embête tellement de couper tes cheveux ?

– Je ne veux pas les couper ! dit Symes d'une voix brisée.

– Ça, c'est de la *connerie* ! Où veux-tu livrer tes batailles ? Tu veux te battre pour ton tee-shirt délavé et ton falzar de peintre ou pour les droits civiques ? Les droits des travailleurs immigrés ? Les droits des femmes ? Les sans-papiers ? Si ce sont ces combats-là qui comptent pour toi, quand vas-tu grandir et te couper les cheveux ?

– Je sais pas…

– Quand vas-tu grandir et accepter ton autorité ?

– Je sais pas, Bob ! Je sais pas ! »

Mutton aurait pu se poser les mêmes questions. Camaraderie se réunissait dans une église chrétienne depuis presque une décennie, des années entières avaient passé sans qu'une bible ne circule, le mot « Dieu » n'était prononcé qu'au pluriel (vingt dieux) quand quelqu'un renversait du bouillon de poulet sur votre coup de soleil, et George Benson, dans sa supervision de Mutton, voulut savoir ce qu'il en était. Était-ce un groupe chrétien ou non ? Mutton était-il prêt à se remonter les bretelles et à s'en tenir à sa foi en Dieu et au Christ ? Était-il prêt à assumer sa prêtrise ? Certains des éducateurs posaient des questions semblables à Mutton. Ils voulaient savoir à quel titre la sincérité et la confrontation étaient devenues les valeurs principales du groupe. Était-ce une décision de Mutton ? Pourquoi Mutton ? Pourquoi lui ? Si le groupe voulait aller plus loin que Mutton, s'affranchir de l'adoration qu'on lui portait, alors qui était dépositaire de l'autorité ?

Pour Mutton, la réponse était claire. Si vous retiriez au Christ sa divinité, il ne vous restait que « Kum Ba Ya ». Il vous restait : « Donnons-nous la main et soyons gentils les uns avec les autres. » L'autorité de Jésus comme enseignant – et celle que Mutton et compagnie possédaient en tant que disciples de son enseignement – résidait en ceci qu'Il avait eu le culot de dire : « Je suis l'accomplissement des prophéties, je suis le don des Juifs à l'humanité, je suis le fils de l'Homme » et de Se laisser clouer sur une croix pour le prouver. Si on était incapable de franchir ce pas dans son esprit, si on ne pouvait pas se référer à la Bible et célébrer la communion, comment pouvait-on se dire chrétien ?

La question, que soulevait Mutton en réunion, exaspérait prodigieusement Symes. Le groupe avait déjà ses propres rituels, liturgies et jours saints, ses cierges, ses chansons de Joni Mitchell, ses retraites et excursions printanières. Symes était stupéfait que Mutton, avec sa connaissance de Freud et Jung, ne fût pas repoussé par l'infantilisme et la régression du cérémonial chrétien. « Comment peut-on se dire chrétien ? reprenait-il en observant Mutton. Mais… pourquoi pas *en essayant d'imiter le Christ et de suivre son enseignement* ? À quoi sert de manger le corps et le sang de quelqu'un ? C'est incroyablement primitif. Quand je veux me rapprocher de Dieu, je ne lis pas les Épîtres aux Corinthiens. Je vais à la rencontre des pauvres. Je noue des liens d'amour. Comme ceux qui m'unissent à *toi*, Bob. »

C'était la position classique de la religion libérale et Symes pouvait se permettre de l'adopter parce qu'il n'avait pas besoin de s'humilier, parce qu'il ne cherchait pas à être le Jésus de Camaraderie. Mutton était le fils d'ouvrier barbu qui prêchait une parole radicale aux jeunes et aux marginaux, fréquentait des personnages à la moralité douteuse, attirait un cénacle de disciples dévoués, luttait contre les tentations de l'ego et avait acquis, au niveau local, une immense popularité. Maintenant, il atteignait trente et un ans. Il allait bientôt partir et détourner de sa propre personne l'attention du groupe pour la réorienter vers la religion.

Vu que Symes se comportait moins comme un Pierre malléable que comme un Jung tonitruant, il incomba à un autre séminariste, un rouquin, ancien mauvais garçon, nommé Chip Jahn, de se lever pour faire une confession à la fin d'une réunion dominicale de 1975. Quand Jahn avait dix-neuf ans, Mutton lui avait confié un camp de travail dans le Talon sud-est du Missouri. Il avait passé un mois avec des ados de deux ou trois ans plus jeunes que lui, avait dû s'accommoder d'un budget alimentaire divisé par deux à la dernière minute, quémander du maïs à des fermiers du cru et tenter de le faire cuire dans des casseroles en l'agrémentant de tranches de mortadelle subtilisées dans des cantines d'écoles publiques. Dès cette époque, il avait décidé de devenir prêtre, mais il avait encore les manières d'un marin pugnace, s'adossait aux murs, bras croisés et manches retroussées au-dessus des biceps ; quand il s'adressait au groupe, il avait souvent du mal à garder un visage impassible, comme si l'idée de travailler dans une église l'amusait. Mais là, quand il se leva pour faire sa confession, il était extrêmement sérieux.

« Je veux vous parler de quelque chose qui compte pour moi », dit-il. Il tenait un livre qui s'affaissait mollement comme un bifteck cru. Quand le groupe comprit que le livre en question était une bible, un silence gêné tomba. Je n'aurais pas été davantage surpris s'il avait tenu un numéro de *Penthouse*. « Ceci compte pour moi », dit Jahn.

Mon rêve, en Seconde, était d'être élu au Conseil éducatif, une délégation de seize jeunes qui jugeaient les infractions et aidaient les éducateurs à gérer Camaraderie pour les grandes classes. Deux fois par an, dans des concours de popularité éhontés, le groupe élisait huit ados pour un an, et je pensais avoir des chances de gagner au printemps. Assez mystérieusement – peut-être simplement parce que ma tête commençait à être connue dans les parages de l'église – je n'avais plus le sentiment d'être une Mort sociale potentielle. Je fis des essais pour la représentation théâtrale d'automne, *Any Number Can Die*, et fus l'un des deux seuls élèves de Seconde à obtenir un rôle. Le dimanche soir, quand le grand groupe se subdivisait en paires pour certains exercices, des membres du Conseil éducatif se pressaient pour m'avoir comme partenaire. Ils disaient : « Franzen ! Je veux te connaître mieux, parce que tu m'as l'air d'une personne vraiment intéressante ! » Ils disaient : « Franzen, je suis très content que tu sois dans ce groupe ! » Ils disaient : « Franzen ! Ça fait des semaines que je veux être ton partenaire, mais tu es trop demandé ! »

Cette notoriété me montait à la tête. Lors de la dernière retraite de l'année, je me suis présenté au Conseil éducatif. Le groupe au complet se réunit le samedi soir, après le décompte secret des suffrages, et nous nous assîmes autour d'un unique cierge. Un par un, les membres du Conseil en fonction prenaient de nouveaux cierges, les allumaient à la flamme du cierge central et circulaient dans l'assistance pour se présenter aux membres nouvellement élus. C'était comme un feu d'artifice : l'assistance poussait un « Oooh ! » chaque fois qu'un gagnant était révélé. J'affichais un sourire de façade en faisant semblant d'être content pour les heureux élus. Mais, à mesure que les cierges passaient devant moi sans s'arrêter pour rejoindre – « Oooh ! » – d'autres veinards, il devenait douloureusement clair que les gagnants étaient infiniment plus populaires et plus mûrs que moi. Ceux qui recevaient les cierges étaient ceux qu'on voyait alanguis, renversés en arrière, appuyés sur les coudes comme des toboggans ou couchés sur le dos, les pieds en chaussettes posés sur des épaules et des échines voisines. Ceux qui vous parlaient comme des professionnels de la communication. Ceux qui, lorsqu'un nouveau venu semblait perdu un dimanche soir, accouraient vers lui pour être les premiers à se présenter. Ceux qui savaient regarder un ami dans les yeux et lui dire : « Je t'aime », ceux qui pouvaient craquer et fondre en larmes devant le groupe, ceux que Mutton surprenait par-derrière, prenait dans ses bras et cajolait comme un père lion, ceux dont Mutton ne pouvait pas ne pas faire ses chouchous à moins d'être la réincarnation du Christ. Peut-être ai-je trouvé bizarre qu'un groupe offrant un refuge contre le clanisme scolaire, un groupe voué au service des laissés-pour-compte, accordât tant de valeur à une cérémonie qui adoubait justement comme chefs les gars les plus malins et les plus sûrs d'eux ; mais il restait encore deux cierges à distribuer, et l'un d'eux approchait de moi et celui-là, au lieu de me passer devant, fut placé entre mes mains et, tandis que je m'avançais vers le devant de la pièce pour me joindre au nouveau Conseil, tout sourire, face à Camaraderie qui nous avait élus, je ne pensais à rien d'autre qu'à ma joie d'être là.

Situation centrale

Kortenhof avait entendu parler d'un lycée où des chahuteurs avaient réussi à enfiler un pneu de voiture sur une
hampe de drapeau haute de neuf mètres, telle une bague
sur un doigt, et c'était à ses yeux une prouesse impres-
sionnante, élégante, superbe, que nous devions essayer de
reproduire dans notre lycée. Kortenhof était un fils d'avocat et il avait un aplomb d'avocat, joint à un perpétuel
sourire de crocodile qui faisait de lui un compagnon amusant, quoiqu'un peu effrayant. Chaque jour, pendant la
pause de midi, il nous emmenait regarder la hampe du
drapeau pour nous exposer ses dernières réflexions quant
aux moyens de l'orner de pneus à carcasse radiale métallique. (Les carcasses radiales, disait-il, compliqueraient la
tâche de l'administration quand il faudrait les retirer.) Il
finit par nous convaincre tous que c'était un défi technique passionnant, qui méritait un gros investissement de
notre part en temps et en énergie.

La hampe, de douze mètres de haut, se dressait sur un
tablier de béton près de l'entrée principale du lycée, dans
Selma Avenue. Elle était trop large à la base pour être
escaladée facilement, et une chute du sommet pouvait être
fatale. Aucun de nous ne disposait d'une échelle exten-
sible dépassant les six mètres. Nous envisageâmes de
construire une espèce de catapulte, aussi spectaculaire
que possible, mais des pneus de voiture lancés dans les

airs causeraient à coup sûr de sérieux dégâts s'ils manquaient leur cible, et les flics patrouillaient trop souvent dans l'avenue pour ne pas remarquer notre équipement lourd, à supposer qu'on parvînt à le fabriquer.

L'école en soi pouvait servir d'échelle. Le toit n'était qu'à deux mètres en contrebas de la boule sommitale de la hampe, et nous savions comment accéder au toit. Mon copain Davis et moi, nous nous proposâmes de confectionner un Appareil, constitué de cordes, d'une poulie et d'une longue planche, capable d'acheminer un pneu depuis le toit jusqu'à la hampe et de l'y faire basculer. Si l'Appareil ne fonctionnait pas, nous pouvions tenter d'attraper la hampe avec un lasso, en grimpant sur un escabeau pour nous surélever, et de faire glisser un pneu sur ce lasso. Si cela échouait aussi, nous pouvions encore, avec beaucoup de pot, lancer le pneu comme un Frisbee en visant bien.

Six d'entre nous – Kortenhof, Davis, Manley, Schroer, Peppel et moi – se retrouvèrent devant le lycée un vendredi soir de mars. Davis arriva avec un escabeau arrimé sur le toit du break Pinto de ses parents. Il y avait eu un peu de crispation à la maison quand son père avait vu l'escabeau, mais Davis, qui était plus malin et moins gentil que son géniteur, avait expliqué que l'objet appartenait à Manley.

« Bon, mais qu'est-ce que tu vas faire avec ?

– Papa, c'est l'escabeau de Ben.

– Je sais, mais qu'est-ce que tu vas faire avec ?

– Je te l'ai dit ! C'est l'escabeau de Ben !

– Christopher, je ne suis pas sourd. Je veux savoir ce que tu veux faire avec.

– Bon sang, papa ! C'est *l'escabeau de Ben*. Combien de fois je devrai te le répéter ? C'est *l'escabeau de Ben*. »

Pour accéder au toit principal, il fallait escalader un long et solide tuyau de gouttière près des salles de musique, traverser une plaine de goudron et de gravier caramel du Missouri, puis monter un escalier métallique et grimper un mur abrupt de deux mètres et demi. À moins d'être moi, il fallait en outre s'interrompre pour me hisser en haut dudit mur. La poussée de croissance que j'avais connue l'année précédente m'avait rendu plus grand, plus lourd et plus gauche, sans altérer pour autant la pitoyable mollesse de mes bras et de mes épaules.

J'étais loin d'incarner le type idéal qu'on rêve d'avoir dans sa bande, mais je formais un lot avec Manley et Davis, mes vieux potes, qui étaient de bons athlètes et d'avides escaladeurs d'édifices publics. En Seconde, Manley avait battu le record scolaire de tractions, qu'il avait établi à vingt-trois. Quant à Davis, il était arrière au football américain, attaquant au basket et incroyablement résistant. Un jour, comme nous campions dans un parc naturel du Missouri, par un matin si froid que nous avions dû trancher nos pamplemousses gelés à la hache et les réchauffer sur un feu de camp (nous étions dans une phase de débrouillardise frugivore), nous avons trouvé un vieux capot de voiture encore attaché à une corde de halage, irrésistible, irrésistible. Nous avons fixé la corde au tout-terrain de notre copain Lunte, et Lunte conduisit à une vitesse inconsidérée sur les routes sans marquage du parc, tractant Davis tandis que je regardais par la lunette arrière. Nous roulions à soixante kilomètres à l'heure environ lorsque la route plongea sans avertissement dans une pente abrupte. Lunte dut freiner à mort et braquer sur le bas-côté pour éviter de faire un tonneau. La corde claqua comme un fouet et envoya Davis dinguer parmi des tables de pique-nique entassées à la manière d'un château de cartes. C'était le genre de collision qui pouvait tuer. Il y eut une lumineuse explosion de poudreuse étincelante et de bois cassé puis, à travers la lunette arrière, tandis que la neige retombait et que Lunte stabilisait le véhicule, je vis Davis trottiner derrière nous, claudiquant et serrant dans une main un éclat de table de pique-nique. Il criait : « Je suis vivant ! Je suis vivant ! » Il avait démoli l'une des tables gelées – brisée en mille morceaux –, ainsi que sa cheville.

En plus de ma personne, il fallut hisser sur le toit l'escabeau, des mètres de corde, deux pneus à carcasse radiale et l'Appareil que Davis et moi avions fabriqué. En nous penchant par-dessus la balustrade, nous pouvions presque *toucher* la hampe de drapeau. L'objet de notre obsession était à peine à quatre mètres de nous, mais sa peinture métallisée se fondait dans le ciel nuageux de la banlieue en arrière-plan et, curieusement, on avait du mal à le discerner. Il semblait à la fois proche et lointain, impalpable et accessible. Nous bavions d'envie, le désir de toucher ce mât nous arrachait des gémissements et des exclamations.

Bien que Davis fût meilleur bricoleur que moi, la force de mon argumentation faisait que mes méthodes l'emportaient généralement. Résultat : nos constructions étaient rarement efficaces. Il apparut rapidement, d'ailleurs, que notre Appareil n'avait aucune chance de fonctionner. Au bout de la planche, il y avait un crochet grossier en bois trop mal conçu pour agripper la hampe, surtout sous le poids surajouté d'un pneu ; et la difficulté fondamentale était, en se penchant par-dessus une balustrade, de maîtriser une lourde planche, qu'il fallait appuyer contre une hampe qui, quand on la heurtait, résonnait et oscillait dangereusement. Nous avons eu de la chance de ne pas envoyer l'Appareil valser dans l'une des fenêtres des étages inférieurs. Le verdict du groupe fut prompt et tranchant : *une merde*.

J'en convins en riant : *une merde*. Mais je suis allé me poster à l'écart, la gorge nouée par la déception, seul, laissant tous les autres s'essayer au lasso. Peppel se déhanchait comme un cavalier de rodéo.

« Yahou ! »

– John-Boy, passe-moi ce lasso.

– Yahou ! »

Par-delà la balustrade, j'apercevais les arbres sombres de Webster Groves et, plus loin, les lumières de la tour de télévision qui marquait la frontière de mon adolescence. Un vent nocturne soufflant à travers le terrain de football charriait l'odeur du dégel hivernal, la grande et morose odeur universelle de la survie sous un ciel. Dans mon imagination, comme sur mes dessins au crayon, j'avais vu l'Appareil fonctionner magnifiquement. Le contraste entre l'excellence de mes rêves et le total fiasco de leur mise en pratique, le désespoir où me plongeait ce contraste, était une parfaite définition du mal-être. Je m'identifiais à l'Appareil en disgrâce. J'étais fatigué, j'avais froid et je voulais rentrer chez moi.

J'avais grandi entouré d'outils, avec un père capable de fabriquer n'importe quoi, et je pensais en être capable moi-même. Était-ce si difficile de percer un trou droit dans une planche de bois ? Je me penchais sur la chose avec beaucoup de concentration, mais la mèche de la perceuse ne débouchait jamais à l'endroit prévu de l'autre côté du bois, et j'en restais ébahi. Chaque fois. Ébahi. En Seconde, je m'étais mis en tête de construire avec des matériaux de récupération un télescope réfracteur orientable sur trépied. Mon père, me voyant lancé dans un tel ouvrage, eut pitié de moi et construisit l'objet lui-même. Il découpa des tronçons dans un tuyau pour le support, versa du ciment dans une boîte à café pour le contrepoids, scia une vieille armature de lit en fonte pour la base du trépied et bricola un astucieux logement pour les lentilles avec de la tôle galvanisée, des écrous et des morceaux de pot à crème glacée en plastique. Le seul élément du télescope fabriqué de ma main fut l'œilleton, qui fut également le seul élément mal foutu de l'ensemble et rendit l'engin à peu près inutilisable. Voilà pourquoi je trouvais haïssable d'être jeune.

Il était une heure passée quand Peppel réussit enfin à jeter le lasso assez haut et assez loin pour capturer la hampe. Je cessai de bouder pour me joindre à la liesse générale. Mais de nouvelles difficultés surgirent immédiatement. Kortenhof grimpa sur l'escabeau et fit remonter le lasso jusqu'à trente centimètres de la boule, mais la poulie et la drisse du drapeau l'empêchèrent d'aller plus haut. Le seul moyen de projeter un pneu par-dessus le sommet était de secouer la corde vigoureusement de bas en haut :

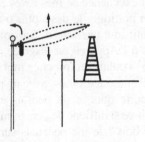

Quand nous essayâmes d'éjecter le pneu de la corde, toutefois, celle-ci s'affaissa à la retombée, laissant le sommet hors d'atteinte :

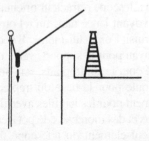

Pour relever le pneu, Kortenhof dut tirer fort sur la corde, ce qui, quand on est debout sur un escabeau, est une excellente manière de se propulser par-dessus la balustrade. Nous empoignâmes l'escabeau à quatre pour imprimer une force contraire. Mais ce fut alors la hampe elle-même qui pâtit :

Elle produisit d'inquiétants grincements et craquements en s'inclinant vers nous. Elle menaçait aussi, à la manière d'une canne à pêche tendue, de se redresser brusquement et d'expédier Kortenhof dans Selma Avenue comme un asticot. Nous étions bloqués à nouveau. Notre plaisir de voir un pneu titiller la boule convoitée, hésiter à quelques centimètres de la pénétration désirée, ne faisait qu'attiser notre angoisse.

Deux mois plus tôt, aux alentours de son quinzième anniversaire, ma toute première petite amie, Merrell, m'avait plaqué brutalement. C'était une intello sautillante de Camaraderie en pantalon de velours, aux cheveux bruns raides qui descendaient jusqu'au portefeuille dans sa poche arrière. (Les sacs à main, croyait-elle, étaient bons pour les midinettes et donc antiféministes.) Nous nous étions rapprochés à l'occasion d'une retraite paroissiale dans une maison de campagne, où j'avais déroulé mon sac de couchage dans un placard moquetté à l'intérieur duquel Merrell et son propre sac de couchage avaient migré graduellement, à une lenteur délirante. Dans les mois suivants, Merrell avait corrigé mes maniérismes les plus ostentatoires et mes erreurs les plus gênantes à propos des filles, et m'avait parfois laissé l'embrasser. Nous nous sommes tenu la main pendant toute la durée de mon premier film classé R [1], *Swept Away* [2] de Lina Wertmüller, que nous avaient emmenés voir deux éducatrices féministes pour des raisons politiques assez obscures. (« Du sexe, mais pas explicite », ai-je noté dans mon journal.) Puis, en janvier, peut-être en réaction contre mes tendances obsessionnelles, Merrell s'est intéressée à d'autres amis et a commencé à m'éviter. Elle a demandé à être mutée dans une académie locale privée pour jeunes gens doués et BCBG. Mystifié, et profondément blessé, j'ai renoncé à ce que Camaraderie m'avait appris à appeler la « stagnation » des attachements romantiques.

Bien que la situation fût désespérée quant à la hampe de drapeau, Kortenhof et Schroer tiraient sur la corde de plus en plus violemment, provoquant de vibrantes oscillations tandis que les plus soucieux d'entre nous – Manley et moi – leur disaient d'arrêter. Enfin, inévitablement, quelqu'un lâcha la corde et nous rentrâmes tous chez nous avec un nouveau problème : si la corde était toujours là le lundi matin, l'administration devinerait ce qui s'était passé.

En y retournant la nuit suivante, le samedi, nous écrasâmes le cadenas à la base de la hampe afin de libérer la drisse du drapeau et nous en servir pour dégager la corde par à-coups, en vain. La corde autrefois raide pendait mollement le long du mât administratif invaincu, son bout effiloché se balançait au vent, à six mètres du sol. Nous revînmes le dimanche soir avec un cadenas de rechange et, tour à tour, tentâmes d'escalader la hampe trop large, à nouveau sans succès. La plu-

1. Interdit aux moins de dix-sept ans non accompagnés d'un adulte.
2. Titre français : *Vers un destin insolite sur les flots bleus de l'été.*

part d'entre nous renoncèrent – nous avions des devoirs à faire et Schroer était un passionné de l'émission *Monty Python*, qui était diffusée à onze heures – mais Manley et Davis y retournèrent encore et parvinrent à éjecter la corde en se faisant la courte échelle pour mieux secouer la drisse. Ils mirent notre cadenas sur la hampe ; et, dès lors, elle fut notre otage.

Les parents de Manley étaient permissifs et la maison de Kortenhof assez grande pour y entrer et en sortir sans se faire remarquer, mais il n'était pas facile pour nous, les autres, de fausser compagnie à nos parents après minuit. Un dimanche matin, après deux heures de sommeil, en descendant pour le petit déjeuner, je trouvai mes parents dangereusement silencieux. Mon père, devant la cuisinière, préparait nos œufs hebdomadaires d'avant-messe. Ma mère fronçait les sourcils, mais je pense aujourd'hui que c'était davantage de la peur que de la désapprobation. Il y avait de la peur aussi dans sa voix : « Papa t'a entendu rentrer ce matin après le lever du jour, dit-elle. Il devait être six heures. Où étais-tu ? »

Pris sur le fait ! J'avais été pris sur le fait !

« Ouais, répondis-je. Ouais, j'étais dans le parc avec Ben et Chris.

– Tu as dit que tu allais te coucher tôt. Ta lumière était éteinte.

– Ouais, fis-je, les yeux baissés. Mais j'arrivais pas à dormir et ils avaient dit comme ça, tu vois, qu'ils seraient dans le parc, si j'arrivais pas à dormir.

– Qu'est-ce que tu as bien pu faire dehors si longtemps ?

– Irene, intervint mon père, toujours devant la cuisinière, ne pose pas la question si tu ne peux pas supporter d'entendre la réponse.

– On a bavardé », dis-je.

La sensation d'être Pris sur le Fait : c'était semblable à l'ivresse que j'avais un jour ressentie en inhalant le gaz de quelques bombes de chantilly Reddi-wip avec Manley et Davis – la sensation vertigineuse et fluctuante d'être tout en surface, comme si mon être intérieur était tout à coup si flagrant, si gigantesque qu'il aspirait l'air de mes poumons et le sang de ma tête.

Je comparais cette sensation à l'intrusion d'un moteur de voiture, le souffle grave de la Buick de ma mère quand elle surgissait à une vitesse incroyable dans l'allée puis dans le garage. Ce souffle avait ceci de fatal que je l'entendais toujours plus tôt que je ne le voulais ou ne l'anticipais. J'étais Pris au moment où je jouissais de ma solitude, généralement dans le living-room, en écoutant de la musique, et je devais décamper.

Notre chaîne stéréo était logée dans une console en plaqué acajou du genre qu'on trouve aujourd'hui dans les dépôts-ventes. De marque Aeolian, les baffles étaient dissimulés derrière des portes que ma mère tenait toujours fermées quand elle mettait la station locale de musique d'ambiance, KCFM, pour ses invités pendant un dîner ; des arrangements orchestraux de « Penny Lane » et « Cherish » filtraient à travers la menuiserie sous forme de murmures étouffés, des voix faisaient vibrer les boutons de porte décoratifs, toutes les demi-heures, durant les annonces publicitaires de KCFM. Quand j'étais seul à la maison, j'ouvrais les portes et je mettais mes propres disques, principalement des prêts de mes frères. Mes deux groupes préférés dans ces années pré-punk étaient les Grateful Dead et les Moody Blues. (Mon enthousiasme pour ces derniers dura jusqu'à ce que je lise, dans un numéro de *Rolling Stone*, que leur musique convenait « au genre de personne qui susurre "Je t'aime" pour une nuit sans

110

lendemain ».) Un après-midi, agenouillé devant l'autel Aeolian, j'écoutais un morceau particulièrement sirupeux des Moody à un volume sonore si déchirant pour l'âme que je n'entendis pas le souffle automoteur de ma mère. Elle fit irruption en hurlant : « Éteins ça ! Cette affreuse musique rock ! C'est insupportable ! Éteins ça ! » Sa plainte était injuste ; la chanson, totalement dépourvue de rythmique rock, étalait des sentiments très KCFMiens tels que *La vie n'est-elle pas étrange / Une page se tourne / ... ça me donne envie de pleurer*. Je me suis néanmoins senti terriblement Pris.

La voiture que je préférais entendre était celle de mon père, la Cougar avec laquelle il allait au bureau, parce qu'elle n'arrivait jamais à l'improviste. Mon père avait le sens de la vie privée et il se contentait de la personnalité « 20 sur 20 » que je lui présentais. Il était mon allié rationnel et éclairé, le puissant ingénieur qui m'aidait à maîtriser les digues dressées contre l'envahissant océan maternel. Et pourtant, par tempérament, il n'était pas moins hostile qu'elle à mon adolescence.

Mon père était miné par le soupçon que les adolescents *poussaient le bouchon* : que leurs plaisirs n'étaient pas suffisamment entravés par la conscience et la responsabilité. Mes frères avaient essuyé le plus fort de sa rancœur, mais je la sentais bouillir parfois même contre moi dans certaines sentences sur mon caractère. Il disait : « Tu fais preuve de goût pour les choses coûteuses, mais pas pour le travail nécessaire à leur acquisition. » Il disait : « Les copains, c'est bien, mais la fiesta tous les soirs, c'est trop. » Il avait une formule assassine qu'il ne cessait de répéter quand, rentrant du boulot, il me trouvait lisant un roman ou jouant avec mes camarades : « Une ronde ininterrompue de plaisirs ! »

À l'âge de quinze ans, j'entretenais une correspondance poétique avec ma copine Hoener de Camaraderie. Hoener habitait un autre district scolaire et, un dimanche en été, elle nous a accompagnés à la maison et a passé l'après-midi avec moi. Nous sommes allés vers mon ancienne école élémentaire et nous avons joué dans la terre : nous avons façonné de petites routes, des ponts en écorce, des chalets en brindilles sous un arbre. Les camarades de classe de Hoener faisaient les trucs cool habituels – boire, s'initier au sexe et aux drogues – que je ne faisais pas. La beauté et le savoir-faire de Hoener m'effrayaient et je fus soulagé de découvrir que nous partagions la même vision romantique de l'enfance. Nous étions assez âgés pour ne pas avoir honte de nos jeux d'enfants et assez jeunes pour ne pas nous en lasser. À la fin de l'après-midi, j'étais tout près de murmurer : « Je t'aime. » Je pensais qu'il était environ quatre heures mais, quand nous arrivâmes chez moi, nous vîmes son père qui attendait dans sa voiture. Il était six heures et quart et il attendait depuis une heure. « Oups », dit Hoener.

Dans la salle à manger, mon dîner avait refroidi sur la table. Mes parents (c'était sans précédent) avaient mangé sans moi. Ma mère apparut brièvement pour m'annoncer : « Ton père a quelque chose à te dire avant que tu t'asseyes. »

Je le rejoignis dans le bureau, où il avait son porte-documents ouvert sur ses genoux. Sans lever les yeux, il lança :

« Tu ne reverras plus Fawn.

– Quoi ?

– Vous avez disparu pendant cinq heures ensemble. Son père a voulu savoir où vous étiez. J'ai dû lui répondre que je n'en avais aucune idée.

– On était juste à Clark School.

– Tu ne reverras plus Fawn.

– Mais pourquoi ?

– Calpurnia est au-dessus de tout soupçon, dit-il. Pas toi. »

Calpurnia ? Soupçon ?

Plus tard dans la soirée, après s'être calmé, mon père vint me trouver dans ma chambre pour me dire que je pourrais revoir Hoener, quand même, si je le souhaitais. Mais j'avais déjà pris sa désapprobation à cœur. J'ai commencé à envoyer à Hoener des lettres idiotes et blessantes, et j'ai commencé à mentir à mon père ainsi qu'à ma mère. Je voulais éviter à tout prix le genre de conflit qu'ils avaient eu avec mon frère en 1970 ; la grande erreur de Tom, à mon avis, était de n'avoir pas su sauver les apparences.

Je proposais de plus en plus deux versions séparées de moi-même, le jeune de quinze ans officiel et l'adolescent officieux. Vint un moment où ma mère me demanda pourquoi tous mes maillots de corps avaient un trou à la hauteur du nombril. Ma version officielle n'avait pas de réponse ; l'adolescent officieux, si. En 1974, les maillots de corps blancs ras du cou étaient le summum de la ringardise, mais ma mère venait d'un monde où les tee-shirts de couleur se situaient sur le même plan moral que les lits à eau et la marijuana, et elle refusait de me laisser en porter. Chaque matin, donc, en sortant de la maison, je tirais sur mon maillot de corps jusqu'à ce qu'on ne voie plus le col et je le fixais à mon caleçon avec une épingle de sûreté. (De temps en temps, les épingles s'ouvraient et me piquaient le ventre, mais l'autre facette de l'alternative – ne pas mettre de tee-shirt du tout – m'eût donné une impression de nudité excessive.) Quand j'en avais la possibilité, j'allais également dans les toilettes pour changer certaines chemises calamiteuses. Ma mère, toujours économe, aimait les tricots à col polo, générale-ment en polyester, qui me stigmatisaient également dans la catégorie « petit garçon obéissant » ou « golfeur d'âge moyen » et me grattaient le cou comme pour raviver sans cesse ma honte de les porter.

Pendant trois ans, de la Seconde à la Terminale, ma vie sociale fut grossièrement surdéterminée. J'avais un vocabulaire étendu, une insupportable voix de fausset, des lunettes à monture d'écaille, des biceps en fromage blanc, le soutien trop appuyé de mes profs, d'irrésistibles besoins de lancer des blagues pas drôles, une connaissance presque eidétique de J.R.R. Tolkien, un grand labo de chimie dans ma cave, une tendance à insulter en privé toute fille inconnue assez écervelée pour m'adresser la parole, et ainsi de suite. Mais la vraie cause de mort, à mes yeux, était le refus maternel de me laisser mettre des jeans en classe. Même mon vieux copain Manley, qui jouait de la batterie, qui pouvait faire vingt-trois tractions et avait été élu délégué de classe en Troisième, n'osait pas me fréquenter en dehors de l'école.

Le secours arriva enfin en Seconde, quand j'ai découvert les pantalons cigarette en velours côtelé Levi's et que, grâce à mon affiliation congréganiste, je me suis retrouvé au centre de la bande de Camaraderie au lycée. Presque du jour au lendemain, ma peur de la cantine s'est muée en bonheur de manger à l'une des tables très fréquentées de Camaraderie, présidée par Peppel, Kortenhof et Schroer. Même Manley, qui était maintenant le batteur d'un groupe appelé Blue Thyme, commençait à venir aux réunions de Camaraderie. Un samedi d'automne, en Seconde, il me demanda si je voulais aller au centre commercial avec lui. J'avais prévu de traînasser avec mon pote scientifique Weidman, mais je l'ai planté sur-le-champ et nous n'avons plus jamais traînassé ensemble.

Au déjeuner de lundi, Kortenhof annonça triomphalement que notre cadenas était toujours sur la hampe et qu'aucun drapeau n'avait été hissé. (C'était en 1976 et le lycée était un peu laxiste en matière de patriotisme.) L'étape suivante, dit Kortenhof, était évidemment de former un vrai groupe et d'exiger une reconnaissance officielle. Nous rédigeâmes donc une lettre –

> Cher monsieur,
> Nous avons pris votre hampe en otage. D'autres détails suivront.

– et décidâmes aussitôt de la signer « U.N.C.L.E. » (d'après la série télévisée des années soixante), puis de la glisser dans la boîte aux lettres du proviseur, M. Knight.

M. Knight était un géant roux et barbu, d'allure nordique. Il marchait de biais, en traînant la semelle, s'arrêtant fréquemment pour remonter son pantalon, et se tenait voûté dans la posture d'un homme habitué à écouter des gens plus petits que lui. Nous connaissions sa voix pour l'avoir entendue dans les haut-parleurs de l'école. Ses annonces commençaient toujours par : « Que les professeurs m'excusent pour cette interruption », sur un ton d'abord hésitant, comme si le microphone lui donnait le trac, puis de plus en plus fluide et décontracté.

Ce que nous voulions impérativement, tous les six, c'était être reconnus par M. Knight comme une bande à part agissant en dehors du cadre ordinaire de l'affrontement entre chahuteurs et puissance administrative. Pendant une semaine, notre frustration ne cessa de croître, parce que M. Knight restait indifférent à nos menées, aussi impassible que la hampe (qui, dans notre esprit, était une représentation de lui-même).

Le lundi, après les cours, nous découpâmes des mots et des lettres dans des magazines pour les coller :

NOUS DEMANDONS RESPECTUEU-
SEMENT QUE VOUS RECONNAISSIEZ
officiellement NoTre ORGanisation à
14h30 mardi. CommenCEZ par « QuE
les ProfesseurS m'ExCUsEnt pOUR
CettE interrupTioN... » Si prOPremeNt faiT, restiTuerONs haMpe mercredi.

UnClE

La phrase « Que les professeurs m'excusent pour
cette interruption » était l'idée de Manley, une pointe
contre M. Knight. Mais Manley craignait aussi, et
moi de même, que l'administration ne sévisse durement si notre groupuscule acquérait une réputation
de vandalisme. Nous retournâmes donc à l'école
dans la nuit avec un pot de peinture métallisée pour
réparer les dégâts que nous avions infligés à la
hampe en démolissant le cadenas à coups de marteau. Le
lendemain, nous déposâmes notre revendication et, à
quatorze heures trente, dans nos classes respectives,
nous attendions déraisonnablement que M. Knight fasse
son annonce.

Notre troisième avis fut dactylographié sur une
feuille de bloc-notes avec, comme en-tête, un grand
HELLO vert avocat :

Étant une fraternité de types bienveillants, nous vous
accordons une dernière chance. Constatant que vous
n'avez pas donné suite à notre précédente requête,

nous la réitérons ici. Pour mémoire : votre reconnaissance officielle de notre organisation par le circuit intérieur de sono à 14 h 59, le mercredi 17 mars. Si vous obtempérez, votre hampe sera restituée le jeudi matin.

U.N.C.L.E.

Nous confectionnâmes aussi un drapeau U.N.C.L.E. avec un oreiller et du ruban adhésif noir, que nous hissâmes en haut de la hampe à la faveur de la nuit. Mais l'administration n'aurait même pas remarqué notre étendard si Kortenhof ne l'avait discrètement, l'air de rien, signalé à un professeur – deux ouvriers d'entretien furent dépêchés pour sectionner à la scie notre cadenas et abaisser le pavillon de pirates – et M. Knight ignora superbement la lettre. Il ignora de même un quatrième avis, qui lui offrait deux dollars de dédommagement pour le cadenas brisé. Il ignora le cinquième, dans lequel nous réitérions notre offre et réfutions l'idée que notre étendard avait été hissé pour célébrer la Saint-Patrick.

À la fin de la semaine, nous n'avions réussi qu'à susciter l'intérêt des autres élèves. Il y avait eu trop de conciliabules et de messes basses dans les couloirs, trop d'indiscrétions de la part de Kortenhof. Nous ajoutâmes un septième membre uniquement pour acheter son silence. Deux filles de Camaraderie me cuisinèrent : Drapeau ? Uncle ? On peut en être ?

Comme la rumeur enflait, et que Kortenhof développait un nouveau projet de canular plus ambitieux et plus grandiose, nous décidâmes de changer de nom. Manley, qui avait une passion mi-provocatrice mi-authentique pour l'humour bête, proposa le nom DIOTI. Il l'écrivit et me le montra.

« L'anagramme d'"idiot" ? »

Manley rigola et hocha la tête.

« C'est aussi *tio*, qui veut dire "oncle" en espagnol, et "di", qui veut dire "deux". U.N.C.L.E. 2. Tu piges ?

– Di-tio, alors.

– Mais en désordre. DIOTI, ça sonne mieux.

– C'est débile. »

Il acquiesça énergiquement, ravi. « Exactement ! Complètement débile ! C'est pas génial ? »

Nous étions neuf à nous extirper de deux voitures, tard dans la nuit du dernier samedi de l'année scolaire, en vêtements et cagoules sombres, armés de rouleaux de corde et de sacs à fermeture Éclair contenant des marteaux, des clés anglaises, des pinces, des tournevis et des plans de fortune du lycée, quand une voiture de police tourna le coin de Selma Avenue et braqua son projecteur.

En présence de la police, mon instinct, forgé par des années de lancer de pétards dans une communauté où ils étaient interdits, était de me carapater en vitesse dans l'obscurité de la pelouse la plus proche. La moitié de DIOTI détala au pas de gymnastique derrière moi. Ça faisait longtemps que je n'avais plus couru sur des pelouses obscures sans y être invité. Il y avait de la rosée partout, on pouvait tomber sur un chien ou se prendre le pied dans un anneau de croquet. Je me suis caché dans un buisson de rhododendrons où Schroer, le disciple des Monty Python, était déjà planqué.

« Franzen ? C'est toi ? Tu fais un boucan d'enfer. »

Dans mon sac, en plus des outils, j'avais des friandises et de la paille verte en plastique de Pâques, cinq quatrains en octosyllabes que j'avais dactylographiés sur des fiches en papier et d'autres équipements spéciaux. Quand ma respiration s'apaisa, j'entendis le ronronnement de la voiture de police au loin et des bribes de discussion. Puis, plus distinctement, un appel étouffé : « Allons-y les mecs ! Allons-y les mecs ! » La voix appartenait à Holyoke, l'une de nos nouvelles recrues, et sur le moment je n'ai pas compris ce qu'il disait. Dans ma rue, le cri de ralliement était : « Amenez-vous les mecs ! »

« Ce qu'on va leur dire, chuchota Holyoke que nous suivions en direction de la voiture de police, c'est qu'on veut condamner une porte. La porte d'entrée de chez Gerri Chopin. On va condamner la porte d'entrée de la maison des Chopin. C'est pour ça qu'on a des cordes. Pour l'attacher. Et les outils, c'est pour démonter les gonds.

– Michael, ça tient pas deb…

– Pourquoi démonter les gonds si on veut c…

– Hello !

– Hello, m'sieur l'agent ! »

Debout dans la lumière de ses phares, le policier examinait les sacs, vérifiait les identités.

« C'est tout ce que vous avez comme papiers ? Une carte de bibliothèque ?

– Oui, m'sieur. »

Il regarda dans le sac de Peppel.

« Qu'est-ce que vous faites avec une corde aussi grosse ?

– C'est pas une grosse corde, dit Peppel. C'est plusieurs petites cordes nouées ensemble. »

Il y eut un bref silence.

L'agent nous demanda si nous savions qu'il était une heure du matin.

« Oui, nous savons », répondit Manley, qui s'avançait en carrant les épaules. Il avait des manières franches, dont la distanciation ironique n'était détectable que par ses pairs, jamais par les adultes. Les professeurs et les mères trouvaient Manley irrésistible. Même ma mère, en dépit de ses cheveux longs.

« Alors qu'est-ce que vous faites dehors si tard ? »

Manley baissa la tête et avoua que nous nous apprêtions à condamner la porte des Chopin. Il le fit sur un ton laissant à penser que, enfin dessillé, il mesurait à présent combien cette idée était puérile et néfaste. Debout derrière lui, trois ou quatre d'entre nous désignèrent la maison des Chopin. C'est celle-ci, là, c'est la maison des Chopin, dirent-ils.

L'agent regarda la porte. Nous formions une équipe un peu trop nombreuse, avec un peu trop de cordes et d'outils pour bloquer une simple porte, et nous étions à moins de cent mètres du lycée en pleine saison de chahut. Mais c'était en 1976, nous étions blancs et nous n'avions pas bu. « Rentrez vous coucher », dit-il.

La voiture de police suivit le break de Kortenhof jusqu'à sa maison où, dans sa chambre, nous décidâmes de ne pas retenter le coup cette nuit même. Si nous attendions mardi, nous pouvions mettre au point une meilleure excuse. Nous pourrions expliquer, dis-je, que nous allions observer l'éclipse exceptionnelle d'une étoile par la planète Mars et que nous avions besoin d'outils pour assembler un télescope. J'insistai pour que chacun mémorise le nom bidon de l'étoile bidon : NGC 6346.

Par chance, le ciel était clair dans la nuit de mardi. Davis s'échappa de chez lui en sautant par une fenêtre. Schroer passa la nuit chez Peppel et l'aida à pousser la voiture familiale hors de portée d'oreille avant d'allumer le moteur. Manley, comme d'habitude, monta tranquillement dans l'Opel de son père et s'arrêta devant ma maison où, sortant moi aussi par la fenêtre, je récupérai les pièces de mon fameux télescope inutilisable préalablement cachées dans un buisson.

« Nous allons observer l'éclipse de NGC 6346 par Mars », récita Manley.

J'avais un peu honte d'offenser l'astronomie de la sorte, mais il y avait toujours eu quelque chose de douteux dans mes rapports avec la nature. Le jeune de quinze ans officiel aimait les lectures scientifiques ; l'adolescent officieux se souciait surtout de théâtralité. Je rêvais de mettre la main sur un échantillon de sélénium ou de rubidium purs, parce que personne ne possédait du sélénium ou du rubidium purs chez soi. Mais si un produit chimique n'était ni rare, ni coloré, ni inflammable, ni explosif, je ne voyais pas l'intérêt de le piquer à l'école. Mon père, mon allié rationnel, qui de son propre aveu avait épousé ma mère parce qu'elle « était un bon écrivain et qu'un bon écrivain était capable de tout » et qui n'avait cessé par la suite de se heurter à sa nature romantique, m'encouragea à devenir scientifique et me détourna de la littérature d'imagination. Une année, en guise de cadeau de Noël, il me construisit une vraie paillasse de laboratoire et, pendant un temps, je me suis plu à rédiger des notes plus rigoureuses. Ma première et dernière expérience consista à isoler du « nylon pur » en faisant fondre un lambeau de collant dans un creuset. De même, l'astronomie m'a enchanté tant qu'il s'agissait de lire des livres, mais ces livres reproduisaient des comptes rendus d'astronomes amateurs dans un style exemplairement austère qui me passait par-dessus la tête. Je voulais seulement contempler de jolies choses.

En roulant avec Manley dans les rues fantomatiques de Webster Groves, j'étais ému comme je l'avais été par la neige dans mon enfance, par la transformation magique des surfaces ordinaires. Les longs alignements de maisons sombres, dont les vitres reflétaient discrètement les réverbères, étaient autant de chevaliers en armure endormis par sortilège. Tolkien et C.S. Lewis l'avaient promis : il existait réellement un autre monde. La route, exempte de voitures et qui s'estompait au loin dans la brume, se poursuivait vraiment à l'infini. Des choses insolites pouvaient se produire quand personne ne regardait.

Sur le toit du lycée, Manley et Davis préparèrent des cordes pour descendre les murs extérieurs en rappel, cependant que Kortenhof et Schroer filaient vers le gymnase dans l'intention d'entrer par une haute fenêtre surplombant l'un des trampolines repliés. Le reste de DIOTI descendit par une trappe, traversa une mansarde et ressortit par un cagibi de la section Biologie.

Nos plans indiquaient l'emplacement de la trentaine de sonnettes que nous avions identifiées en examinant l'école. La plupart des sonnettes étaient de la taille d'une demi-noix de coco et fixées dans des couloirs. Pendant une pause-déjeuner, nous avions fait la courte échelle à Kortenhof, qui avait dévissé la cloche de l'une d'elles et l'avait réduite au silence en retirant le battant – un cylindre gros comme un crayon et noirci au graphite – de son logement électromagnétique. Deux équipes de deux se destinaient maintenant à désactiver les autres et à collecter les battants.

J'avais mes fiches de papier et j'œuvrais seul. Dans un couloir du deuxième étage, à hauteur de genou entre deux casiers, il y avait un intrigant petit trou avec un couvercle métallique à charnière. Le trou menait à d'obscurs recoins de l'école. J'avais souvent passé quelques minutes d'oisiveté avec Manley à parler dedans et à tendre l'oreille en quête de réponses.

Dans mon laboratoire à la maison, j'avais fait un petit rouleau de l'une de mes fiches, je l'avais scellé à l'aide d'un bec Bunsen dans un tube en verre, sur lequel j'avais fixé une ficelle avec du scotch. Cette ampoule fut maintenant introduite par mes soins dans le trou de souris, où elle disparut. J'attachai ensuite la ficelle à la charnière et refermai le couvercle métallique. Sur la fiche, il y avait des vers de mirliton :

> Vous trouverez un autre indice
> Au pied d'un store vénitien
> Dans la salle de conférences
> Qui jouxte la bibliothèque.

Dans le store vénitien, j'avais planqué un autre quatrain pendant les heures de classe :

> Voyez derrière un contrefort
> Sur le versant occidental
> Des grandes portes pare-feu
> Près du Trois cent soixante-cinq.

J'ai alors dévissé la plaque de contrefort d'une porte pare-feu et collé derrière la fiche suivante :

> Un dernier indice livresque
> Avant la glorieuse trouvaille
> Dans *Le Petit Livre des cloches*
> Code numéro sept huit neuf.

D'autres quatrains étaient dissimulés dans une alarme incendie, dans le cylindre d'un écran de cinéma déroulable, dans un livre de bibliothèque intitulé *Vos clubs scolaires*. Certains auraient mérité une réécriture, mais personne ne les trouva franchement nuls. Je voulais enchanter l'école pour M. Knight, emplir le bâtiment d'étrangeté et de potentialité, en guise de cadeau ; et j'étais en train de découvrir que l'écriture était un moyen d'y parvenir.

Durant les deux mois précédents, des élèves des cinq classes de physique avaient écrit et monté une farce sur Isaac Newton, *La Filière de la figue*. J'avais coprésidé le comité de rédaction avec une jolie fille de classe supérieure, Siebert, à l'égard de qui j'ai rapidement développé de forts sentiments de stagnation. Siebert était un garçon manqué qui portait des salopettes et savait camper, mais elle était également une artiste qui dessinait et écrivait avec aisance, aux mains maculées de fusain et tachées d'acrylique, et qui pouvait, à l'occasion, devenir très féminine, laisser cascader ses cheveux et mettre une jupe taille haute. Je la voulais tout entière et je ne supportais pas que d'autres garçons recherchent sa compagnie. Notre pièce reçut un accueil si chaleureux que l'un des professeurs d'anglais nous suggéra d'essayer de la publier. Alors que naguère tout allait mal pour moi, voici que soudain tout me souriait.

Vers trois heures, DIOTI se rassembla sur le toit avec le butin : vingt-cinq battants et cinq cloches métalliques audacieusement dévissées des plus grosses sonnettes sur les murs les plus hauts. Nous avons noué les battants ensemble avec du ruban rose, fourré de la paille en plastique et de petits œufs de Pâques dans la plus grande cloche et entassé le tout dans la mansarde. Le retour à la maison ne fut pas une partie de plaisir pour Peppel, qui dut pousser la voiture de Schroer dans une côte et jusque dans son allée. Je suis rentré chez moi avec moins de précautions que d'habitude. Je me souciais à peine d'être Pris ; pour une fois, j'avais quelque chose qu'ils ne pouvaient pas me retirer.

Arriver à l'école quatre heures plus tard et la voir si peuplée après l'avoir vue si déserte : ce fut comme voir habillée en plein jour la première personne avec qui l'on a passé la nuit nu.

Puis le silence, à huit heures et quart, quand la sonnerie eût dû retentir : cette silencieuse transformation de l'ordinaire, cet applaudissement à une seule main, cette magnifique absence, c'était là le genre de poésie que je voulais apprendre à écrire.

À la première récréation, la voix d'un prof annonça dans les haut-parleurs de la classe que les sonnettes étaient en panne. En fin de matinée, le même professeur annonça non seulement l'heure mais, bizarrement, la température. La chaleur de l'été affluait par les fenêtres ouvertes et, sans l'habituelle réverbération sonore carcérale, la foule dans les couloirs paraissait émancipée, les frontières des heures s'estompaient.

À midi, Manley apporta d'heureuses nouvelles : si M. Knight n'avait pas fait l'annonce lui-même, c'était parce qu'il suivait les indices. Manley l'avait vu regarder dans le trou de souris au deuxième étage. Malgré le ton familier que nous employions pour l'évoquer, peu de membres de DIOTI, et certainement pas moi, avaient échangé plus de deux mots avec lui. Il incarnait l'Autorité théorique, lointaine, vague, absurde et, jusqu'alors, l'idée qu'il pût entrer dans notre jeu avait été purement hypothétique.

Seule ombre au tableau, un Appareil de ma fabrication avait une fois de plus dysfonctionné. Davis m'appela après l'école pour me rapporter que M. Knight avait perdu l'ampoule de verre dans le trou de souris. Un prof d'anglais malin, celui-là même qui souhaitait la publication de notre pièce, avait promis l'anonymat à Davis en échange de l'indice perdu. Je le lui ai récité au téléphone et, le lendemain, les sonnettes étaient à nouveau opérationnelles. Kortenhof, qui avait fait imprimer deux cents autocollants DIOTI, alla en plein jour, avec Schroer, les coller sur tous les pare-chocs arrière du parking.

Cet été, ma cousine Gail, le seul enfant de ma tante et de mon oncle, fut tuée au volant de sa voiture en Virginie occidentale. Ma grand-mère maternelle mourait d'un cancer du foie à Minneapolis et je commençais à prendre mortellement conscience de l'existence sur la planète de cinq mille têtes nucléaires, dont quelques douzaines pointées sur St. Louis. Mes rêves humides étaient apocalyptiques, comme un déchirement d'organes vitaux. Une nuit, je fus réveillé par un violent coup de tonnerre et persuadé que le monde était fini.

Ce fut le plus doux été de ma vie. « Une ronde ininterrompue de plaisirs », répétait mon père. Tombant sous le charme de Robert Pirsig et Wallace Stevens, je me suis mis à écrire de la poésie. Dans la journée, Siebert et moi tournions un film Super 8 en costumes avec Davis et Lunte ; une nuit, nous peignîmes une jungle à la Rousseau sur un mur du lycée. Nous étions toujours de simples amis mais, au moins, quand je passais une soirée en sa compagnie, elle ne la passait pas avec d'autres garçons. Pour son anniversaire, en juillet, nous l'attrapâmes à trois par-derrière, lui bandâmes les yeux, ligotâmes ses poignets et la poussâmes sur le siège arrière de la voiture de Lunte. Nous avions prévu une surprise-partie au bord de l'eau sous un pont routier et, aux questions de plus en plus plaintives de Siebert – « Jon ? Chris ? Les gars ? C'est vous ? » –, nous ne répondions rien, jusqu'à ce que Lunte fasse du quarante-trois miles à l'heure dans une zone limitée à trente. Le flic qui nous arrêta nous ordonna de retirer son bandeau. Quand il lui demanda si elle nous connaissait, nous la vîmes hésiter avant de répondre oui.

En août, Siebert partit pour la fac, ce qui me permit de l'idéaliser à distance, de communiquer avec elle par écrit, de consacrer mon énergie à de nouveaux projets théâtraux et, dans la foulée, de sortir avec une autre. À l'automne, un éditeur acheta *La Filière de la figue* pour cent dollars et je dis à mes parents que j'allais être écrivain. Ils n'en furent pas enchantés.

J'avais commencé à tenir un journal et je découvrais progressivement que je n'avais pas besoin de l'école pour ressentir la misère des apparences. Je pouvais me concocter d'abominables états d'âme dans l'intimité de ma chambre, rien qu'en lisant ce que j'avais écrit dans le journal la veille. Ses pages reflétaient fidèlement mon inauthenticité, ma fatuité, mon immaturité. Les lire m'incitait à me transformer, à mettre de l'eau dans le vin de mon idiotie. Comme l'avait souligné George Benson dans *Then Joy Breaks Through*, l'expérience de l'évolution et de la conscientisation, même de la joie extatique, était un processus naturel valable pour les croyants comme pour les incroyants. Aussi ai-je déclaré la guerre à la stagnation pour m'engager dans la voie de l'évolution personnelle. C'était avec la page écrite que je voulais désormais avoir une Relation authentique.

Un samedi soir à Camaraderie, en guise d'exercice, le groupe se répartit d'un bout à l'autre du foyer paroissial de manière à former un continuum. Un coin du foyer fut dénommé Cœur, le coin opposé Cerveau. Comme chacun pouvait le prévoir, le gros de la troupe se pressa dans le coin Cœur en une masse chaleureuse et entrelacée. D'autres, dont Symes, bien moins nombreux, s'éparpillèrent le long du centre du continuum. À l'autre bout, dans le coin Cerveau, loin des autres, Manley et moi, épaule contre épaule, défiions du regard ceux du Cœur. C'était étrange de m'afficher en tout-Cerveau quand mon cœur était plein d'amour pour Manley. Pire qu'étrange : hostile.

Le premier chahut de DIOTI pour la nouvelle année fut de peinturlurer un immense drap de lit et de le dérouler au-dessus de l'entrée principale de l'école le matin où un comité d'accréditation de l'Association centrale du Nord venait inspecter l'établissement. Je construisis un Appareil au moyen de deux leviers en tôle, d'une poulie et d'une corde tendue en travers du toit, qui pendait près d'une fenêtre sur cour du troisième étage. Quand nous tirâmes sur la corde le lundi matin, rien ne se passa. Davis dut sortir, grimper sur le toit au vu de tous et dérouler la bannière à la main. Elle disait : DIOTI VOUS SOUHAITE LA BIENVENUE, ACN.

Au cours de l'hiver, des sous-groupes de DIOTI montèrent de petites turlupinades secondaires. J'affectionnais les scènes qui nécessitaient des costumes et des armes factices. Davis et Manley aimaient escalader des bâtiments. Un soir, en partant du clocher à gargouilles de l'Eden Seminary, ils rallièrent les toits de Washington University et finirent dans la cuisine de l'église presbytérienne, où des cookies dominicaux sortis du four s'offraient aux intrus.

Pour le grand chahut de printemps, nous choisîmes comme victime l'une de mes profs favorites, Mlle Wojak, parce que sa classe était au milieu du deuxième étage, que son plafond était très haut et parce que la rumeur l'accusait d'avoir dénigré DIOTI. Il nous fallut quatre heures, et nous étions neuf, un mercredi soir, pour sortir les pupitres de trente salles de classe, les transbahuter à travers escaliers et couloirs et les entasser du sol au plafond dans la classe de Mlle Wojak. Certaines salles avaient des imposts par où se faufilaient Manley ou Davis. Pour accéder aux autres, nous dégondâmes la porte de la salle des profs afin de piquer les clés que les intéressés laissaient habituellement dans leurs casiers. J'avais tenu à ce que nous emportions du ruban adhésif et des feutres pour numéroter les pupitres avant de les déménager, en vue de faciliter la tâche de ceux qui les remettraient en place. Pourtant, en voyant le capharnaüm que nous avions fait de la classe de Mlle Wojak, j'ai eu des regrets. Pour qu'elle n'aille pas croire qu'elle était la cible principale de nos persécutions, j'ai écrit les mots SITUATION CENTRALE sur son tableau noir. Ce fut l'unique texte que je rédigeai pour DIOTI ce printemps-là. Je ne m'occupais plus de M. Knight ; seule l'œuvre importait.

Pendant la cérémonie de remise des diplômes, sur le terrain de football, le superintendant raconta l'anecdote des pupitres et cita en exemple la numérotation au feutre des pupitres comme une preuve d'un « nouvel esprit de responsabilité » chez les jeunes d'aujourd'hui. DIOTI avait réalisé une bannière d'adieu, aux couleurs de l'école, fixée à la base du panneau de score, mais l'Appareil que j'avais fabriqué avait mal fonctionné pendant les essais de la veille, et les vigiles de l'école avaient cisaillé le cordon libérateur avant que Holyoke, en costume de marin et lunettes noires, ne vienne tirer dessus. Après la cérémonie, je voulus dire à mes parents que c'était officiel : j'étais à l'origine d'un nouvel esprit de responsabilité chez les jeunes d'aujourd'hui. Mais bien sûr je n'ai pas pu, et je ne l'ai pas fait.

J'espérais faire mes débuts dans la boisson et la sexualité cet été. Siebert était rentrée de la fac toute seule (sa famille avait emménagé au Texas) et nous nous étions déjà livrés à quelques stagnations intéressantes sur le divan du salon de sa grand-mère. Maintenant Lunte et sa famille allaient partir en camping pour deux mois, laissant Siebert garder leur maison. Elle y serait seule, toutes les nuits, pendant deux mois.

Nous avions, elle et moi, trouvé des boulots en ville. Le premier vendredi, nous avions rendez-vous pour déjeuner et elle me posa un lapin. J'ai passé l'après-midi à me demander si, comme avec Merrell, j'avais été trop entreprenant. Mais dans la soirée, pendant que je dînais avec mes parents, Davis vint nous annoncer la nouvelle : Siebert était à l'hôpital St. Joseph avec une fracture du dos. Elle avait demandé à Davis, la nuit d'avant, de l'emmener au sommet du clocher de l'Eden

Seminary et elle était tombée d'un tuyau de gouttière de neuf mètres.

Je crus que j'allais vomir. La nouvelle était dure à digérer, mais ce qui me tracassait le plus était que mes parents l'apprenaient en même temps que moi, sans que j'aie pu l'édulcorer pour eux. J'avais l'impression que mes copains et moi avions été Pris sans rémission possible. Ma mère, en écoutant Davis, faisait les gros yeux. Elle avait toujours préféré le Manley bien élevé au Davis débraillé, et n'avait jamais vu Siebert d'un très bon œil non plus. Sa désapprobation était patente et totale. Mon père, qui aimait bien Siebert, était ému aux larmes ou presque.

« Je ne comprends pas ce que vous faisiez sur le toit, dit-il.

– Ben, en fait, voyez, fit piteusement Davis, pour tout dire, elle était pas encore sur le toit. Moi j'y étais et je lui tendais la main pour l'aider, voyez.

– Mais nom d'un chien ! s'exclama mon père. *Pourquoi vouliez-vous grimper sur le toit de l'Eden Seminary ?* »

Davis la trouvait saumâtre. Il avait fait son devoir en venant m'apprendre la nouvelle de vive voix et, pour toute récompense, mes parents lui tombaient dessus.

« Ben, en fait, voyez, pour tout dire, elle m'a appelé hier soir parce qu'elle voulait que je l'emmène en haut du clocher. Moi je voulais prendre une corde, mais elle est très forte en escalade. Elle a pas voulu la corde.

– On a une belle vue de là-haut, dis-je. On voit tout autour. »

Ma mère se tourna vers moi avec sévérité.

« Tu y es déjà allé ?

– Non, répondis-je (ce qui, incidemment, était la vérité).

– Tout ça me dépasse », dit mon père.

En me conduisant à Eden dans sa Pinto, Davis me racontota qu'il avait escaladé le tuyau en premier. C'était un tuyau solide, bien scellé sur le mur, et Siebert l'avait suivi sans difficulté jusqu'au chéneau. Si elle avait juste tendu la main, disait Davis, il aurait pu la hisser sur le toit. Mais elle avait paniqué, mal évalué la distance, ses bras étaient partis en arrière et elle avait dégringolé de sept ou huit mètres pour atterrir à plat sur le dos dans le gazon. Un choc terrible, dit-il. Sans réfléchir, sans même se suspendre au chéneau, il avait sauté et amorti sa chute par un de ces roulés-boulés auxquels il s'était exercé. Siebert gémissait. Il avait couru vers la fenêtre allumée la plus proche et tapé au carreau en criant qu'on appelle une ambulance.

L'herbe au pied de la gouttière était moins piétinée que je ne l'avais supposé. Davis me montra l'endroit où les secouristes avaient allongé Siebert sur un brancard rigide. Je me suis forcé à lever les yeux vers le chéneau. L'air du soir, malgré la circonstance, était doux et délicieux. Des oiseaux gazouillaient dans les jeunes feuillages des chênes, des lumières protestantes luisaient aux fenêtres gothiques.

« T'as sauté de là-haut ? dis-je.

– Ouais, c'était dingue. »

Siebert, en définitive, avait eu de la chance d'atterrir sur le dos. Elle s'était cassé deux vertèbres, mais les nerfs n'avaient pas été touchés. Elle était hospitalisée pour six semaines et je suis allé la voir tous les soirs, parfois avec Davis, plus souvent seul. Avec un copain guitariste, j'avais écrit des chansons réconfortantes que je lui chantais pendant les orages. Tout l'été fut sombre. Affalé sur la table de billard de Lunte, avec du rhum, de la Löwenbräu, de la Seagram's et du vin de mûres dans le ventre, je regardais le plafond tourner. Je ne me haïssais pas, je haïssais l'adolescence, je haïssais le monde. En août, après que les parents de Siebert l'eurent ramenée au Texas avec un encombrant corset et beaucoup d'antalgiques, je suis sorti avec la fille que j'avais draguée au printemps. D'après mon journal, nous nous sommes agréablement consolés.

On profite mieux de l'adolescence quand on n'est pas égocentrique mais, malheureusement, l'égocentrisme en est le symptôme majeur. Même quand quelque chose d'important vous arrive, même quand votre cœur se serre ou exulte, même quand vous êtes absorbé dans la construction des fondations d'une personnalité, il y a des moments où vous vous dites que ce qui arrive n'est pas votre vraie histoire. À moins de mourir carrément, votre vraie histoire est encore devant vous. Rien que cela, ce cruel mélange de conscience et d'inadéquation, cette structure en creux, suffit à expliquer votre ras-le-bol. Croire que les tourments de l'adolescence ne comptent pas, c'est s'exposer à une pitoyable déconvenue, mais ne pas le croire rend idiot. Tel était le dilemme en vertu duquel notre jeu avec M. Knight, notre façon de prendre tellement au sérieux une chose tellement futile, nous avait accordé un sursis miraculeux de quinze mois.

Mais quand commence la vraie histoire ? À quarante-cinq ans, je me félicite presque tous les jours d'être l'adulte que je souhaitais être à dix-sept. Je fais de la musculation en salle de gym ; je suis devenu bon bricoleur. En même temps, presque tous les jours aussi, je perds des batailles contre l'ado de dix-sept ans qui survit en moi. Je mange une demi-boîte d'Oreo pour le déjeuner, je lanterne devant la télé, je prononce des jugements moraux péremptoires, je me balade dans les rues en jean râpé, je bois des cocktails le mardi soir, je reluque les décolletés dans les publicités, je définis comme ringard tout groupe auquel je n'appartiens pas, j'ai envie de rayer les Range Rover et de leur crever les pneus ; je me crois immortel.

Le dilemme, le problème de la conscience mêlée de vacuité, ne se résout jamais. Vous ne cessez jamais d'attendre que la vraie histoire commence, parce que la seule vraie histoire, en fin de compte, c'est que vous mourez. Au long du parcours, cependant, M. Knight continue d'apparaître : M. Knight en Dieu, M. Knight en Histoire, M. Knight en gouvernement, en destin, en nature. Et le but de l'art, qui au début ne sert qu'à attirer l'attention de M. Knight, finit par être l'art en soi, que vous poursuivez avec un sérieux à la fois rédempteur et rédimé par son inutilité fondamentale.

Pour un gars du Midwest propulsé dans l'Est infernal, la fac ressemblait à une reprise du collège. J'ai réussi à devenir copain avec quelques solitaires, mais les seuls chahuts auxquels j'ai pris part furent ouvertement sadiques – enduire une jolie fille de gélatine alimentaire, introduire un rail de deux mètres cinquante dans la piaule de deux étudiants mieux lotis que moi. Manley et Davis ne paraissaient guère plus heureux dans leurs facs respectives ; ils fumaient beaucoup de joints. Lunte était parti pour Moscou dans l'Idaho. Holyoke, toujours avec DIOTI, orchestra un chahut final consistant à remplir une classe de papier journal froissé jusqu'à mi-corps.

Siebert revint à St. Louis l'été suivant, marchant sans effort, vêtue dans le style d'Annie Hall, et travailla avec moi à une farce sur un inspecteur de police dans l'Inde coloniale. Mes sentiments envers elle étaient un brouet adolescent de aime-et-reste-objectif, de vas-y-et-garde-les-mains-libres. Le jour de mon anniversaire, le dernier matin de l'été, Manley et Davis m'invitèrent à prendre le petit déjeuner. Ils vinrent me chercher avec la voiture de Davis, dans laquelle ils avaient aussi une canne blanche, l'épagneul idiot de Davis, Goldie, et une paire de lunettes de natation qu'ils avaient trempée dans de la peinture noire. Ils me prièrent de chausser les lunettes, me donnèrent la canne et la laisse de Goldie, puis me menèrent dans une crêperie, où je les amusai en mangeant une pile de pancakes comme un aveugle.

Après le petit déjeuner, nous déposâmes Goldie chez Davis et reprîmes notre route sous la cuisante chaleur d'août. Je soupçonnais que notre destination était l'Arche, au bord du fleuve, et ce fut le cas. Je déambulai en me dirigeant au son des tapotements de ma canne dans le hall souterrain de l'Arche, mon ouïe s'aiguisant de minute en minute. Davis acheta des billets pour monter au sommet, tandis que Manley m'incitait à toucher un bronze de Remington, un cheval cabré. Derrière nous, un homme nous interpella :

« S'il vous plaît, on ne touche pas au… Oh, euh, pardon. »

Je retirai mes mains.

« Non, non, je vous en prie, faites donc. C'est un Remington original, mais allez-y, touchez-le. »

Je remis mes mains sur le bronze. Manley, cette andouille, alla rigoler dans un coin avec Davis. Les mains du gardien guidaient les miennes. « Tâtez les muscles du poitrail du cheval », disait-il.

Je portais des lunettes de natation abîmées. Ma canne était un bâtonnet riquiqui vaguement badigeonné de blanc. Je me suis tourné pour partir.

« Attendez, dit le gardien. Il y a de très jolies choses que je voudrais vous montrer.

– Hum. »

Il prit mon bras et me conduisit plus avant dans le Museum of Westward Expansion. Sa voix s'adoucit :

« Depuis quand êtes-vous… euh, non-voyant ?

– Pas longtemps, répondis-je.

– Touchez ce tipi. » Il dirigea ma main. « Ce sont des peaux de bison rasées. Allez-y, je tiens votre canne. »

Nous entrâmes dans le tipi et, pendant cinq minutes interminables, je caressai docilement des fourrures, palpai des ustensiles, reniflai des paniers tissés. Je ressentais ma tromperie comme un crime qui s'aggravait à chaque instant. Quand je pus m'échapper du tipi et remercier le gardien, j'étais en sueur.

Au sommet de l'Arche, mes lunettes noires me furent enfin retirées et je vis : un flou, une lumière éblouissante, des péniches de charbon, le Busch Stadium, un fleuve diarrhéique. Manley haussa les épaules et regarda le sol métallique.

« On espérait que la vue serait plus belle », dit-il.

Il n'était pas rare que le premier front froid de l'arrière-saison souffle le jour de mon anniversaire. Le lendemain après-midi, quand mes parents et moi prîmes la route pour nous rendre à un mariage à Fort Wayne, le ciel était lessivé. Les immenses champs de maïs de l'Illinois, presque à maturité, ondoyaient dans la lumière dorée derrière nous. Dans l'air frais qui avait traversé le Canada, on pouvait savourer tout ce que la vie avait à offrir dans la région. Comme les fermes paraissaient vides dans cette lumière parfaite ! Comme les champs paraissaient impatients d'être moissonnés dans les balancements du vent ! Et comme les panneaux indicateurs pour Effingham paraissaient platoniquement verts ! (Je soupçonne que le nom officieux était Fuckingham [1].) La saison avait changé du jour au lendemain, je lisais de meilleurs livres et j'essayais d'écrire quotidiennement, seul, en reprenant mes brouillons.

1. Jambon à baiser ou putain de jambon…

Mon père dépassait la limitation de vitesse d'environ quatre miles à l'heure, invariablement. Ma mère, sur le siège arrière, me demanda :

« Qu'est-ce que tu as fait hier avec Chris et Ben ?

– Rien, dis-je. On a pris un petit déjeuner. »

La langue étrangère

Man wird mich schwer davon überzeugen, daß die Ges-
chichte des verlorenen Sohnes nicht die Legende dessen
ist, der nicht geliebt werden wollte[1].

RILKE, *Les Cahiers de Malte Laurids Brigge*

Rotwerden, Herzklopfen, ein schlechtes Gewissen : das
kommt davon, wenn man nicht gesündigt hat[2].

Karl Kraus

Je fus initié à la langue allemande par une jeune
femme blonde, Élisabeth, qu'aucun adjectif inférieur à
« voluptueuse » ne saurait décrire. C'était l'été de mes
dix ans. Je devais m'asseoir à côté d'elle sur le divan à
deux places dans la véranda de mes parents et lire à
haute voix un texte allemand élémentaire – un bouquin
peu ragoûtant sur la vie domestique allemande, avec
des caractères Fraktur à l'ancienne et d'effrayantes
illustrations, emprunté à la bibliothèque locale –, tandis

1. On aura du mal à me convaincre que l'histoire du Fils
prodigue n'est pas la légende de celui qui ne voulut pas être
aimé.
2. Rougissement, palpitations, mauvaise conscience : voilà
ce qui arrive quand on n'a pas péché.

que, penchée contre moi, tenant le livre ouvert sur mes genoux, elle me montrait du doigt les mots que j'avais mal prononcés. Elle avait dix-neuf ans, des jupes sensationnellement courtes, des hauts sensationnellement moulants, et la proximité obnubilante de ses seins et la longue pente méridionale de ses jambes nues m'étaient intolérables. Assis à côté d'elle, j'étais comme un claustrophobe dans un ascenseur bondé, un insomniaque affligé du syndrome des jambes sans repos, un patient pendant une séance de roulette chez le dentiste. Ses mots, étant le produit de ses lèvres et de sa langue, véhiculaient une intimité d'autant plus pénible que l'allemand est en soi une langue de gorge beaucoup plus humide que la nôtre. (Que notre « mal » est bénin, que leur « schlecht » est charnel !) J'avais beau m'écarter, elle se rapprochait, j'avais beau me tasser sur le siège, elle se tassait contre moi. Mon inconfort était si radical que toute concentration était impossible, et de là vint mon salut : la plupart du temps, elle perdait patience et abandonnait la partie.

Élisabeth était la jeune belle-sœur d'un manufacturier autrichien d'équipement ferroviaire que mon père avait aidé à pénétrer le marché américain. Elle était venue de Vienne, à l'invitation de mes parents, pour s'exercer à l'anglais et découvrir la vie d'une famille américaine ; elle espérait aussi secrètement explorer les nouvelles libertés de mœurs qui, disait-on en Europe, déferlaient sur notre pays. Malheureusement, ces nouvelles libertés n'étaient pas d'actualité dans notre maison. On lui attribua la chambre vacante de Bob, qui donnait sur une cour sale en ciment où le chien de chasse tacheté de nos voisins, Speckles, aboyait toute la journée. Ma mère était constamment sur les talons d'Élisabeth, l'emmenait déjeuner avec ses amies, visiter le zoo de St. Louis, le Jardin de Shaw, l'Arche, le Muny Opera et la maison de Tom

Sawyer à Hannibal. Pour se consoler de ces attentions aimantes, Élisabeth n'avait que la compagnie d'un gamin de dix ans aux prises avec ses propres problèmes d'émancipation.

Un après-midi, dans la véranda, elle m'accusa de ne pas vouloir apprendre. Face à mes protestations, elle dit : « Alors pourquoi tu te tournes tout le temps pour regarder dehors ? Il y a quelque chose dehors que je ne vois pas ? » Je n'avais pas de réponse. Je n'associais jamais consciemment son corps avec mon inconfort – ne formulais jamais mentalement des mots tels que « sein » ou « cuisse » ou « cochon », n'affectais jamais à sa présence obsédante la terminologie de cour de récréation que je commençais à entendre (« Nous voulons deux *piquets* pour *Titt*sburgh et rendez-nous la monnaie en *nipples*… » [1]). Je savais simplement qu'elle me mettait mal à l'aise et que je lui causais une déception : elle faisait de moi un mauvais élève, je faisais d'elle une mauvaise enseignante. Aucun de nous deux ne correspondait aux attentes de l'autre. À la fin de l'été, après son départ, je ne parlais pas un mot d'allemand.

À Chicago, où je suis né, nos voisins étaient, d'un côté, Floyd et Dorothy Nutt ; de l'autre côté, un vieux couple avec un petit-fils nommé Russie Toates. La première rigolade dont je me souvienne consista à enfiler une paire de bottes neuves en caoutchouc rouge et, incité par Russie, qui avait un ou deux ans de plus que moi, à marcher, à glisser, à shooter dans un énorme caca de chien brun orangé. Une rigolade mémorable parce que je fus sévèrement puni sur-le-champ.

1. Deux tickets pour Pittsburgh (« tit » signifiant « téton »), « nipples » (mamelons) pour « nickels » (pièces de 5 cents).

Je venais d'avoir cinq ans quand nous emménageâmes à Webster Groves. Le matin de mon premier jour d'école maternelle, ma mère m'assit, m'expliqua que je devais impérativement arrêter de sucer mon pouce et, retenant la leçon, je n'ai plus jamais porté mon pouce à ma bouche, ce qui ne m'a pas empêché de fumer des cigarettes pendant vingt ans. Les premiers mots que mon copain Manley m'entendit prononcer à la maternelle, en réponse à l'invitation de quelqu'un à participer à un jeu, furent : « J'ai pas envie de jouer. »

À l'âge de huit ou neuf ans, j'ai commis une infraction qui, pendant presque toute ma vie, resta la chose la plus honteuse que j'aie jamais faite. Un dimanche en fin d'après-midi, je suis sorti après le dîner et, ne trouvant pas de partenaire de jeux, je battais la semelle devant la porte de nos voisins. Ils étaient encore à table, mais je voyais leurs deux filles, l'une un peu plus âgée que moi, l'autre un peu plus jeune, qui jouaient dans le living-room en attendant le dessert. M'apercevant, elles vinrent se poster entre des rideaux entrouverts pour me regarder à travers une fenêtre à double vitrage. Nous ne pouvions pas communiquer par la voix, mais je voulais les divertir et je me suis donc mis à danser, à me pavaner, à tournoyer, à mimer, à faire des grimaces. Les filles apprécièrent. Elles m'encouragèrent à tenter des poses de plus en plus ridicules, mon succès se prolongea quelque temps mais le moment vint où je sentis leur attention se relâcher. Or, si l'inspiration me manquait pour renouveler mes facéties, *je ne supportais pas* de perdre leur attention et, donc, sur une impulsion – vertige de l'exil en terre inconnue –, j'ai baissé mon pantalon.

Les deux filles plaquèrent leurs mains devant leurs bouches, réjouies, feignant l'horreur. J'ai senti immédiatement que je venais de faire la pire chose possible. J'ai remonté mon froc et, filant devant notre maison, j'ai foncé vers l'angle arboré d'un carrefour où, caché dans un bosquet de chênes, j'ai essuyé ma première et ma pire déferlante de honte. Dans les années, dans les décennies qui suivirent, il me sembla que, même alors, dissimulé derrière les arbres quelques minutes après l'acte, je ne savais déjà plus si j'avais baissé mon slip en même temps que mon pantalon. Cette amnésie me tourmenta et m'indiffèra à la fois. Je venais d'avoir – et d'offrir aux voisines – un aperçu sur la personne que je risquais éternellement de devenir. Cette personne était le pire individu que j'eusse jamais vu, et j'étais déterminé à ne plus jamais le laisser s'extérioriser.

Ce fut curieusement sans vergogne, en revanche, que je passai des heures à étudier des magazines cochons. Je le faisais généralement après l'école avec mon copain Weidman, qui avait repéré quelques *Playboy* dans la chambre de ses parents, mais un jour, au collège, tandis que j'observais un chantier, j'ai acquis un magazine moi-même. Il s'appelait *Rogue* et ses précédents propriétaires avaient arraché la plupart des photos. La seule qui restait montrait une « orgie alimentaire lesbienne » où l'on voyait des bananes, un gâteau au chocolat, de grands volumes de crème fouettée et quatre malheureuses filles aux cheveux raides prenant des poses tellement tocardes que même moi, à treize ans, à Webster Groves, je comprenais que « orgie alimentaire lesbienne » était un concept qui ne me serait jamais d'une grande utilité.

Mais les images, même les bonnes photos dans les magazines de Weidman, étaient un peu excessives pour moi. Ce qui me plaisait dans mon *Rogue*, c'étaient les histoires. Il y en avait une, artistique, avec des dialogues formidables, sur une fille libérée nommée Little Charlie qui essayait de persuader son copain Chris de perdre son pucelage avec elle ; dans un échange fascinant, Chris déclare (sarcastiquement ?) qu'il se réserve *pour sa mère* et Charlie le blâme : « Chris, c'est dégoûtant. » Une autre histoire, intitulée « Viol… à l'envers », mettait en scène deux autostoppeuses, un revolver, un brave père de famille, une chambre de motel et un florilège de phrases inoubliables, telles que : « Mettons-le sur le lit », « léchant comme une folle » ou « "Tu veux toujours être fidèle à ta bourgeoise ?" railla-t-elle ». Ma préférée était un classique où une hôtesse de l'air, Mlle Trudy Lazlo, se penche sur un passager de première classe appelé Dwight et lui procure « une vue généreuse sur ses pots de crème blancs », ce qu'il interprète correctement comme une invitation à la rejoindre dans les toilettes pour faire l'amour dans diverses positions que j'avais du mal à visualiser exactement ; rebondissement inattendu, le pilote de l'avion désigne un recoin derrière des rideaux « avec un petit matelas, à l'arrière de la cabine », où Trudy s'allonge à contrecœur pour le servir à son tour. Mes hormones ne me permettaient pas encore de jouir de toutes ces excitations, mais la grivoiserie de *Rogue*, son incompatibilité absolue avec mes parents, qui voyaient en moi un petit garçon innocent, m'enchanta davantage que tous les livres que j'avais lus jusqu'alors.

Un jour, Weidman et moi avons écrit de faux mots d'excuse de nos mères respectives pour pouvoir quitter l'école à midi et regarder le lancement du premier *Skylab*. Tout ce qui était technologique ou scientifique (sauf, dans mon cas, les animaux) nous intéressait tous deux. Nous avons installé des labos de chimie concurrents, bricolé des trains électriques, accumulé des éléments électroniques de récupération, joué avec des magnétophones, travaillé comme laborantins, participé à des projets pour salons scientifiques, suivi des cours au Planétarium, rédigé des programmes BASIC pour le serveur du terminal informatique de l'école, fabriqué des « fusées à carburant liquide » prodigieusement inflammables avec des tubes à essai, des bouchons en caoutchouc et du benzène. Pour ma part, j'étais abonné à *Scientific American*, je collectionnais des roches et des minéraux, j'étais expert en lichens, je faisais pousser des plantes tropicales à partir de noyaux de fruits, je découpais des trucs en lamelles pour les observer au microscope, je réalisais des expériences de physique avec des ressorts et des poids de pendule, j'avais lu toute la série de vulgarisations scientifiques d'Isaac Asimov, de bout en bout, en trois semaines. Mon premier héros fut Thomas Edison, dont toute la vie adulte fut constituée de temps libre. Mon premier objectif de carrière fut « inventeur ». Aussi mes parents supposèrent-ils, non sans raison, que je serais une espèce de savant. Ils demandèrent à Bob, qui étudiait la médecine, quelle langue vivante devait choisir un scientifique en herbe au collège, et il répondit sans équivoque : l'allemand.

J'avais sept ans quand nous sommes allés, mes parents et moi, rendre visite à Bob à l'université du Kansas. Sa chambre était dans Ellsworth Hall, un haut immeuble bondé avec un éclairage cru et une envahissante odeur de vestiaire. En suivant mes parents dans la chambre de Bob, je vis la double page agrafée au mur en même temps que ma mère, qui s'exclama, fâchée et dégoûtée : « *Bob ! Bob ! Oh ! Bouh ! Comment peux-tu mettre ça sur ton mur ?* » Même sans le jugement de ma mère, que j'avais appris à redouter grandement, le rouge sang de la bouche et des aréoles de la pin-up m'aurait violemment marqué. C'était comme si la fille avait été photographiée dans sa nudité brute et vicieuse au sortir d'un terrible accident provoqué par sa propre démence. J'étais effrayé et offensé par ce qu'elle m'infligeait, par ce que Bob infligeait à mes parents. « Jon ne peut pas rester dans cette pièce », décréta ma mère en me dirigeant vers la porte. Dehors, elle me confia qu'elle ne comprenait pas Bob.

Après cela, il se fit plus discret. Quand nous y retournâmes pour son diplôme, trois ans plus tard, il colla un bikini en papier sur sa pin-up du moment, laquelle me parut chaleureuse, douce et hippie : elle me plut. La décision de Bob de revenir à St. Louis pour continuer ses études de médecine reçut une approbation maternelle qui le fit bicher. S'il eut des petites amies, je n'ai jamais eu le plaisir de les rencontrer. Un dimanche soir, toutefois, il amena à dîner un camarade de l'école de médecine, lequel évoqua, à propos d'une anecdote quelconque, la fille qui partageait son lit. Je remarquai à peine ce détail mais, dès que Bob fut parti, ma mère me livra son opinion. « Je ne sais pas s'il a voulu se vanter ou nous choquer ou se donner des airs, dit-elle, mais si cette histoire de cohabitation avec une fille est vraie, eh bien sache que je le trouve immoral et que je regrette beaucoup que Bob soit son ami, parce que *je désapprouve catégoriquement* cette façon de vivre. »

Cette façon de vivre était celle de mon frère Tom. Après la grande bagarre avec mon père, il a poursuivi ses études cinématographiques à Rice et vivait dans des taudis de Houston avec des copains artistes. J'étais en Seconde quand il est arrivé à la maison avec une fille de cette bande, une brune élancée nommée Lulu, pour Noël. Je ne pouvais pas regarder Lulu sans avoir le souffle coupé, tant elle correspondait à l'idéal sexy des années soixante-dix. Je me creusais la tête pour savoir quel livre lui acheter comme cadeau de Noël, afin qu'elle se sente bien accueillie dans la famille. Ma mère, au contraire, faillit succomber à une psychose de haine. « Lulu ? Lulu ? Quel genre de personne est-ce pour s'appeler Lulu ? » Elle poussa un petit rire sardonique. « Quand j'étais jeune, "lulu" voulait dire cinglé ! Tu le savais ? Un *lulu* était un fou à lier ! »

Un an plus tard, quand Bob et Tom vivaient tous deux à Chicago et que je suis allé les voir un week-end, ma mère m'a interdit de dormir dans l'appartement de Tom, où habitait également Lulu. Tom étudiait le cinéma à l'Art Institute, réalisait d'austères courts métrages non narratifs avec des titres du genre « Paysage fluvial à Chicago » et ma mère pensait, avec raison, qu'il avait une énorme influence malsaine sur moi. Quand Tom a raillé Cat Stevens, j'ai éradiqué Cat Stevens de ma vie. Quand Tom m'a donné ses disques de Grateful Dead, Grateful Dead est devenu mon groupe préféré, et quand il s'est coupé les cheveux et s'est tourné vers Roxy Music, Talking Heads et DEVO, je me suis coupé les cheveux et j'ai suivi. Voyant qu'il achetait ses fringues dans les surplus de l'armée, je me suis mis à fréquenter les friperies. Puisqu'il habitait une grande ville, j'ai voulu habiter une grande ville, puisqu'il faisait ses propres yaourts avec du lait reconstitué, j'ai voulu faire mes propres yaourts avec du lait reconstitué ; puisqu'il prenait des notes dans un carnet à spirale 15 × 22 cm, j'ai acheté un carnet à spirale 15 × 22 cm et commencé à y tenir un journal ; puisqu'il filmait des ruines industrielles, j'ai acheté un appareil photo et j'ai photographié des ruines industrielles ; puisqu'il vivait au jour le jour, faisait de la menuiserie et retapait des appartements avec des matériaux de récupération, j'ai voulu vivre au jour le jour, moi aussi. Les déesses désespérément inaccessibles de la fin de mon adolescence étaient les étudiantes en beaux-arts

145

qui tournaient autour de Tom, vêtues de fripes, aux coiffures hérissées.

L'allemand scolaire n'avait rien de sympathique. C'était une langue que ne parlait aucun de mes copains, et les posters défraîchis pour touristes qui ornaient la salle de notre prof, Mme Fares, n'incitaient guère à visiter l'Allemagne ou à s'éprendre de sa culture. (On pouvait en dire autant pour les classes de français ou d'espagnol. C'était comme si les langues modernes redoutaient tellement la vindicte adolescente qu'elles s'en tenaient à des décorations sans audace – des posters de corrida, de la tour Eiffel, du château de Neuschwanstein.) Nombre de mes camarades de cours avaient des parents ou des grands-parents allemands, dont les habitudes (« Il aime sa bière tiède ») et traditions (« Nous avons du Lebkuchen pour Noël ») présentaient un intérêt négligeable à mes yeux. La langue elle-même, cependant, était facile. Il suffisait de mémoriser des listes A4 de terminaisons adjectivales et de suivre les règles. Tout était question de grammaire, ma matière forte. Seul le problème des genres, les raisons apparemment arbitraires pour lesquelles la cuiller (*der* Löffel) était masculine, la fourchette (*die* Gabel) féminine et le couteau (*das* Messer) neutre, me donnait des boutons.

Alors même que Mutton le barbu et ses disciples masculins réactualisaient la vieille patriarchie, Camaraderie nous apprenait à reconsidérer nos préjugés sur les différences entre les sexes. Les garçons étaient félicités et loués pour les pleurs qu'ils versaient, les filles pour leurs colères et leurs jurons. Le « groupe féminin » hebdomadaire de Camaraderie était tellement couru qu'on dut le diviser en deux. Une éducatrice invita des filles chez elle et leur donna des conseils énergiques sur la manière de faire l'amour sans tomber enceinte. Une autre défia la patriarchie avec une telle insistance que, lorsqu'elle demanda à Chip Jahn de parler de ses sentiments, celui-ci répondit qu'il avait bien envie de le traîner sur le parking pour lui casser la gueule. Dans un esprit de parité, deux éducateurs essayèrent de lancer un groupe masculin, mais les seuls garçons volontaires étaient ceux qui, déjà sensibilisés, regrettaient de ne pas faire partie du groupe féminin.

Être une femme me semblait beaucoup plus intéressant qu'être un homme. De la popularité des groupes militants hebdomadaires je déduisis que les femmes avaient réellement été opprimées et que nous, les hommes, devions leur témoigner de la déférence, les choyer, les soutenir et pourvoir à leurs désirs. Il était particulièrement important, si vous étiez un homme, de sonder votre cœur pour vous assurer que vous ne transformiez pas en objet la femme que vous aimiez. Si une infime partie de vous-même l'exploitait pour la sexualité ou la mettait sur un piédestal pour la vénérer, c'était très mal.

Dans mon journal de Terminale, pendant que j'attendais que Siebert rentre de sa première année de fac, j'affinais continuellement mes sentiments à son égard. J'écrivais : « Ne la CANONISE pas » et : « *Ne sois pas amoureux*, ne sois pas bêtement destructeur » et : « La jalousie est le propre d'une relation possessive » et : « *Nous ne sommes pas sacrés.* » Quand je me surprenais à écrire son nom en capitales, je me ravisais et notais : « Pourquoi la majusculiser ? » Je brocardais ou vilipendais l'esprit mal tourné de ma mère qui pensait que le sexe me turlupinait. Cela étant, en l'absence de Siebert, je suis tout de même sorti avec une jeune catholique pimpante, O., qui m'apprit à apprécier l'arrière-goût de chou-fleur cru des cigarettes dans la bouche d'une fille, et je présumais avec insouciance que Siebert et moi perdrions notre virginité avant mon départ pour la fac. Mais j'imaginais cette perte comme le scellement d'une amitié adulte et sérieuse, non comme une fornication dans le genre de *Rogue*. Les rapports de ce style étaient bons pour les collégiens.

Un soir d'été, peu après la chute de Siebert, juste avant mes dix-huit ans, je peignais une fresque avec Davis et Holyoke quand celui-ci nous demanda si nous nous masturbions souvent. Davis répondit qu'il ne le faisait plus. Il dit qu'il avait essayé quelquefois, mais n'avait pas vraiment aimé ça.

Holyoke le regarda avec une stupéfaction consternée.

« T'as pas aimé ?

– Non, pas vraiment, dit Davis. Ça me branchait pas assez. »

Holyoke fronça les sourcils. « Je peux te demander quelle… technique et… quel matériel… tu utilisais ? »

J'ai attentivement écouté la suite, parce que, contrairement à Davis, je n'avais même pas essayé.

Le prof d'allemand de première année à la fac de Swarthmore était un flamboyant bonimenteur à la bouche élastique, Gene Weber, qui se cabrait, se courbait, tapait sur les pupitres et appelait les bizuts « bambini ». Il avait les manières d'un instituteur spirituel et inspiré. Il trouvait tout hilarant dans sa classe et, si les bambini n'arrivaient pas à engendrer l'hilarité par eux-mêmes, il disait des choses hilarantes à leur place et riait tout seul. Je n'avais rien contre Weber, mais je lui résistais. La prof que j'aimais était la lectrice, Frau Plaxton, une femme d'une patience infinie aux traits nordiques joliment ciselés. Je la voyais le mardi et le jeudi à huit heures trente, une heure rendue acceptable par sa façon étonnée et affectueuse de dire « Herr Franzen » quand j'entrais dans la salle. Quelle que fût l'impréparation de ses étudiants, Frau Plaxton ne pouvait pas prendre un air sévère sans sourire en même temps de sa sévérité. Les voyelles et les consonnes allemandes qu'elle « surprononçait » à des fins heuristiques étaient juteuses comme de bonnes prunes.

Les autres jours à huit heures trente, j'avais « Calcul à plusieurs variables », un cours sélectif de première année destiné à éliminer les étudiants dont la passion pour les maths et les sciences n'était pas fanatique. Aux vacances de printemps, j'étais en passe de me faire recaler. Si j'avais eu l'intention de poursuivre une carrière scientifique – comme le jeune de quinze ans officiel le laissait croire à ses parents – j'aurais passé ces vacances à réviser. Au lieu de cela, j'ai pris un car de Philadelphie à Houston avec mon pote Ekström pour voir Siebert qui, débarrassée de son corset, occupait une chambre de l'université de Houston.

Une nuit, pour échapper à sa coturne, nous sommes allés nous asseoir tous deux sur un banc dans une cour entourée de murs en béton. Siebert me dit que l'un de ses profs, le poète Stephen Spender, avait beaucoup parlé de Sigmund Freud et qu'elle avait réfléchi à sa chute de la gouttière de l'Eden Seminary l'année précédente. La veille de cette chute, elle et Lunte étaient venus sonner chez moi mais, avant que j'aie eu le temps de réagir, Siebert avait rencontré mon ancienne petite amie O. pour la première fois. O. était accompagnée de Manley et Davis, qui venaient de l'emmener au sommet du clocher de l'Eden Seminary. Elle était encore tout excitée par la grimpette et avoua sans chichi que Manley et Davis l'avaient attachée à une corde pour la hisser en haut de la gouttière ; ses inaptitudes physiques étaient proverbiales.

Siebert avait perdu tout souvenir du lendemain de cette rencontre, mais on lui avait raconté par la suite ce qu'elle avait fait. Elle avait appelé Davis pour lui dire qu'elle voulait grimper sur le clocher comme O. Quand David avait proposé d'amener Manley en renfort ou, au moins, de prévoir une corde, Siebert avait refusé, estimant n'avoir besoin ni de renfort ni de corde. Et, de fait, elle n'avait eu aucun mal à escalader le tuyau. Ce n'est qu'en arrivant en haut, quand Davis lui avait tendu la main pour l'aider à franchir le chéneau, qu'elle avait lâché prise. Or Freud, me dit-elle, avait une théorie de l'inconscient. D'après Stephen Spender, qui avait le chic pour la regarder en face et la fixer de ses inquiétants yeux bleus chaque fois qu'il en parlait, la conscience croit que c'est un accident, mais en fait il n'en est rien : vous faites exactement ce que la face cachée et insondable de vous-même veut faire. Quand votre main dérape et que vous vous coupez avec un couteau, c'est parce que votre face cachée veut que vous vous coupiez. Quand vous dites « ma mère » au lieu de « ma femme », c'est parce que le *ça* en vous veut dire « ma mère ». L'amnésie post-traumatique de Siebert était totale, et il était difficile d'imaginer une personne moins suicidaire qu'elle, mais qui sait si elle n'avait pas *voulu* tomber du toit ? Qui sait si son inconscient n'avait pas voulu mourir à cause de ma liaison avec O. ? Qui sait si, en haut de la gouttière, elle n'avait pas cessé d'être elle-même pour devenir tout entière cette face cachée ?

J'avais entendu parler de Freud, bien sûr. Je savais qu'il était viennois et important. Mais ses livres m'avaient paru austères et hermétiques chaque fois que j'en avais tiré un d'une étagère et, jusqu'alors, je m'étais arrangé pour tout ignorer de lui. Nous restâmes en silence dans la cour en béton déserte, à respirer l'air printanier. Les bourgeonnements de saison, les parfums des éclosions, le relâchement, le dégel, l'odeur de la terre chaude : cela ne me terrifiait plus vraiment comme quand j'avais dix ans. C'était délicieux, à présent. Mais encore un peu terrifiant tout de même. Assis dans cette cour, en méditant les paroles de Siebert, en songeant que j'avais probablement, moi aussi, un inconscient qui en savait aussi long sur moi que j'en savais court sur lui, un inconscient toujours en quête d'un moyen de s'extérioriser, d'échapper à mon contrôle pour accomplir sa sale besogne, pour baisser mon pantalon devant les petites voisines, j'ai poussé un cri de panique. Un cri tonitruant, qui m'effraya autant que Siebert. De retour à Philadelphie, j'ai chassé cet épisode de mon esprit.

Mon directeur de TP en cours d'allemand intensif était l'autre professeur titulaire de l'UER, George Avery, un Américain d'origine grecque, nerveux, bel homme, à la voix éraillée, qui semblait se faire violence pour s'exprimer en phrases de moins de trois cents mots. La grammaire que nous étions censés réviser n'intéressait pas énormément Avery. Le premier jour de cours, il regarda son matériel, haussa les épaules, dit : « Je suppose que vous savez déjà tout ça » et se lança dans un topo interminable sur les idiomes germaniques rares et hauts en couleur. La semaine suivante, douze des quatorze étudiants inscrits en TP signèrent une pétition avec menace de grève exigeant le renvoi d'Avery et son remplacement par Weber. J'étais contre la pétition – faire une crasse à un prof me semblait peu sympa, même s'il était nerveux et difficile à suivre, et je n'aimais pas particulièrement être traité de bambino – mais Avery fut dûment viré et Weber revint se pavaner.

Puisque je nageais en calcul à plusieurs variables, je n'avais pas d'avenir en sciences dures et, puisque mes parents m'avaient menacé de me couper leurs subsides si je persistais à vouloir me spécialiser en anglais, il me restait l'allemand, par défaut. Le principal intérêt de cette matière était que j'y obtenais facilement des A, mais je jurais à mes parents que je me préparais à une carrière dans la finance internationale, le droit, la diplomatie ou le journalisme. En privé, j'avais surtout envie de passer ma deuxième année à l'étranger. Je n'appréciais pas beaucoup la fac – c'était une resucée du lycée à tout point de vue –, j'étais toujours techniquement puceau et je comptais sur l'Europe pour arranger ça.

Mais je n'allais tout de même pas me tourner les pouces en attendant. L'été avant mon départ pour l'Europe, je me suis renseigné sur une étrange beauté efflanquée avec qui j'avais dansé pendant un cours de gym au lycée et qui m'avait fait fantasmer à la fac, mais, aux dernières nouvelles, elle était maquée et héroïnomane. Je suis sorti deux fois avec la sœur cadette de Manley, qui, pour notre deuxième rendez-vous, me surprit en arrivant avec un chaperon, sa copine MacDonald, celle qui me prenait pour un tricheur. Je suis donc parti étudier la littérature allemande à Munich et, dès mon troisième soir là-bas, lors d'une fête pour les nouveaux étudiants, j'ai rencontré une jolie Bavaroise franche du collier qui me proposa d'aller boire un verre ailleurs avec elle. J'ai répondu que j'étais fatigué, mais que je serais heureux de la revoir. Je ne l'ai jamais revue. La proportion entre garçons et filles à la cité universitaire de Munich était de trois pour une. Pendant les dix mois suivants, je n'ai rencontré aucune autre Allemande intéressante susceptible de m'accorder ses faveurs. J'ai maudit ma terrible chance d'avoir eu ma seule occasion si tôt dans l'année. Si j'avais été à Munich ne fût-ce qu'une semaine plus tôt, me disais-je, j'aurais joué le coup différemment, je me serais retrouvé avec une copine formidable et j'aurais parlé allemand couramment en un rien de temps. Au lieu de cela, j'ai surtout parlé anglais avec des Américaines. J'ai réussi à passer quatre nuits à Paris avec l'une d'elles, mais elle s'avéra si peu délurée que même un baiser l'effarouchait : manque de pot. À Florence, je suis descendu dans un hôtel qui faisait également bordel et j'ai été entouré en trois dimensions de fornicateurs industrieux. En excursion dans l'Espagne rurale, j'ai eu une copine espagnole pendant une semaine mais, avant que nous ayons pu nous enseigner nos langues réciproques, j'ai dû regagner la morne Allemagne pour passer des examens : c'était bien ma veine. J'ai dragué une Américaine blasée plus prometteuse, avec qui j'ai picolé et fumé pendant des heures en écoutant inlassablement « London Calling » et en essayant d'aller le plus loin possible sans dépasser les bornes de la galanterie masculine. J'ai vécu dans l'attente quotidienne du passage à l'acte jusqu'à ce que, finalement, après des mois d'assiduité, elle s'aperçoive qu'elle était toujours amoureuse de son ex, outre-Atlantique. Seul dans ma piaule, j'entendais les voisins s'adonner au stupre : mes murs et mon plafond formaient une caisse de résonance. J'ai reporté mon affection sur une autre Américaine, celle-ci maquée avec un riche Allemand qu'elle menait à la baguette et dont elle disait pis que pendre derrière son dos. Je pensais que, si je prêtais une oreille compatissante à ses récriminations et l'aidais à comprendre que son jules n'atteignait même pas les bornes de la galanterie masculine, elle ouvrirait les yeux et me choisirait. Mais ma déveine défiait l'imagination.

Sans petite amie pour me distraire, j'ai beaucoup étudié l'allemand à Munich. La poésie de Goethe m'influença particulièrement. Pour la première fois de ma vie, j'étais frappé par le mariage de la sonorité et du sens. Tout au long de *Faust*, par exemple, il y avait une mystérieuse interaction entre les verbes *streben, schweben, weben, leben, beben, geben* [1] – six trochées qui semblent renfermer la vie intérieure de toute une culture. Il y avait de délirantes effusions allemandes, tels ces mots de remerciement que Faust adresse à la nature après une bonne nuit de sommeil –

> Du regst und rührst ein kräftiges Beschließen
> Zum höchsten Dasein immerfort zu streben.

> (Tu t'éveilles et agites une puissante décision
> De t'élever à toute force, dès lors, vers la plus haute forme d'être [2].)

– et que je me répétais à l'infini, mi-goguenard mi-admiratif. Il y avait ce regret germanique, touchant et rédempteur, de n'être pas italien plutôt qu'allemand, que Goethe a capturé dans ses vers classiques de *Wilhelm Meister* :

> Kennst du das Land wo die Zitronen blühn,
> Im dunkeln Laub die Goldorangen glühn…
> Kennst du es wohl ?

> (Connais-tu le pays où les citrons fleurissent,
> Où les oranges d'or luisent dans les feuillages…
> Tu le connais peut-être ?)

1. S'efforcer, planer, tisser, vivre, trembler, donner.
2. Par fidélité au texte, cette traduction et les suivantes sont des transpositions en français de celles de Franzen. Qu'on n'y cherche ni la prosodie de Nerval, ni « le pays où fleurit l'oranger ».

Il y avait d'autres vers encore que je récitais chaque fois que je montais au clocher d'une église ou marchais sur une crête, les vers prononcés par Faust après que des chérubins eurent arraché son âme aux griffes du diable pour l'installer au ciel :

Hier ist die Aussicht frei,
Der Geist erhoben.
Dort ziehen Frauen vorbei,
Schweben nach oben.

(Ici la vue est claire,
L'esprit exalté.
Là-bas passent des femmes
Qui planent vers les cieux.)

Il y avait même, dans *Faust*, de courts passages dans lesquels je reconnaissais des émotions qui m'étaient propres, comme lorsque notre héros, essayant de s'atteler à la tâche dans son bureau, entend frapper à sa porte et s'écrie, exaspéré : « Wer will mich wieder plagen ? » (Qui m'importune encore ?)

Mais malgré mon plaisir de sentir une langue s'enraciner en moi, et en dépit des dissertations trimestrielles très réfléchies que je rédigeais sur la relation de Faust à la nature et de Novalis aux mines et aux grottes, je continuais à ne voir dans la littérature qu'un exercice à maîtriser pour obtenir un diplôme universitaire. Déclamer *Faust* sur des collines venteuses était une manière d'exprimer, mais aussi de calmer et finalement de tourner en dérision mes propres aspirations littéraires. La vie réelle, telle que je la concevais, gravitait autour du mariage et de la réussite, non des fleurs bleues. À Munich, où les étudiants pouvaient acheter des places de théâtre pour cinq marks, je suis allé voir une grosse production du deuxième *Faust* et, en chemin, j'ai entendu un homme d'âge mûr présenter à sa femme, par plaisanterie, ce « résumé complet et suffisant » de la pièce : « Er geht von einer Sensation zur anderen – aber keine Befriedigung » (Il passe d'une sensation à une autre – mais sans satisfaction). L'irrespect du monsieur, son amusement philistin, m'amusa aussi.

Le professeur difficile de l'UER d'allemand, George Avery, dirigea le séminaire de modernisme allemand que je suivis pour mon dernier semestre à la fac. Avery avait des yeux grecs, noirs, une belle peau, un nez fort, de luxuriants sourcils. Sa voix haut perchée était toujours enrouée et, quand il s'égarait dans les détails d'une digression, ce qui n'était pas rare, cet enrouement brouillait l'articulation de ses mots. Ses éclats de rire réjoui commençaient à une fréquence inaudible pour l'oreille humaine – sa bouche béait en silence – et descendaient par paliers, sous forme de cris successifs dont la cadence s'accélérait progressivement : « Ha ! Ha ! Ha ! Ha ! Ha ! Ha ! » Ses yeux brillaient d'excitation et de plaisir si un étudiant disait un truc vaguement pertinent ou intelligent ; mais si l'étudiant se trompait, ce qui arrivait souvent aux six que nous étions, il tiquait, fronçait les sourcils comme importuné par le vol d'un insecte devant sa figure, ou regardait tristement par une fenêtre, ou bourrait une pipe, ou piquait une cigarette à l'un de nous sans rien dire et se donnait à peine le mal d'écouter. Il était le moins policé de tous mes profs et pourtant il avait quelque chose que les autres n'avaient pas : il éprouvait pour la littérature cette sorte d'amour fou et de gratitude qu'un « born-again Christian [1] » éprouve pour Jésus. Son plus grand

1. Idéologie en vogue, parfois ritualisée, assimilant la croyance en Jésus à une seconde naissance.

éloge pour un morceau littéraire était : « C'est *dingue* ! »
Ses exemplaires jaunis et décatis des chefs-d'œuvre
de la prose allemande étaient comme des bibles de
missionnaire. Page après page, chaque phrase était sou-
lignée ou annotée dans l'écriture microscopique d'Avery,
enluminée par les appréciations cumulées de quinze
ou vingt relectures. Ses éditions de poche étaient à la fois
des déchets infects et de précieuses reliques – d'émou-
vants testaments sur la haute signification que pouvait
revêtir chacune de leurs lignes pour celui qui étudiait
leurs mystères, de même que chaque feuille et chaque
moineau chante Dieu pour le croyant.

Le père d'Avery était un immigré grec qui avait
travaillé comme serveur puis comme artisan cordon-
nier à Philadelphie nord. Avery avait été enrôlé dans
l'armée à dix-huit ans, en 1944, et, à la fin de ses classes,
dans la nuit précédant le départ de son bataillon pour
l'Europe, son commandant est venu le secouer pour
lui crier : « Avery ! Réveille-toi ! TA MÈRE EST
MORTE. » Ayant reçu une permission pour assister à
l'enterrement, il rallia l'Europe deux semaines trop
tard, arrivant le jour de la victoire, et ne rattrapa jamais
son régiment. Il fut transféré de bataillon en bataillon
pour atterrir finalement à Augsburg, où l'armée le fit
travailler dans une maison d'édition réquisitionnée. Un
jour, son commandant demanda si quelqu'un voulait
suivre un cours de journalisme. Avery fut le seul
volontaire et, pendant un an et demi, il apprit l'allemand, se balada en civil, écrivit sur la musique et l'art
pour le journal d'occupation et tomba amoureux de la
culture allemande. De retour aux États-Unis, il étudia
l'anglais puis la littérature germanique, épousa une
belle Suissesse, obtint une chaire dans une faculté hup-
pée et emménagea dans une maison à deux étages où,
tous les lundis à quatre heures, nous venions prendre

un café accompagné de gâteaux préparés pour nous par sa femme, Doris.

Les goûts d'Avery en matière de porcelaine, de mobilier et de température intérieure étaient du genre Continental moderne. Quand nous étions à leur table, parlant allemand avec plus ou moins de succès, buvant un café qui refroidissait en cinq secondes, les feuilles que je voyais éparpillées sur la pelouse auraient pu être allemandes, poussées là par un vent d'Allemagne, et le ciel sombre un ciel allemand, plein de *weltschmerz* allemand. La chienne d'Avery, Ina, un berger allemand comme il se doit, s'ébrouait timidement dans le couloir. Nous n'étions qu'à une vingtaine de kilomètres de la petite maison mitoyenne où Avery avait grandi, mais celle où il vivait à présent, avec ses parquets, ses fauteuils de cuir et ses élégantes céramiques (certaines fabriquées par Doris, qui était une habile potière), était le genre d'endroit où j'eusse aimé grandir moi-même, une oasis d'accomplissement personnel.

Nous lûmes *La Naissance de la tragédie* de Nietzsche, des histoires de Schnitzler et Hofmannsthal et un roman de Robert Walser qui me donna envie de crier tant il était calme, subtil et lugubre. Nous lûmes un essai de Karl Kraus, *La Muraille de Chine*, sur un blanchisseur chinois de New York qui honorait sexuellement des femmes caucasiennes bien élevées et finissait, fait divers célèbre, par étrangler l'une d'elles. L'essai commençait par : « Ein Mord ist geschehen, und die Menschheit möchte um Hilfe rufen » (Un meurtre est commis, et l'humanité devrait appeler à l'aide), ce qui me semblait un peu fort. Le meurtre de Chinatown, continuait Kraus, était « l'événement le plus important » des deux mille ans d'histoire de la morale chrétienne : également un peu fort, non ? Il me fallut une demi-heure pour élucider chaque page de ses allusions et dichotomies pleines d'allitérations –

Da entdecken wir, daß unser Verbot ihr Vorschub, unser Geheimnis ihre Gelegenheit, unsere Scham ihr Sporn, unser Gefahr ihr Genuß, unsere Hut ihre Hülle, unser Gebet ihre Brust war… [D]ie gefesselte Liebe liebte die Fessel, die geschlagene den Schmerz, die beschmutzte den Schmutz. Die Rache des verbannten Eros war der Zauber, allen Verlust in Gewinn zu wandeln.

(Nous découvrons que nos interdits étaient les procrastinations de la Nature, nos secrets ses opportunités, notre honte son éperon, notre danger sa jouissance, notre abri son enveloppe, notre prière son sein… L'amour enchaîné aimait les chaînes, l'amour torturé la douleur, l'amour souillé la souillure. La revanche de l'Éros banni était l'art magique de changer toute perte en gain.)

– et dès que je fus assis dans le living-room d'Avery, quand je voulus parler de l'essai, je m'aperçus que j'avais mis trop de temps à déchiffrer les phrases de Kraus pour les lire vraiment. Quand Avery nous demanda quel était le sujet de l'essai, j'ai feuilleté mes pages polycopiées à toute vitesse pour trouver une réponse plausible. Mais l'allemand de Kraus ne s'offrait qu'aux amants patients. « Ça parle de… euh, dis-je, de la morale chrétienne… et… »

Avery m'interrompit alors que je n'avais encore rien dit. « *Nous aimons l'amour cochon*, expliqua-t-il en posant un regard égrillard sur chacun de nous tour à tour. *Voilà* de quoi ça parle. Plus la culture occidentale le souille, plus nous l'aimons souillé. »

Je fus irrité par le « nous ». Ma compréhension de la sexualité était surtout théorique, mais j'étais sûr de ne pas l'aimer souillée. Je cherchais toujours une amante qui fût d'abord et avant tout une amie. Par exemple : la brune et ironique étudiante en français qui assistait au séminaire sur le modernisme avec moi et que j'avais commencé à courtiser avec ma méthode passive et réservée, qui s'était toujours soldée par un échec mais que je persistais à appliquer. J'avais entendu dire qu'elle était sans attache et elle avait l'air de me trouver amusant. Je ne pouvais pas imaginer quoi que ce fût de cochon dans l'amour avec elle. En fait, malgré l'obsession croissante qu'elle m'inspirait, je n'ai jamais pu visualiser le moindre fantasme sexuel avec elle.

L'été précédent, pour me préparer au séminaire, j'avais lu le roman de Rilke, *Les Cahiers de Malte Laurids Brigge*. J'en fis immédiatement mon livre préféré, c'est-à-dire que je pris l'habitude de lire certains paragraphes de la première partie (la plus facile et la seule que j'ai entièrement aimée) à voix haute pour impressionner les copains. L'intrigue – un jeune Danois de bonne famille débarque à Paris, vit au jour le jour dans une pension bruyante, en solitaire, en exclu, rêve de devenir un meilleur écrivain et une personne plus accomplie, fait de longues promenades dans la ville et passe le reste de son temps à rédiger son journal – me semblait tout à fait indiquée et intéressante pour moi. Je mémorisai, sans toujours saisir ce que je mémorisais, plusieurs passages dans lesquels Malte relate son évolution personnelle, qui me rappelaient agréablement mon propre journal :

Ich lerne sehen. Ich weiß nicht, woran es liegt, es geht alles tiefer in mich ein und bleibt nicht an der Stelle stehen, wo es sonst immer zu Ende war. Ich habe ein Inneres, von dem ich nicht wußte. Alles geht jetzt dorthin. Ich weiß nicht, was dort geschieht.

(J'apprends à voir. Je ne sais pas pourquoi, mais les choses me pénètrent plus profondément et ne s'arrêtent plus à l'endroit où, jusqu'alors, elles finissaient. J'ai un for intérieur dont je ne savais rien. Tout y va désormais. Je ne sais pas ce qui s'y passe.)

J'aimais aussi les descriptions très détachées que Malte fait de sa nouvelle subjectivité en action, telles que :

Da sind Leute, die tragen ein Gesicht jahrelang, natürlich nutzt es sich ab, es wird schmutzig, es bricht in den Falten, es weitet sich aus wie Handschuhe, die man auf der Reise getragen hat. Das sind sparsame, einfache Leute ; sie wechseln es nicht, sie lassen es nicht einmal reinigen.

(Il y a des gens qui gardent le même visage à longueur d'année, naturellement il s'use, il se salit, il se fendille dans les plis, il s'étire comme des gants qu'on a portés en voyage. Il y a des gens économes, simples ; ils n'en changent pas, ils ne le lavent même pas.)

Mais la phrase de *Malte* qui allait devenir ma devise pour le semestre n'attira pas mon attention avant qu'Avery ne nous la signale. Elle est dite à Malte par une amie de la famille, Abelone, quand Malte, petit garçon, lit négligemment à voix haute une des lettres de Bettina von Arnim à Goethe. Il commence à lire la réponse de Goethe à Bettina et Abelone l'interrompt, impatientée. « Pas les réponses », dit-elle. Puis elle s'exclame : « Mein Gott, was hast du schlecht gelesen, Malte ! » [1]

1. Mon Dieu, comme tu as mal lu, Malte !

Ce fut en substance ce que nous dit Avery à mi-chemin de notre premier débat sur *Le Procès*. J'avais été inhabituellement silencieux cette semaine-là, espérant dissimuler que je n'avais pas réussi à lire la deuxième partie du roman. Je savais déjà de quoi parlait le livre – un innocent, Josef K., aux prises avec une bureaucratie moderne de cauchemar – et je trouvais que Kafka accumulait de trop nombreux exemples de cauchemar bureaucratique. J'étais gêné aussi par sa réticence à recourir aux alinéas et par l'irrationalité de sa narration. Que Josef K. ouvre la porte d'une remise dans son bureau et trouve un tortionnaire en train de rosser deux hommes, dont l'un appelle K. au secours, ça me semblait déjà un peu gros ; mais le voir revenir dans la même remise le lendemain soir et trouver les trois mêmes hommes exactement dans la même situation, c'était trop pour moi : ce manque de réalisme me faisait mal. J'aurais préféré que Kafka mette davantage de compassion dans son chapitre. Il me faisait l'effet d'un gars de mauvaise compagnie. Bien que le roman de Rilke fût impénétrable par endroits, il avait la structure d'un *Bildungsroman* et une fin optimiste. Kafka était plutôt une espèce de mauvais rêve dont je voulais sortir.

« Nous parlons de ce livre depuis trois heures, nous dit Avery, et il y a une question très importante que personne ne pose. Quelqu'un peut-il me dire quelle est cette évidente question importante ? »

Nous l'avons regardé sans répondre.

« *Jonathan*, reprit-il, vous avez été très silencieux cette semaine.

– Eh bien, c'est-à-dire, le cauchemar de la bureaucratie moderne, vous comprenez, je ne sais pas trop quoi en dire…

– Vous ne voyez pas en quoi ça concerne votre vie.

– Moins que Rilke, en tout cas. Je veux dire, je ne suis pas aux prises avec un État policier.

– Mais Kafka parle de votre vie ! dit Avery. Sans vouloir retirer quoi que ce soit à votre admiration pour Rilke, je tiens à vous dire tout de suite que Kafka s'applique beaucoup plus à votre vie que Rilke. Kafka était comme *nous*. Tous ces écrivains étaient des êtres humains qui essayaient de donner un sens à leur vie. Mais Kafka plus que les autres ! Kafka avait peur de la mort, il avait des problèmes de sexe, il avait des problèmes avec les femmes, il avait des problèmes avec son boulot, il avait des problèmes avec ses parents. Et il écrivait de la fiction pour essayer de s'en sortir. C'est *ça*, le sujet du livre. Le sujet de tous ces livres. De vrais êtres humains vivants qui essaient de donner un sens à la mort, au monde moderne, à leur vie chaotique. »

Avery attira alors notre attention sur le titre original du livre, *Der Prozeß*, qui signifie à la fois « procès » au sens juridique et « processus ». Citant un texte de notre liste de commentaires à lire, il baragouina quelque chose en rapport avec trois différents « univers d'interprétation » donnant trois lectures possibles du *Procès* : un univers dans lequel K. est un innocent accusé à tort, un autre dans lequel le degré de culpabilité de K. est indéterminable… J'écoutais à moitié. Les fenêtres s'assombrissaient, et je mettais un point d'honneur à ne jamais lire de commentaires. Mais quand Avery arriva au troisième univers d'interprétation, dans lequel Josef K. est *coupable*, il s'interrompit et guetta notre réaction, comme s'il s'était agi d'une plaisanterie ; et mon sang ne fit qu'un tour. L'éventualité d'une culpabilité de K. m'offensait. Je me sentais floué, trompé, blessé. J'étais outré qu'un critique soit autorisé à émettre une hypothèse de ce genre.

« Regardez ce qui est écrit sur la page, dit Avery. Oubliez toute autre lecture pour la semaine prochaine. Vous devez lire ce qu'il y a sur la page. »

Josef K., qui a été arrêté chez lui le matin de son trentième anniversaire, rentre dans sa pension de famille après une journée de travail et prie sa logeuse, Frau Grubach, de l'excuser pour le dérangement occasionné. Les agents venus l'arrêter ont brièvement réquisitionné la chambre d'une autre pensionnaire, une jeune femme nommée Bürstner, mais Frau Grubach assure K. que la chambre de celle-ci a été remise en ordre. Elle dit à K. de ne pas s'en faire pour son arrestation – ce n'est pas une affaire criminelle, Dieu merci, mais quelque chose de très « étudié » et mystérieux. K. répond qu'il « est d'accord » avec elle : l'affaire est « complètement vide et inconsistante ». Il demande à Frau Grubach de lui serrer la main pour sceller leur « accord » sur l'insignifiance de la chose. Mais Frau Grubach préfère lui dire, les larmes aux yeux, qu'il a tort de prendre cette histoire trop à cœur. Alors K. l'interroge vaguement sur Fräulein Bürstner : est-elle là ? Il n'a pas échangé plus de quelques saluts avec Fräulein Bürstner, il ne connaît même pas son prénom mais, quand Frau Grubach lui confie ses inquiétudes au sujet des hommes que fréquente Fräulein Bürstner et de ses horaires tardifs, K. se met en colère. Il déclare qu'il connaît *très bien* Fräulein Bürstner et que Frau Grubach *se trompe complètement* sur elle. Il rentre dans sa chambre, fâché, et Frau Grubach s'empresse d'affirmer qu'elle se soucie seulement de la pureté morale de sa pension. À quoi K., dans l'entrebâillement de la porte, répond bizarrement : « Si vous voulez garder votre pension propre, commencez par me demander de partir ! » Il lui claque la porte au nez, la laisse « frapper discrètement » au battant et se met à l'affût de Fräulein Bürstner.

La fille ne lui inspire aucun désir particulier – il ne sait même plus à quoi elle ressemble. Mais, plus il l'attend, plus il s'énerve. Soudain c'est sa faute à *elle* s'il a manqué son dîner et sa visite hebdomadaire à une entraîneuse de bar. Quand elle arrive enfin, vers minuit, il lui dit qu'il l'attend depuis plus de deux heures et demie (ce qui est un mensonge flagrant) et insiste pour lui parler immédiatement. Fräulein Bürstner est tellement fatiguée qu'elle tient à peine debout. Elle s'étonne ouvertement que K. puisse l'accuser d'être « en retard » alors qu'elle ignorait qu'il l'attendait. Mais elle accepte de lui accorder un bref entretien dans sa chambre. K. apprend avec le plus grand intérêt que Fräulein Bürstner a suivi une formation de secrétaire juridique. « Excellent, dit-il, vous allez pouvoir m'aider dans mon affaire. » Il lui fait le récit détaillé des événements de la matinée puis, trouvant que son histoire ne l'impressionne pas assez, il se met à déplacer ses meubles pour rejouer la scène. Il lui signale, sans raison particulière, qu'un de ses corsages pendait à la fenêtre ce matin. Voulant incarner l'agent qui l'a arrêté, lequel lui a parlé en vérité sur un ton doux et poli, il crie son propre nom si fort qu'un autre pensionnaire cogne à la porte de Fräulein Bürstner. Elle essaie à nouveau de se débarrasser de K. (il est dans sa chambre depuis une demi-heure et elle doit se lever tôt le lendemain). Mais il ne la laisse pas en paix. Il lui assure que, si cet autre pensionnaire lui crée des ennuis, il se portera personnellement garant de sa respectabilité. Il ira même, si besoin est, jusqu'à dire à Frau Grubach que tout est sa faute à lui – qu'il l'a « agressée » dans sa chambre. Puis, comme Fräulein Bürstner tente à nouveau de se débarrasser de lui, il l'agresse réellement :

... lief vor, faßte sie, küßte sie auf den Mund und dann über das ganze Gesicht, wie ein durstiges Tier mit der Zunge über das endlich gefundene Quellwasser hinjagt. Schließlich küßte er sie auf den Hals, wo die Gurgel ist, und dort ließ er die Lippen lange liegen.

(... l'attrapa et la baisa sur la bouche, puis sur tout le visage, comme un animal assoiffé qui se jette à coups de langue sur la source qu'il a fini par découvrir. Pour terminer il l'embrassa encore dans le cou, à l'endroit du gosier sur lequel il attarda longtemps ses lèvres.) [1]

« Maintenant je m'en vais », dit-il, regrettant de ne pas connaître son prénom. Fräulein Bürstner acquiesce avec lassitude et s'éloigne, la tête baissée, les épaules affaissées. Avant de s'endormir, K. repense à son attitude avec elle et conclut qu'il en est satisfait – s'étonne même de n'en être pas davantage satisfait encore.

Je croyais avoir lu chaque mot du premier chapitre du *Procès* deux fois, en allemand et en anglais, mais en reprenant le texte à présent je m'apercevais que je ne l'avais pas lu du tout. Ce qui était réellement écrit sur la page, contrairement à ce que je m'attendais à y trouver, était si troublant que j'avais fermé mon esprit et fait semblant de croire que je lisais. J'avais été si convaincu de l'innocence du héros que j'étais passé à côté de ce que disait l'auteur, clairement et sans équivoque, dans chaque phrase. J'avais été aveugle à la manière dont l'est K. lui-même. Et donc, indépendamment des propos d'Avery sur les trois univers d'interprétation, je devins un partisan dogmatique de la thèse opposée à celle qui fut d'abord la mienne. Je décrétai que K. était un pauvre type, chafouin, arrogant, égoïste,

1. Traduction d'Alexandre Vialatte.

abusif, dont la vie, parce qu'il refuse de l'examiner lui-même, est examinée de force par autrui.

Cet automne-là, je fus heureux comme je ne l'avais plus été depuis le lycée. Je partageais avec mon copain Ekström une double chambre dans un bâtiment situé au centre de la résidence universitaire et j'avais eu la chance de me voir confier la rédaction du magazine littéraire de la faculté. Dans le même esprit que les pitreries des années soixante-dix qui avaient valu aux films d'art et d'essai de la fac le nom de TAFFOARD [1], le magazine fut baptisé *La Revue nulle*. La rédactrice précédente était une petite poétesse rousse de New York dont l'équipe presque exclusivement féminine imprimait presque exclusivement des poèmes de femmes. En tant que nouveau venu, j'étais censé rafraîchir la ligne éditoriale, recruter des collaborateurs, et la première chose que je fis fut d'organiser un concours pour changer le titre. L'ancienne rédactrice rousse céda son poste de bonne grâce, mais en refusant d'admettre que quelque chose n'allait pas dans *La Revue nulle*. C'était une femme langoureuse, aux grands yeux, avec une douce voix vibrante et un petit ami cubain trentenaire à New York. Avec mon comité de rédaction, j'ai passé la première demi-heure de notre première réunion à attendre qu'elle vienne nous expliquer comment gérer une revue. Enfin quelqu'un l'a appelée chez elle, l'a réveillée – il était une heure de l'après-midi, un dimanche – et elle a débarqué trente minutes plus tard avec une énorme tasse de café, encore à moitié endormie. Allongée sur un divan, la tête blottie dans le coussin de ses boucles rousses, elle ne prenait la parole que lorsque nous peinions à

1. Take A Flying Fuck On A Rolling Doughnut (approximativement : Baise en vol sur un beignet roulant).

comprendre un manuscrit envoyé. Alors, acceptant le manuscrit d'une main molle, elle le parcourait brièvement des yeux et livrait un compte rendu et une analyse incisifs. Visiblement, elle me faisait concurrence. Elle habitait au-dessus d'une épicerie, dans un appartement extérieur au campus où vivait aussi l'étudiante brune en français que je courtisais. Elles étaient très amies. Lors d'une fête en novembre, alors que tout le monde dansait, je me suis retrouvé debout seul avec la concurrence pour la première fois. J'ai dit : « Je crois que nous sommes enfin obligés d'avoir une conversation. » Elle m'a regardé froidement, a dit : « Non, pas du tout » et s'est éloignée.

Je faisais de jolis progrès avec l'étudiante en français. Une nuit de décembre, elle m'a demandé de vérifier la grammaire d'une dissertation sur *Berlin Alexanderplatz* d'Alfred Döblin qu'elle devait présenter au séminaire le lendemain. Je n'étais pas d'accord avec sa thèse et, de fil en aiguille, je me suis dit que, si je continuais à discuter du livre avec elle, j'avais une chance de finir la nuit en sa compagnie. Nous développâmes une meilleure thèse – selon laquelle le héros prolétaire de Döblin, Franz Biberkopf, croit à la FORCE masculine mais doit, pour sa rédemption, reconnaître son absolue faiblesse face à la MORT – puis, côte à côte, dans un délire de graphomanie et de fumée Marlboro Light, nous récrivîmes le texte en entier. Quand nous eûmes fini, sur le coup de six heures du matin, tandis que nous mangions des pancakes dans un IHOP [1], j'étais tellement surexcité par la nicotine et la situation que j'étais certain de me retrouver dans son lit après le petit déjeuner. Mais, avec ma chance habituelle, elle devait encore taper sa dissertation à la machine.

1. Chaîne de restaurants spécialisés dans les petits déjeuners (International House of Pancakes).

Pour la dernière nuit du semestre, Ekström et moi avons donné une grande fête. L'étudiante en français était là, de même que tous nos amis et voisins, sans oublier George et Doris Avery, qui sont restés des heures, assis sur le lit d'Ekström, à boire du Gallo Hearty Burgundy en écoutant ce que nos camarades avaient à dire sur la littérature et la politique. Je subodorais déjà qu'Avery était le meilleur prof que j'aurais jamais, et je trouvais que Doris et lui nous avaient fait une grande faveur en acceptant l'invitation, car leur présence donnait de l'envergure à la fête qui, grâce à eux, passait du stade de simple boum à celui de réception entre adultes ; toute la soirée, des copains sont venus me dire, épatés : « C'est des gens super. » Cela étant, j'avais conscience de leur faire une faveur moi aussi : ils ne recevaient pas si souvent d'invitations de la part d'étudiants. Chaque année, un ou deux élèves tombaient sous le charme d'Avery, mais jamais plus d'un ou deux. Et, quoiqu'il fût bel homme, loyal et bienveillant, il n'était guère plus populaire auprès de ses jeunes collègues qu'auprès des étudiants. Il n'était pas du tout conciliant en théorie ou en doctrine politique, s'intéressait trop ouvertement aux jolies femmes (de même que Josef K. ne peut s'empêcher de faire remarquer à Fräulein Bürstner qu'un de ses corsages pendait à la fenêtre, de même Avery était incapable, lorsqu'il parlait des qualités de certaine femme, de ne pas évoquer ses vêtements et son physique), brillait par sa mauvaise foi quand il s'agissait de discuter une balle litigieuse sur le court de tennis, et la détestation réciproque qui l'opposait à son collègue Weber était si profonde que chacun d'eux avait recours à d'incroyables circonlocutions pour éviter de prononcer le nom de l'autre. Trop souvent, en outre, quand Avery se sentait mal à l'aise, il accablait ses invités d'interminables litanies de données historico-littéraires, incluant par exemple les noms, titres et biographies sommaires de divers archivistes contemporains allemands, autrichiens et suisses. C'était cet autre aspect d'Avery – le fait qu'il *avait* visiblement un autre aspect – qui m'aida finalement à comprendre les trois dimensions de Kafka : qu'un homme pouvait être à la fois une malheureuse victime, drolatique, sympathique, tendre *et* un emmerdeur lascif, narcissique, rancunier *et encore*, troisième point crucial : une conscience vacillante, un mélange de pulsions coupables et d'auto-flagellation poignante, une personne en devenir.

Avec l'aide d'Ekström, j'ai débarrassé ma chambre de son mobilier pour en faire une piste de danse. Bien après minuit, après le départ des Avery et de nos copains moins intimes, je me suis retrouvé seul sur la piste, dansant aux accents de « (I Don't Want to Go to) Chelsea » d'Elvis Costello, sous les regards d'un groupe de gens. *Ils observaient mon expressivité*, écrivis-je le lendemain sur mon carnet dans un avion pour St. Louis. *Je le savais et, au bout d'une minute, j'ai affiché devant tout le monde un sourire du genre « Oh que d'attention sur ma modeste personne ». Mais je pense que ma vraie expressivité était dans ce sourire. Pourquoi ce garçon est-il gêné ? Il n'est pas gêné, il aime l'attention. Eh bien, il est gêné de l'obtenir, parce qu'il est stupéfait que des tierces personnes assistent si impassiblement à son exhibition. Il sourit avec un cordial mépris.* Puis « Chelsea » a cédé la place à « Miss You », l'incursion des Stones dans le disco, et l'étudiante en français m'a rejoint sur la piste. Elle a dit : « Maintenant on va danser comme si on était défoncés ! » Nous avons rapproché nos visages, nous nous sommes tendu les bras et, chacun faisant mine d'esquiver l'étreinte de l'autre, nous avons dansé nez à nez une parodie d'attirance narcotique, sous les regards des mêmes gens.

La maison de Webster Groves avait l'air fatigué. Mes parents étaient soudainement vieux. J'avais le sentiment que Bob et sa femme étaient secrètement horrifiés par eux et projetaient une révolte. Je ne comprenais pas comment Tom, qui m'avait initié à la chanson des Talking Heads « Stay Hungry [1] » (mon hymne personnel en Allemagne), pouvait passer son temps à parler des bons repas qu'il avait faits. Mon père s'assit près du feu pour lire l'histoire et le poème que j'avais publiés dans la revue littéraire (nouveau nom : *Small Craft Warnings* [2]) et me dit : « Où est l'histoire là-dedans ? Où sont les images verbales ? Il n'y a que des idées. » Ma mère était en piteux état. Deux fois, depuis septembre, elle avait été hospitalisée pour des opérations du genou et maintenant elle souffrait de colite ulcéreuse. En octobre, Tom avait amené à la maison une nouvelle petite amie, étonnamment convenable, avait renoncé au cinéma, s'était lancé dans la promotion immobilière, et la petite amie semblait d'accord pour fermer les yeux sur le fait qu'il n'avait ni assurance-maladie ni emploi stable. Mais, tout à coup, ma mère découvrit qu'elle n'était pas convenable du tout. Pour tout dire, elle cohabitait avec Tom et, pour ma mère, c'était intolérable. Ça lui rongeait les entrailles. Idem pour la retraite imminente de mon père, qu'elle redoutait. Elle répétait à qui voulait l'entendre que la retraite était une mauvaise chose pour « des gens capables et pleins de vie, qui pouvaient encore être utiles à la société ». Sa formulation était toujours la même.

Pour la première fois de ma vie, je commençais à voir les gens de ma famille comme des gens réels et pas simplement comme des parents, parce que j'avais

1. Reste affamé.
2. Approximativement : Attention travaux artisanaux.

lu de la littérature allemande et que je devenais une personne moi-même. *Aber diesmal wird es geschrieben werden*[1], écrivis-je dans mon carnet dès mon premier soir à St. Louis. Je voulais que ces vacances en famille, à la différence des précédentes, fussent enregistrées et analysées par écrit. Je croyais citer *Malte*. Mais la phrase de Rilke est beaucoup plus folle : *Aber diesmal werde ich geschrieben werden*[2]. Malte envisage le moment où, au lieu d'être l'auteur de l'écriture (« j'écris »), il en sera le produit (« je suis écrit ») : au lieu d'un acte, une transmission ; au lieu d'une focalisation sur le moi, une mise en perspective dans le monde. Pourtant, je n'avais pas dû lire Rilke si mal, parce que l'un des membres de la famille que désormais je voyais plus lucidement en tant que personne était le petit dernier, le petit chiot qui amusait les autres avec ses réparties adorables puis quittait la table pour aller écrire des phrases adorables dans son carnet ; et je commençais à me lasser de son numéro.

Une nuit, après de multiples rêves sur l'étudiante en français, dans lesquels elle me reprochait systématiquement de ne pas vouloir faire l'amour avec elle, la placide chienne berger allemand des Avery, Ina, m'apparut dans un cauchemar. J'étais assis par terre, dans le living-room des Avery, la chienne s'avança vers moi et se mit à m'insulter. Elle me disait que j'étais un « pédé » frivole, cynique et crâneur, dont la vie entière n'était que frime. Je l'ai rembarrée avec frivolité, cynisme et crânerie, puis je l'ai frappée sous la mâchoire. Elle a ricané malicieusement, d'un air de dire qu'elle me connaissait par cœur. Et elle m'a mordu le bras. Je suis tombé à la renverse. Elle s'est attaquée à ma gorge.

1. Mais cette fois ce sera écrit.
2. Mais cette fois je serai écrit.

Je me suis réveillé et j'ai écrit : *So, eines morgens wurde er verhaftet* [1].

Ma mère me prit à part pour me dire méchamment, à propos de la visite de Tom et de sa copine en octobre : « Ils m'ont trompée. »

Elle écrivait une lettre sur la table de la salle à manger. Levant les yeux, elle me demanda : « Comment écris-tu "vide" ? Comme dans "un sentiment de vide" [2] ? »

Tout au long du dîner de Noël, elle s'excusa pour l'absence du traditionnel sorbet à la canneberge, qu'elle n'avait pas eu la force de préparer cette année-là. Chaque fois qu'elle s'excusait, nous lui affirmions que le sorbet ne nous manquait pas, que nous avions eu notre comptant de canneberges avec toutes celles qu'elle avait mises dans sa sauce. Quelques minutes plus tard, tel un jouet mécanique, elle répéta qu'elle regrettait de ne pas avoir fait le sorbet traditionnel, parce qu'elle était trop fatiguée. Après le dîner, je suis monté dans ma chambre et j'ai pris mon carnet, comme d'habitude ; mais cette fois je fus écrit.

Extrait d'une lettre de ma mère après les vacances :

> Papa trouve ton emploi du temps si léger qu'il craint de ne pas en avoir « pour son argent ». En fait, mon chéri, il est déçu (je ne devrais peut-être pas te le dire, mais tu as dû le sentir toi-même) que tu ne prépares pas un « diplôme vendable » comme tu l'avais promis – tu as fait ce que tu aimais, d'accord, mais la vie réelle est autre chose –, d'autant que c'est *extrêmement* coûteux. Je sais bien sûr que tu veux « écrire », mais il y a des dizaines de milliers d'autres jeunes gens doués qui

1. Donc, un matin, il fut arrêté.
2. Le mot anglais est *emptiness* et peut éventuellement poser un problème d'orthographe (s'écrire à tort avec un *y*.)

173

veulent écrire et je me demande, moi aussi, si tu es bien réaliste. Enfin, tiens-nous au courant si tu as des perspectives encourageantes ou intéressantes – même un diplôme de Swarthmore n'est pas une garantie de réussite, automatiquement. Je suis peut-être pessimiste (moi qui ai toujours été positive) mais j'ai vu comment Tom a gâché ses talents et j'espère que ça ne se reproduira pas.

Extrait de ma lettre de réponse :

Peut-être devrais-je clarifier certaines choses que je croyais entendues entre nous trois.

1. Je suis dans le PROGRAMME DES HONNEURS. Le programme des honneurs consiste en une série de séminaires qui exigent de longues lectures personnelles ; chacune de ces lectures est considérée comme l'équivalent d'un cours de 4 ou 5 heures…

2. Quand ai-je promis de préparer ce que tu continues à appeler un « diplôme vendable » ? À quoi était liée cette promesse ? À votre soutien constant à mon éducation ? Tout cela m'est sans doute sorti de la mémoire, tu as raison.

3. Quand tu me rappelles chaque semaine que Swarthmore est « *extrêmement* coûteux », je sais que c'est moins pour mon information que pour le principe. Mais dis-toi bien que ce genre de répétition peut finir par avoir un effet inverse au but recherché.

Extrait de la réponse de mon père à ma réponse :

Il me semble que ta lettre mérite une réfutation, tant elle contient de commentaires critiques – et parfois amers. Il est un peu difficile de te répondre sans connaître la lettre de ta mère, mais tu devrais savoir maintenant qu'elle ne fait pas toujours preuve de rationalité ou de tact – sans oublier qu'elle ne va pas bien depuis le mois de septembre… Même son genou la fait souffrir à nouveau. Elle prend quatre médicaments différents par jour et je ne pense pas que ça lui fasse du bien. Mon analyse est qu'elle a des problèmes psychiques qui lui causent des troubles physiques. Mais je ne comprends pas ce qui l'inquiète. Sa santé est notre seul souci et la situation devient un vrai casse-tête.

Et de la réponse de ma mère à ma réponse :

Comment réparer les dégâts que j'ai faits ? Je t'ai blessé, je m'en veux terriblement, je me sens terriblement coupable, à cause de tout l'amour et de tout le respect que je te porte (parce que tu n'es pas seulement mon fils mais la personne la plus importante de ma vie), je suis accablée d'avoir à ce point manqué de jugement et de sagesse dans ma lettre, que j'ai écrite à un moment où je n'avais pas le moral. Tout ce que je peux dire, c'est que je regrette, j'ai honte, je te fais entièrement confiance et je t'aime tendrement......... J'implore ton pardon, du fond du cœur.

Le dernier des romans que j'ai lus en allemand pendant cette année, et celui auquel j'ai résisté le plus farouchement, fut *La Montagne magique*. J'ai résisté parce que je le comprenais beaucoup mieux que les autres romans. Son jeune héros, Hans Castorp, est un bourgeois de la plaine qui monte faire une visite de trois semaines dans un sanatorium de montagne, s'imprègne de l'étrangeté hermétique de l'endroit et finit par y rester sept ans. Castorp est un innocent au sens où il pourrait se positionner à l'extrémité Cerveau d'un continuum Cœur/Cerveau, et Thomas Mann le traite avec une ironie bienveillante et, en même temps, une omniscience monstrueuse qui m'exaspéraient. Mann, comme Avery nous le fit voir, élabore chaque symbole à la perfection : la plaine bourgeoise est le lieu de la santé morale et physique, les hauteurs bohèmes sont le site du génie et de la maladie, et ce qui attire Castorp du bas vers le haut est le pouvoir de l'amour – spécifiquement son attirance pour sa camarade de douleur Clawdia Chauchat. Clawdia est vraiment la « chaude chatte » que dénote son nom en français. Castorp et elle échangent sept fois des regards dans la salle à manger du sanatorium, il loge dans la chambre 34 $(3 + 4 = 7)$, elle dans la chambre 7, leur flirt culmine finalement la Nuit de Walpurgis, exactement sept mois après son arrivée, quand il l'aborde sous le prétexte de lui emprunter un crayon, réitérant et assumant ainsi son audacieux emprunt d'un crayon à un garçon semblable à Clawdia pour qui il avait eu le béguin longtemps auparavant, un garçon qui l'avait prié de ne pas « casser » le crayon, et il fait l'amour avec Clawdia une seule et unique fois, et jamais avec une autre, etc., etc., etc. Puis, parce qu'une telle perfection formelle peut être glaçante, Mann se lance dans un morceau de bravoure, le chapitre « Neige », sur ce que la perfection formelle justement peut avoir de glaçant, de mortel, et s'emploie à orienter le roman dans une direction moins hermétique, ce qui est en soi la solution formellement parfaite.

La conscience organisationnelle à l'œuvre ici, tellement germanique, me faisait grincer les dents à la manière d'un jeu de mots sophistiqué et réussi. Pourtant, au centre du livre, il y avait une question d'un authentique intérêt personnel, autant pour Mann que pour moi : comment se fait-il qu'un jeune homme s'éloigne si vite des valeurs et des attentes de son éducation bourgeoise ? En surface, dans le cas de Castorp, on pourrait penser que c'est à cause du point de tuberculose que révèle sa radiographie des poumons. Mais Castorp accepte le diagnostic avec une ferveur telle que c'est un prétexte cousu de fil blanc – « ein abgekartetes Spiel[1] ». La vraie raison pour laquelle il reste au sanatorium et regarde sa vie devenir méconnaissable à ses yeux, c'est qu'il est attiré par le mont de Vénus de Clawdia, sa montagne magique pour ainsi dire. Comme Goethe l'exprime dans son langage sexué, « Das Ewig-Weibliche / Zieht uns hinan[2] ». Et ce qui m'ennuyait dans la condescendance ironique de Mann envers Castorp est sa complicité dans ce qui m'apparaissait comme la passivité de Castorp. Ce n'est pas de son fait, ce n'est pas par sa volonté propre qu'il abandonne les plaines bourgeoises pour la bohème alpestre : c'est quelque chose qui lui arrive.

Et qui m'est arrivé aussi. Après les vacances, je suis allé à Chicago pour voir Tom, qui était en passe de devenir promoteur et dessinateur de projets – un peu ce que mon père avait prévu pour lui, en somme –, et j'ai rencontré sa nouvelle fiancée, Marta Smith, une fille bien sous tous rapports comme promis (et qui, d'ailleurs, moins d'un an plus tard, allait devenir la belle-fille préférée de ma mère). De Chicago, je suis retourné à la fac et j'ai habité dans l'appartement au-dessus de l'épicerie où vivait l'étudiante en français. Il devint vite clair pour elle et moi que nous en avions marre l'un de l'autre, marre d'attendre que quelque chose se passe. En revanche, sa colocataire, la New-Yorkaise rousse, ma concurrente littéraire, avait rompu avec son copain cubain et j'ai pris l'habitude de regarder de vieux films avec elle quand le reste de la maisonnée était parti se coucher. C'était la fille la plus intelligente que j'eusse jamais rencontrée. Un simple coup d'œil sur une page de Wordsworth lui suffisait pour expliquer les intentions de l'auteur dans chaque vers. Il s'avéra que nous avions un désir identique de

1. Un jeu joué d'avance.
2. L'Éternel féminin / Nous tire vers le haut.

nous débarrasser des enfantillages, et elle aussi, à sa manière, tentait de s'élever au-dessus de la plaine. Très vite, sa voix tourna dans ma tête du matin au soir. Il me vint à l'idée que mon intérêt pour sa meilleure amie, l'étudiante en français, n'avait jamais été qu'un « abgekartetes Spiel ». La concurrence et moi allâmes dîner chez des amis communs, un couple d'étudiants qui vivait en dehors du campus, dont nous critiquâmes après coup les goûts culinaires et vestimentaires avec une complicité jubilatoire. Le lendemain, après l'arrivée du courrier, elle me demanda si je connaissais une certaine Marta Smith à Chicago. Cette Smith avait eu entre les mains un exemplaire de *Small Craft Warnings*, y avait lu une longue nouvelle intitulée « Te démembrer pour ton anniversaire » et avait aussitôt écrit pour dire qu'elle l'adorait. Marta ignorait tout de mon intérêt pour l'auteur de la nouvelle et l'arrivée de sa lettre fut une telle coïncidence que j'y vis un signe mystique, sorti tout droit d'un roman allemand qui, par ailleurs, détail momentanément oublié, ne m'emballait pas.

La nuit du vingt et unième (3×7 !) anniversaire de la concurrence, le 24 janvier ($24/1 = 2 + 4 + 1 = 7$!), soit vingt et un (3×7 !) jours avant la Saint-Valentin ($14 : 2 = 7$!), je vins à sa fête avec, pour cadeau, un paquet de cigarettes italiennes très chères. Une partie de moi-même, encline à craindre les complications à long terme, espérait que nous resterions de simples amis. Mais une autre partie, plus importante, devait penser le contraire (du moins l'ai-je supposé plus tard, de même que Josef K. supposait que quelqu'un « avait dû » le calomnier), parce que j'étais toujours avec elle sur son divan à cinq heures du matin, bien après la fin de la fête. Quand je me suis excusé de la retenir si tard, la réponse qui sortit de sa bouche infiniment douce, au goût de chou-fleur cru, fut réconfortante et tranchée à la manière dont l'était Mann. « Pour mes vingt et un ans, dit-elle, je trouve que ce serait gâcher la fête d'aller se coucher avant cinq heures. »

Une autre scène de ce genre de roman :

Ils avaient lu Freud intensément au cours de la semaine précédant les vacances de printemps. La petite rousse avait une amie au centre du village, une prof de collège nommée Chloe, qui avait mis son appartement à leur disposition pendant qu'elle serait en congé. La fille et le garçon projetaient de faire au lit des choses entièrement nouvelles pour le garçon, sinon pour la fille, des choses trop outrageusement charnelles pour être dissimulées efficacement aux autres pensionnaires par une simple porte. Ils se rendirent donc dans l'appartement de Chloe un mardi après-midi, pendant un répit entre deux averses printanières. Des gouttes de pluie perlaient sur les pétales de magnolia qu'ils foulèrent. Dans le sac de la fille il y avait du pain, du beurre, des œufs, du gin, du tonic, du café, des cigarettes et des préservatifs. L'appartement de Chloe était un logement sombre au rez-de-chaussée d'un immeuble en brique sans âme, devant lequel le garçon était passé cent fois sans le remarquer. Les pièces étaient à moitié vides depuis le départ d'un petit ami dont Chloe avait dit pis que pendre à la fille avant de trouver enfin le courage de le plaquer. La fille et le garçon préparèrent des gin-tonic et pénétrèrent dans la chambre de Chloe. Bien qu'ils eussent verrouillé la porte d'entrée et qu'il n'y eût personne d'autre dans l'appartement, il était impensable de ne pas fermer la porte de Chloe derrière eux. Se jeter dans un lit devant une porte ouverte, c'était inviter un intrus à s'introduire pendant qu'ils étaient occupés à autre chose ; cela se produisait dans tous les films d'horreur pour adolescents. Le garçon était surpris que la fille fût autant demandeuse de sexe que lui, sans pouvoir s'expliquer pourquoi c'était surprenant. Il était juste ravi de l'instruction. Cette fille ne pouvait rien lui faire de sale. La pièce en soi, cependant, était très sale. Il y avait une odeur de vieille carpette et une grosse tache jaune au plafond. Des vêtements de Chloe débordaient des tiroirs, traînaient en tas près du placard, pendaient en masse informe à une patère sur la porte du couloir. La fille était propre et sentait bon, mais Chloe, que le garçon n'avait jamais vue, ne l'était pas, semblait-il. Il y avait donc quelque chose de sale à se retrouver sur le lit sale de Chloe. Une averse crépitait furieusement sur l'unique fenêtre, derrière un méchant store en plastique bon marché. Il faisait presque sombre quand ils se rhabillèrent et sortirent pour marcher en fumant des cigarettes. À l'ouest, une étroite bande de ciel bleu-vert clair apparaissait entre des nuages estompés et un bâtiment universitaire chaleureusement éclairé. Même après les cigarettes, le garçon sentait la magie dans sa bouche. Dans sa poitrine battait un sentiment de gratitude et de gêne si grandes qu'il gémissait légèrement, involontairement, chaque fois que son esprit s'attardait sur ce que la fille lui avait fait et laissé faire.

La nuit était tombée quand ils retournèrent à l'appartement de Chloe et découvrirent que quelqu'un y était venu pendant leur absence. La porte d'entrée, qu'ils avaient prudemment fermée à clé, était maintenant déverrouillée. Au bout du couloir, dans la cuisine, qu'ils avaient éteinte, ils virent de la lumière. « Holà ? cria le garçon. Holà ?…. Holà ? » Pas de réponse. Personne dans la cuisine. Le garçon demanda si le petit ami de Chloe avait encore la clé de la maison. La fille répondit, en sortant des glaçons du congélateur pour un gin-tonic, que ça lui semblait improbable, vu que le type avait déménagé toutes ses affaires. « Et il doit six mois de loyer à Chloe », ajouta-t-elle puis, ouvrant le frigo : « Merde ! MERDE ! MERDE ! » Le garçon dit : « Quoi ? » La fille : « Il est venu ! Quelqu'un ! » Parce que la bouteille de tonic, qu'ils avaient laissée à moitié pleine, était maintenant presque vide. Ils se regardèrent, les yeux écarquillés, puis regardèrent dans le couloir sombre. Le garçon regretta de ne pas avoir allumé. « Holà ? appela-t-il. Y a quelqu'un ? » La fille ouvrait des tiroirs, cherchait des couteaux. Mais Chloe n'avait rien de plus grand que des couteaux de table à scie. La fille en prit un, en donna un autre au garçon et ils s'avancèrent ensemble dans le couloir, en appelant : « Holà ? Holà ? » Le living-room était désert. De même que le petit bureau. Mais quand le garçon poussa la porte de la chambre, l'homme de l'autre côté la repoussa. L'homme avait un revolver. Le garçon saisit la poignée à deux mains, essaya de la ramener vers lui, bien campé sur ses deux pieds, tirant aussi fort qu'il pouvait contre une résistance significative. Un instant, il entendit l'homme au revolver souffler derrière la porte. Puis plus rien. La fille et lui pantelaient de terreur. « Qu'est-ce que je fais ? » dit-elle. « File, file, barre-toi, dit-il d'une voix blanche, sors ! » Elle courut vers la porte et l'ouvrit en regardant derrière elle le garçon, qui tirait toujours sur la poignée. Il n'était qu'à huit pas de distance. Il avait le temps de sortir avant que l'homme au revolver ne franchisse le seuil et ne lève son arme. Aussi tenta-t-il sa chance. La fille et lui foncèrent à travers le hall de l'immeuble jusqu'au trottoir, où ils s'arrêtèrent pour reprendre haleine. Il était six heures du soir dans une banlieue plaisante. Les gens rentraient du travail, quelqu'un jouait au basket dans la rue, une fraîcheur hivernale réémergeait des ombres. Debout sur le trottoir, frissonnant de froid, le garçon et la fille se sentaient à la fois penauds et exceptionnels, comme si *pareille aventure ne fût jamais arrivée, ne pût jamais arriver à d'autres qu'à eux en ce bas monde. De ce sentiment partagé au mariage, le pas à franchir n'était pas plus effrayant que la distance entre la chambre et la sécurité. « Je suppose que la question à poser maintenant, dit la fille, tremblante, est de savoir pourquoi au juste le copain de Chloe nous voulait du mal. » Le garçon, quant à lui, commençait à se demander si la résistance et les bruissements qu'il avait perçus de l'autre côté de la porte n'étaient pas simplement dus aux vêtements de Chloe suspendus à des cintres. Le monde redevenait rationnel. Il devait y avoir une mare collante de tonic au fond du réfrigérateur, un défaut dans la serrure de la porte d'entrée, une minuterie sur la lampe de la cuisine. Le garçon et la fille rentreraient ensemble et remettraient l'Inconscient à sa place.*

Mon problème oiseau

Février 2005, Texas du Sud : j'étais descendu dans un motel de bord de route à Brownsville, je me levais chaque matin avant l'aube, je faisais du café pour mon vieil ami Manley, qui refusait de me parler ou de sortir de son lit tant qu'il n'en avait pas bu, puis j'allais vite avaler le petit déjeuner gratuit du motel, je courais à notre voiture de location et j'observais les oiseaux sans interruption pendant douze heures. J'attendais la tombée de la nuit pour acheter des victuailles et faire le plein d'essence, afin de ne pas perdre une seule minute de clarté utile. Le seul moyen de ne pas me demander ce que je faisais, et pourquoi je le faisais, c'était de ne faire rien d'autre.

Dans le parc naturel national de Santa Ana, par un après-midi caniculaire, j'ai parcouru plusieurs miles à pied avec Manley sur des pistes poussiéreuses jusqu'à un étang artificiel, à l'autre bout duquel j'ai aperçu trois canards brun clair. Deux d'entre eux pataugeaient avec ardeur vers le couvert des roseaux, m'offrant une vue sur leurs derrières principalement, mais le troisième s'attarda suffisamment pour me laisser le temps de braquer mes jumelles sur sa tête, rayée de deux traits noirs horizontaux qui semblaient avoir été dessinés par un doigt trempé d'encre.

« Un canard masqué ! dis-je. Tu le vois ?
– Je vois le canard, dit Manley.

– Un canard masqué ! »

L'oiseau disparut rapidement dans les roseaux et ne réapparut pas. Je montrai à Manley une gravure dans mon *Sibley*.

« Je ne connaissais pas ce canard, dit-il, mais celui de la gravure est celui que je viens de voir.

– Les bandes sur sa tête. Le genre brun cannelle.

– Oui.

– C'était un canard masqué ! »

Nous étions à quelques centaines de mètres du Rio Grande. De l'autre côté du fleuve, en allant vers le sud – vers le Brésil, disons –, on voit des canards masqués par dizaines. Mais, au nord de la frontière, c'était une rareté. Les joies du panorama adoucirent notre longue marche de retour vers le parking.

Pendant que Manley s'allongeait dans la voiture pour faire un somme, je furetai dans un marais voisin. Trois hommes d'âge moyen, bien équipés, me demandèrent si j'avais vu quelque chose d'intéressant.

« Pas grand-chose, dis-je, sauf un canard masqué. »

Tous trois se mirent à parler en même temps.

« Un canard masqué !

– Canard masqué !

– Où exactement ? Montrez-nous sur la carte.

– Vous êtes sûr que c'était un canard masqué ?

– Vous connaissez le canard roux. Vous savez à quoi ressemble un canard roux femelle ?

– Un canard masqué ! »

J'ai répondu que, oui, j'avais vu des canards roux femelles, qu'on en avait à Central Park et que celui-là n'était pas un canard roux. Que c'était comme si quelqu'un avait trempé deux doigts dans de l'encre noire et…

« Il était seul ?

– Y en avait d'autres ?

– Un canard masqué ! »

L'un des hommes sortit un stylo, nota mon nom, me fit localiser le site sur une carte. Les deux autres marchaient déjà sur la piste d'où j'arrivais.

« Et vous êtes sûr que c'était un canard masqué, dit le troisième.

– Ce n'était pas un roux. »

Un quatrième homme sortit d'un bosquet juste derrière nous.

« J'ai un grand duc qui dort dans un arbre.

– Ce gars-là a vu un canard masqué, dit le troisième.

– Un canard masqué ! Vous êtes sûr ? Vous connaissez le roux femelle ? »

Les deux autres hommes revinrent de la piste au pas de course.

« Quelqu'un a dit grand duc ?

– Ouais. J'ai un télescope braqué dessus. »

Nous nous enfonçâmes tous les cinq dans le bosquet. Le grand duc, endormi sur une branche, ressemblait à une chaussette de marche grise à moitié enroulée. Le propriétaire du télescope dit que son ami, qui avait repéré l'oiseau en premier, considérait que c'était un petit duc. Le trio bien équipé voulut se démarquer.

« Petit duc ? Il a entendu son cri ?

– Non, dit l'homme, mais d'après le secteur…

– Le secteur, ça suffit pas.

– D'ailleurs, d'après le secteur, c'est plutôt un grand duc, à cette époque de l'année.

– Faut regarder la taille des ailes.

– Grand duc.

– Incontestablement un grand duc. »

Les quatre hommes se lancèrent dans une marche forcée à la recherche du canard masqué, et je commençai à me faire du souci. Mon identification du canard, qui m'avait paru indubitable sur le moment, me semblait maintenant un peu hâtive pour envoyer quatre observateurs sérieux parcourir plusieurs miles dans la canicule. Je suis allé réveiller Manley.

« Tout ce qui compte, dit-il, c'est qu'on l'a vu.

– Mais le type a pris mon nom. S'ils le voient pas, ma réputation va en prendre un coup.

– S'ils le voient pas, ils penseront qu'il est dans les roseaux.

– Mais s'ils voient des roux à la place ? Il peut y avoir des roux *et* des masqués, et les roux s'effarouchent moins.

– Il y a de quoi être inquiet en effet, dit Manley, si tu tiens absolument à t'inquiéter. »

Au centre d'accueil des visiteurs du parc, j'ai écrit dans le livre d'or : *Trois* CANARDS MASQUÉS*, un nettement vu, deux partiellement aperçus, pointe nord de Cattail #2.* Puis j'ai demandé à une bénévole si quelqu'un d'autre en avait repéré.

« Non, dit-elle, ce serait le premier cet hiver. »

Le lendemain après-midi, à South Padre Island, dans les marécages derrière le Centre de congrès, où une vingtaine de retraités du Middlewest et quelques barbus blancs arpentaient les passerelles avec des appareils photo et des jumelles, je vis une jolie jeune femme brune qui photographiait au téléobjectif un couple de canards. « Des sarcelles », dis-je à Manley.

La fille leva les yeux aussitôt.

« Des sarcelles ? Où ? »

Je lui montrai les oiseaux.

« Ce sont des macreuses, dit-elle.

– Exact. »

J'avais déjà commis cette erreur. Je savais parfaitement à quoi ressemblait une macreuse mais, parfois, dans l'enthousiasme de la découverte, mon cerveau s'embrouillait. En regagnant la passerelle avec Manley, je lui montrai des gravures.

« Tu vois, dis-je, la macreuse et la sarcelle ont à peu près les mêmes couleurs, mais réparties différemment. J'aurais dû dire macreuse. Maintenant elle va penser que je ne sais pas différencier une macreuse d'une sarcelle.

– Pourquoi ne pas aller le lui dire ? fit Manley. Va donc lui expliquer que ta langue a fourché.

– Ça passerait pour de l'affectation. J'aurais l'air de me défendre.

– Mais au moins elle saurait que tu connais la différence.

– Elle ignore mon nom. Je ne la reverrai jamais. C'est ma seule consolation concevable. »

Il n'y a pas de meilleur site américain pour les oiseaux en février que le Texas du Sud. Bien que j'y fusse déjà allé avec Manley trente ans plus tôt, comme observateur adolescent, c'était un monde complètement nouveau pour moi. En trois jours, j'avais vu des coucous noirs incroyablement ébouriffés voleter au-dessus des buissons, des anhingas aux allures jurassiques sécher leurs ailes au soleil, des escadrons de pélicans blancs planer le long du fleuve sur des ailes de deux mètres d'envergure, un couple de caracaras manger un serpent mort sur la route, un élégant trogon, un gros-bec à col rouge et deux pinsons exotiques, tous représentés sur des timbres de la société Audubon de Weslaco. Ma seule frustration fut ma cible d'observation numéro un, le canard siffleur à ventre noir. Nichant dans les arbres, aux pattes étrangement longues, au bec rose bonbon et aux yeux cerclés de blanc, le canard siffleur était l'un de ces oiseaux figurant dans le guide dont l'existence me paraissait difficile à croire – un truc à la Marco Polo. Il était censé hiberner en grand nombre sur les lacs urbains de Brownsville (appelés *resacas*) et, comme j'en avais exploré toutes les rives en vain, cet oiseau était devenu mythique pour moi.

À South Padre, tandis qu'un brouillard montait du golfe du Mexique, j'ai pensé à regarder le château d'eau de la ville où, d'après mon guide, un faucon pèlerin venait souvent percher. Et je l'ai vu, vaguement mais sans aucun doute. J'ai braqué mon télescope, et un couple âgé, deux observateurs saisonniers, me demanda ce que j'avais en ligne de mire.

« Un faucon pèlerin, dis-je fièrement.

– Tu sais, Jon, dit Manley, l'œil dans le viseur, ça ressemble plutôt à une orfraie.

– C'est une orfraie, affirma tranquillement la femme.

– Bon sang, dis-je en regardant de nouveau, c'est si difficile à distinguer dans le brouillard, et pour juger de la taille, avec la distance, vous comprenez, mais vous avez raison, oui, je la vois. Orfraie, orfraie, orfraie. Oui.

– C'est ce qu'il y a de bien avec le brouillard, répondit-elle, on voit ce qu'on a envie de voir. »

Juste à ce moment, la jeune femme brune arriva avec son trépied et son gros appareil photo.

« Orfraie, lui dis-je en confiance. Au fait, vous savez, je m'en veux encore d'avoir dit "sarcelle" quand je pensais "tadorne". »

Elle ouvrit des yeux ébahis. « *Tadorne* ? »

De retour dans la voiture, en me servant du téléphone de Manley pour éviter de me trahir par mon numéro, j'appelai le centre d'accueil à Santa Ana pour demander si « des gens » avaient signalé des canards masqués dans la réserve.

« Oui, quelqu'un en a signalé un hier. À Cattail.

– Une seule personne ?

– Oui. Je n'étais pas là. Mais quelqu'un a bien signalé un canard masqué.

– Fantastique ! dis-je (comme si, en manifestant de l'enthousiasme, j'allais ajouter une crédibilité postérieure à mon propre rapport). Je vais venir voir ça ! »

À mi-distance de Brownsville, dans l'un des chemins boueux où Manley aimait me conduire, nous nous arrêtâmes pour admirer une luxuriante *resaca* frangée de verdure, avec le soleil couchant derrière nous. Le delta était si beau en hiver que les vexations s'oubliaient vite. Je sortis de la voiture et là, silencieux, sur le côté ombragé de l'eau, flottant nonchalamment, comme si ce fût la chose la plus naturelle du monde – ce qui, après tout, est le propre des créatures magiques dans les lieux enchantés – je vis mon canard siffleur à ventre noir.

En rentrant à New York, je me sentais bizarre. Après les joies du Texas du Sud, j'étais creux et instable, comme un drogué en manque. Je peinais à me faire comprendre de mes amis ; je n'arrivais pas à me concentrer sur mon travail. Chaque soir, je me couchais avec des livres d'ornithologie, je m'informais sur les autres voyages que je pouvais entreprendre, j'étudiais les territoires des espèces que je n'avais pas vues, puis je rêvais passionnément d'oiseaux. Quand deux crécerelles, un mâle et une femelle, peut-être chassés de Central Park par l'artiste Christo et sa femme Jeanne-Claude, se montrèrent sur une cheminée derrière la fenêtre de ma cuisine et se mirent à ensanglanter leurs becs sur des souris fraîchement tuées, leur déchiquetage sembla un reflet de ma situation.

Un soir au début du mois de mars, je suis allé à la Société pour la culture éthique écouter Al Gore parler du réchauffement de la planète. Je m'attendais à être amusé par la piètre rhétorique du discours – rouler des yeux en entendant Gore prononcer solennellement les mots « destin » et « humanité », se targuer de références branlantes, fustiger les consommateurs américains. Mais Gore semblait avoir redécouvert le sens de l'humour. Son discours fut assez drôle, quoique déprimant. Pendant plus d'une heure, à grand renfort de graphiques, il présenta des preuves convaincantes de l'imminence d'un cataclysme climatique qui entraînerait d'immenses soulèvements et de grandes souffrances de par le monde, éventuellement de mon vivant. J'ai quitté l'auditorium sous une chape d'affliction et de craintes pareille à celle qui m'avait accablé quand, adolescent, j'avais pris conscience du danger nucléaire.

Ordinairement, à New York, je bride fermement ma conscience écologique, que je restreins, idéalement, aux dix minutes que me prend chaque année l'envoi de chèques déculpabilisants à des associations telles que le Sierra Club. Mais le message de Gore était si troublant que j'eus presque le temps d'arriver chez moi avant d'avoir des raisons de me dédouaner. Du genre : n'en faisais-je pas déjà davantage que l'Américain moyen pour lutter contre le réchauffement de la planète ? Je n'avais pas de voiture, j'habitais un appartement de Manhattan économe en énergie, je triais mes ordures. Ou bien : le temps, cette nuit, n'était-il pas *anormalement froid* pour un début mars ? Et les cartes de Gore montrant Manhattan dans l'avenir, l'île à moitié submergée par la montée du niveau de la mer, ne montraient-elles pas toutes que le coin de Lexington et de la 81e Rue, où j'habite, resterait en hauteur et au sec même dans le pire des scénarios ? L'Upper East Side a une topographie définie. Il paraissait peu plausible que les eaux provenant de la fonte de la calotte glaciaire au Groenland arrivent au-delà du marché de Citarella dans la Troisième Avenue, à six rues au sud-est. En outre, mon appartement était au dixième étage.

Quand je suis entré, aucun enfant n'accourut à ma rencontre, et cette absence régla la question : mieux valait, largement, consacrer mon budget d'anxiété aux pandémies virales et aux bombes sales qu'au réchauffement planétaire. Même si j'avais eu des gosses, j'aurais eu beaucoup de mal à m'inquiéter du bien-être climatique des enfants de leurs enfants. Le fait de ne pas en avoir me libérait. C'était mon ultime et meilleur argument de défense contre les semblables d'Al Gore.

Il n'y eut qu'un problème. En essayant de m'endormir cette nuit-là, tandis que les images informatiques d'une Amérique du Nord désertifiée repassaient dans ma tête, je ne pus m'empêcher de penser aux milliards d'oiseaux et aux milliers d'espèces aviaires qui risquaient d'être effacées de la surface de la Terre. Nombre des sites texans que j'avais visités en février avaient une altitude de moins de six mètres et le climat y était déjà mortellement extrême. Les êtres humains pourraient sans doute s'adapter aux changements à venir, nous étions très créatifs pour prévenir les catastrophes et inventer de magnifiques histoires en cas d'échec, mais les oiseaux n'avaient pas autant d'options. Les oiseaux avaient besoin d'aide. Et cela, je m'en rendais compte, était la vraie catastrophe pour un Américain moderne aisé. Tel était le scénario qui m'avait tracassé pendant des années : non pas la désagrégation du monde au futur, mais la désagréable nécessité de réagir au présent. C'était mon « problème oiseau ».

Longtemps, dans les années quatre-vingt, ma femme et moi avons vécu sur un petit nuage. Nous avons passé un nombre astronomique d'instants palpitants, seuls ensemble. Dans nos deux premiers appartements, à Boston, nous étions tellement accaparés l'un par l'autre que nous avions un seul ami, en tout et pour tout, notre camarade de fac Ekström et, quand nous avons transporté nos pénates dans le Queens, Ekström a transporté les siens à Manhattan, nous épargnant ainsi la peine de chercher d'autres copains.

Au début de notre mariage, quand mon vieux professeur d'allemand Weber me demanda quel genre de vie sociale nous avions tous deux, je lui ai répondu que nous n'en avions pas. « Ça va pendant un an, dit Weber. Deux ans au maximum. » Il m'avait vexé. J'ai trouvé ça extrêmement condescendant, et je ne lui ai plus jamais parlé.

Parmi nos relations et anciens amis, aucun des prophètes de mauvais augure, aucun de ces climatologues sentencieux et pathétiques ne voulait reconnaître le potentiel intrinsèque de notre union. Pour leur donner tort, nous avons fait durer notre isolement quatre ans, cinq ans, six ans ; puis, quand l'atmosphère domestique a commencé à se réchauffer un peu trop, nous avons quitté New York pour un village espagnol où nous ne connaissions personne et dont les habitants parlaient à peine, même en espagnol. Nous étions pareils à ces peuples conditionnés dans *Effondrement* de Jared Diamond, qui réagissent à la dégradation de l'écosystème par un redoublement de leurs exigences – Groenlandais médiévaux, habitants préhistoriques de l'île de Pâques, acheteurs contemporains de 4 × 4. Les quelques réserves qui nous restaient encore à notre arrivée en Espagne furent brûlées en sept mois d'autarcie.

De retour dans le Queens, nous ne pouvions demeurer ensemble plus de deux semaines, nous ne pouvions plus nous voir mutuellement si malheureux sans chercher à fuir. Pour une bisbille au petit déjeuner, nous nous prosternions face contre terre dans nos chambres respectives pendant des heures, attendant que notre souffrance soit reconnue. J'écrivais des jérémiades venimeuses aux membres de ma famille qui me semblaient avoir manqué de respect à ma femme ; elle me soumettait des analyses en quinze ou vingt pages de notre situation ; j'éclusais une bouteille de Maalox par semaine. Il était clair que quelque chose ne tournait pas rond. Et ce qui ne tournait pas rond, décrétai-je, était l'agression de la société moderne industrialisée contre l'environnement.

Dans les premières années, j'avais été trop pauvre pour me soucier de l'environnement. Ma première voiture dans le Massachusetts était une Nova 72 à toit de vinyle qui avait besoin d'un vent arrière pour parcourir dix miles avec quatre litres et dont les gaz d'échappement étaient aussi riches et composites qu'un *bœuf bourguignon*[1]. Quand la Nova rendit l'âme, nous eûmes un break Malibu dont le ridicule carburateur (800 dollars) avait dû être remplacé et dont le pot catalytique (350 dollars) avait été raclé à l'intérieur pour laisser passer les gaz. Une pollution moindre nous aurait coûté deux ou trois mois de dépenses vitales. La Malibu connaissait pratiquement le chemin par cœur jusqu'au garage véreux où nous achetions notre vignette annuelle de contrôle antipollution.

L'été 1988, cependant, avait été l'un des plus chauds jamais enregistrés en Amérique du Nord, l'Espagne rurale était un enfer de développement non durable, de détritus amoncelés à flanc de coteau et de vapeurs diesel, la chute du mur de Berlin avait fait reculer la menace d'un anéantissement nucléaire (mon apocalypse fétiche d'antan) et, du coup, le viol de la nature, apocalypse alternative, était l'occasion pour moi de me miner de remords. Mon éducation m'avait abreuvé de leçons quotidiennes sur la responsabilité personnelle. Mon père faisait des économies de bouts de chandelles et observait de délirants préceptes protestants suédois. (Il trouvait déloyal de boire un apéritif chez soi avant

1. En français dans le texte.

d'aller au restaurant, parce que les profits des restaurateurs dépendaient de la vente d'alcool.) J'en vins naturellement à me reprocher les Kleenex et le papier toilette que je gaspillais, l'eau que je laissais couler en me rasant, les pages du *Sunday Times* que je jetais sans les avoir lues, les polluants que je contribuais à répandre dans le ciel chaque fois que je prenais l'avion. J'eus une discussion furieuse avec un ami qui croyait qu'on dépensait moins d'énergie en laissant le chauffage à 20 degrés la nuit que pour atteindre les 20 degrés en le rallumant le matin. Chaque fois que je lavais un pot de beurre de cacahuètes, j'essayais de calculer si la fabrication d'un pot neuf consommait plus ou moins de pétrole que l'utilisation du lave-vaisselle et le transport du vieux pot dans un centre de recyclage.

Ma femme déménagea en décembre 1990. Une amie avait proposé de l'héberger à Colorado Springs, et elle souhaitait échapper à la pollution de son espace vital par ma personne. À l'instar de la société industrialisée moderne, je continuais d'apporter des améliorations matérielles cruciales dans notre vie domestique, mais à un prix psychique de plus en plus important. En fuyant vers des cieux plus dégagés, ma femme espérait recouvrer sa nature indépendante, que des années de vie trop maritale avaient compromise dans des proportions abominables. Elle loua un joli appartement dans North Cascade Avenue et m'envoya des lettres enthousiastes sur le climat de la montagne. Elle se passionna pour les récits de pionnières – ces épouses rudes, opprimées et pleines de ressort qui enterraient des enfants morts, voyaient les terribles blizzards de juin ravager leurs récoltes et leur bétail, et survivaient pour le raconter. Elle pensait pouvoir abaisser son rythme de pulsations cardiaques à moins de trente.

De mon côté, à New York, je ne croyais pas à une séparation réelle. Il nous était peut-être devenu impossible de vivre ensemble, mais le genre d'intelligence de ma femme était encore mon préféré, ses jugements moraux et esthétiques étaient encore les seuls qui comptaient. L'odeur de sa peau et de ses cheveux était réconfortante, irremplaçable, sans égale. Déplorer l'imperfection des autres avait toujours été notre sport. Ne plus sentir cette odeur était inimaginable.

L'été suivant, nous partîmes camper dans l'Ouest. J'étais franchement jaloux de la nouvelle vie de ma femme et je voulais à mon tour m'immerger dans la nature, maintenant que j'avais une conscience écologiste. Pendant un mois, nous suivîmes la fonte des neiges à travers les Rocheuses et les Cascades et revînmes par les contrées les plus désertes possible. Étant donné que nous étions à nouveau ensemble sept jours sur sept, partageant une petite tente, isolés de tout contact social, nous nous entendîmes à merveille.

Ce qui me rendait malade, ce qui m'exaspérait, c'étaient tous les autres êtres humains sur la planète. L'air pur, l'odeur des sapins, les torrents du dégel, les ancolies et les lupins, un orignal aux pattes frêles furtivement aperçu, tout cela faisait des sensations agréables, mais pas intrinsèquement plus agréables qu'un gin-martini ou un bon steak. Pour que les beautés de l'Ouest comblent mes désirs, encore fallait-il que la région soit dépeuplée comme aux premiers temps. Suivre une route déserte à travers des collines désertes était une manière de renouer avec le fantasme puéril de l'Aventurier spécial – de se prendre pour les enfants de Narnia, pour les héros de la Terre du Milieu. Mais les bûcherons ne venaient pas faire des coupes claires dans Narnia avec des machines grosses comme des maisons, derrière un rideau de merveilles. Frodo Baggins et ses compatriotes n'étaient pas obligés de partager un campement avec quarante-cinq membres identiques de la Communauté de l'Anneau en parkas Gore-Tex de REI.

Chaque franchissement de col offrait un nouveau panorama sur une monoculture à irrigation intensive, des versants grevés de carrières et des parkings bourrés de bagnoles d'amoureux de la nature. Pour échapper aux foules, nous devions nous enfoncer à pied de plus en plus loin dans l'arrière-pays, grimper des sentiers escarpés, et tout ça pour nous retrouver sur des chemins d'abattage jonchés de crottin de cheval. Ici – attention ! – un bouffon se pointait sur son VTT. Là – au-dessus – passait le vol Delta 922 pour Cincinnati. Et là-bas une douzaine de scouts rappliquaient avec des sacs à dos grands comme des réfrigérateurs et des gourdes brimbalantes. Ma femme était occupée par ses ambitions cardiovasculaires mais, moi, je fulminais toute la journée : ces voix humaines venaient-elles de devant ? était-ce du papier d'aluminium qui brillait sur ces feuilles mortes ? ou encore, oh non, ces voix humaines ne venaient-elles pas *de derrière* ?

Je suis resté dans le Colorado quelques mois de plus, mais le séjour dans les montagnes m'était devenu insupportable. Pourquoi demeurer là si c'était pour assister à la destruction des derniers beaux endroits sauvages, pour haïr mes congénères et me sentir moi-même, à ma façon, un destructeur coupable ? Je suis retourné dans l'Est en automne. Les écosystèmes de l'Est, surtout à Philadelphie, avaient l'avantage d'être déjà détruits. Ça permettait à ma conscience de pollueur de s'endormir, si je puis dire, dans un lit que j'avais contribué à border. Et ce lit n'était pas si mauvais. Malgré toutes les agressions qu'elle avait subies, la terre de Pennsylvanie foisonnait toujours de verdure.

On ne pouvait pas en dire autant de notre planète maritale. Là, le moment était venu pour moi de prendre une décision ; plus je tergiversais, plus le mal s'aggravait. Le temps qui nous restait pour avoir des enfants, par exemple, n'était pas illimité, il s'amenuisait même dangereusement et un atermoiement supplémentaire de quelques années pouvait s'avérer désastreux. Toutefois : prendre une décision, d'accord, mais laquelle ? À cette date tardive, je ne voyais guère que deux choix possibles. Soit j'essayais de me transformer radicalement – me dévouer au bonheur de ma femme, me faire tout petit et devenir, si nécessaire, un papa à temps complet –, soit je divorçais.

Me transformer radicalement était aussi appétissant (et aussi envisageable) que d'embrasser la sinistre société autarcique postconsumériste que les écolos purs et durs prédisaient comme seul espoir possible à long terme pour les humains sur la planète. Même si j'employais le langage de l'apaisement, et parfois avec sincérité, une facette nombriliste de moi-même, enracinée depuis longtemps dans le défaitisme, attendait tranquillement qu'une calamité finale nous engloutisse. Dans de vieux carnets, j'avais conservé des transcriptions d'anciennes disputes que reproduisaient mot à mot celles que nous avions dix ans plus tard. J'avais une copie au carbone d'une lettre envoyée en 1982 à mon frère Tom qui, après l'annonce de nos fiançailles à ma famille, m'avait demandé pourquoi nous ne commencions pas par vivre ensemble quelque temps afin de voir comment ça évoluait ; je lui avais répondu que, dans le système hégélien, un phénomène subjectif (par exemple, l'amour romantique) ne devenait « réel » au sens propre que lorsqu'il s'intégrait dans une structure objective et que, donc, il importait de synthétiser l'individuel et le civique dans un engagement cérémoniel. J'avais des photos de mariage sur lesquelles, avant l'engagement cérémoniel, ma femme souriait avec béatitude alors que je fronçais les sourcils, mordais ma lèvre et me raidissais.

Mais renoncer au mariage n'en était pas moins impensable. Peut-être étions-nous malheureux parce que notre union était piégée dès le départ, mais nous pouvions l'être aussi pour d'autres raisons et nous devions alors nous montrer patients et nous entraider. Pour chaque doute répertorié dans le document fossile, je trouvais une vieille lettre ou un passage de journal intime dans lesquels je parlais de notre mariage avec une assurance heureuse, comme si nous avions été ensemble depuis la formation du système solaire, comme si notre couple était scellé de toute éternité. Le gosse maigrichon en smoking sur nos photos de mariage, après la conclusion de la cérémonie, paraissait vraiment très fier de lui.

Il fallait donc étudier encore la question. Le document fossile était ambigu. Le consensus scientifique libéral n'était pas monolithique. Un changement de ville nous rendrait peut-être le bonheur ? Nous allâmes voir San Francisco, Oakland, Portland, Santa Fe, Seattle, Boulder, Chicago, Utica, Albany, Syracuse et Kingston, dans l'État de New York ; chacune de ces villes avait ses défauts. Ma femme revint vivre avec moi à Philadelphie, j'empruntai (contre intérêts) de l'argent à ma mère et louai une maison à trois niveaux et cinq chambres dans laquelle, dès la mi-1993, ni elle ni moi ne supportions de vivre. J'ai sous-loué une chambre pour moi à Manhattan puis, par sentiment de culpabilité, je l'ai cédée à ma femme. Je suis retourné à Philadelphie où j'ai loué un troisième logement, convenant aussi bien au travail qu'au coucher, de sorte que ma femme pouvait avoir les cinq chambres de la maison pour elle toute seule si elle décidait de revenir en ville. Notre hémorragie financière, fin 1993, ressemblait beaucoup à la politique énergétique du pays en 2005. Notre détermination à nous accrocher à des rêves impossibles était semblable – pour ne pas dire identique – à notre course tête baissée vers la faillite.

Aux environs de Noël, nous n'avions plus un sou. Nous avons résilié nos différents baux et vendu les meubles. J'ai gardé la vieille voiture, elle a gardé l'ordinateur portable neuf, j'ai couché avec d'autres. Chose impensable, horrible et ardemment désirée : notre petite planète était dévastée.

Un sujet de conversation familial récurrent à table dans les années soixante-dix était le divorce et le remariage du patron de mon père, M. German. Jamais personne de la génération de mes parents, dans leurs familles réciproques et nombreuses, n'avait divorcé, aucun de leurs amis non plus, si bien qu'ils prirent la ferme résolution de ne jamais rencontrer la jeune nouvelle épouse de M. German. Ils plaignaient énormément la première épouse, « pauvre Glorianna », qui avait été si dépendante de son mari qu'elle n'avait même jamais appris à conduire. Ils ressentirent à la fois comme un soulagement et un tracas le départ des German de leur club de bridge du samedi soir, d'un côté parce que M. German était un piètre joueur, de l'autre parce que Glorianna était désormais privée de vie sociale. Un soir en rentrant, mon père annonça qu'il avait failli perdre son emploi pendant le déjeuner. Dans la salle à manger des cadres, tandis que M. German et ses subordonnés discutaient de la meilleure manière de jauger le caractère d'une personne, mon père avait expliqué qu'il jugeait un homme à sa façon de jouer au bridge. J'étais trop jeune pour comprendre qu'il n'avait pas vraiment failli perdre son emploi pour ça et que leur condamnation morale de M. German et leur commisération pour Glorianna étaient des moyens détournés de parler de leur propre mariage, mais je comprenais que plaquer sa femme pour une plus jeune était un acte égoïste et méprisable, digne d'un irrécupérable cuistre.

Un autre sujet récurrent à l'époque était la haine de mon père pour l'Agence de protection de l'environnement (A.P.E.). La jeune agence avait édicté des règles complexes sur la pollution des sols, les déchets toxiques, l'érosion des rives fluviales, et certaines de ces règles étaient déraisonnables aux yeux de mon père. C'étaient surtout les inspecteurs qui l'exaspéraient. Soir après soir, il rentrait en fulminant contre ces « bureaucrates », ces « universitaires », ces « je-ne-sais-quoi » prétentieux qui se considéraient moralement et intellectuellement supérieurs aux sociétés placées sous leur supervision, qui ne s'expliquaient jamais et manquaient de la plus élémentaire courtoisie envers les gens comme mon père.

Le paradoxe était que leurs valeurs s'apparentaient de très près à celles de mon père. La législation avancée de l'époque sur l'environnement, notamment les lois sur la propreté de l'air et de l'eau ou sur les espèces menacées, avait obtenu le soutien du président Nixon et des deux partis du Congrès justement pour plaire aux protestants vieux jeu, tels mes parents, qui détestaient le gaspillage, se sacrifiaient pour l'avenir de leurs enfants, respectaient l'œuvre de Dieu et croyaient que chacun devait répondre de ses dégâts. Mais le ferment social qui donna naissance à la première Journée de la Terre, en 1970, libéra d'autres énergies – l'incivilité des je-ne-sais-quoi, l'égoïsme jouisseur de M. German, le culte de l'individu – qui ne s'accordaient pas avec la vieille religion et finirent par l'emporter.

Personnellement, étant moi-même un individu essayant de s'affirmer dans les années quatre-vingt-dix, j'acceptais mal la logique altruiste de mes parents. Me priver d'un plaisir disponible, *pourquoi ?* Prendre

200

des douches plus brèves et plus froides, *pourquoi ?* Poursuivre des conversations téléphoniques angoissantes avec ma femme absente au sujet des enfants que nous n'avions pas eus, *pourquoi ?* Me forcer à lire les trois derniers romans de Henry James, *pourquoi ?* Songer en permanence à la forêt vierge amazonienne, *pourquoi ?* New York, où j'étais revenu définitivement en 1994, redevenait une ville très agréable. Les Catskill et Adirondack proches étaient mieux protégés que les Rocheuses et les Cascades. Central Park, replanté par des sponsors friqués, était plus vert chaque printemps et la présence de promeneurs autres que moi ne me gênait pas : c'était une *ville* ; la présence d'autres gens y était *normale*. Un soir de mai 1996, j'ai traversé les épaisses pelouses nouvellement restaurées du parc pour aller à une réception, où j'ai vu une belle et très jeune femme debout esseulée dans un coin, derrière un lampadaire qu'elle manqua renverser deux fois, et je me suis senti tellement libéré qu'aucune bonne raison de ne pas me présenter à elle ne me vint à l'esprit et, comme de juste, je lui ai fait la cour.

La vieille religion était finie. Sans soutien culturel, le culte écologiste de la vie sauvage n'avait aucune chance de galvaniser les masses. John Muir, écrivant de San Francisco à une époque où l'on pouvait aller à Yosemite sans peine et avoir toute la vallée à soi pour se ressourcer spirituellement, fonda une religion nécessitant une grande parcelle de terre vierge pour chaque adepte. Même en 1880, les parcelles de ce type manquaient. En effet, pendant les quatre-vingts ans qui suivirent, jusqu'aux cris d'alarme populistes de Rachel Carson et David Brower, la préservation de la nature fut considérée comme une préoccupation élitiste. L'organisation fondée par Muir pour la défense de ses chères sierras était un club, non une alliance. Henry David Thoreau, dont l'amour des pins était romantique, sinon carrément sexuel, traita de « vermines » les bûcherons qui les abattaient. Pour Edward Abbey, l'unique écrivain vert qui eût le courage de sa misanthropie, l'Utah du Sud-Est avait ceci d'attrayant que son désert était inhospitalier pour la grande meute des Américains, incapables de comprendre et de respecter le monde naturel. Bill McKibben, diplômé de Harvard, compléta son apocalyptique *Nature assassinée* (où il marquait la différence entre son profond respect de la nature et le « hobby » à courte vue des amateurs de plein air) par un livre sur la pauvreté de la télé câblée en regard des richesses infinies de la vie campagnarde. Pour Verlyn Klinkenborg, le vulgarisateur professionnel dont le boulot consiste à rappeler aux lecteurs du *New York Times* que le printemps suit l'hiver et que l'été suit le printemps, et qui aime sincèrement les congères et les bottes de paille, le reste de l'humanité est une entité lointaine remarquable par sa « vénalité » et son « ignorance ».

Donc, une fois que l'Agence de protection de l'environnement eut réparé les désordres les plus flagrants du pays, que les loutres de mer et les faucons pèlerins furent sauvés de l'extinction, que les Américains purent avoir un avant-goût désagréable de la réglementation à l'européenne, on commença à percevoir le mouvement écologiste comme un groupement d'intérêts quelconque caché dans les jupes du Parti démocrate. Il était constitué d'amoureux de la nature nantis, de misanthropes perchés dans les arbres, d'intellos partisans de valeurs ringardes (la rigueur, la prévision), d'invocateurs d'abstractions politiques immuables (le bien-être de nos petits-enfants), d'imprécateurs tonitruants contre des risques invisibles (le réchauffement de la planète) ou hautement aléatoires (l'amiante dans les édifices publics), de vieux grincheux anticonsuméristes qui s'appuyaient sur les faits et la politique à l'âge de l'image, de bravaches hostiles à tout compromis. Bill Clinton, le premier président de la génération du baby-boom, savait botter en touche quand il le fallait. Contrairement à Nixon, qui avait créé l'A.P.E., et à Jimmy Carter, qui avait classé comme réserve naturelle intouchable dix millions d'hectares en Alaska, Clinton avait moins besoin du Sierra Club que l'inverse. Dans le Pacifique Nord, sur des terres appartenant au peuple américain, le Service forestier consacrait des milliards de dollars des contribuables à la construction de routes pour des compagnies forestières multinationales qui faisaient des coupes claires dans de splendides forêts primitives, et de jolis profits au passage, assuraient des emplois à quelques bûcherons qui allaient bientôt être chômeurs de toute façon et expédiaient l'essentiel du bois en Asie pour la transformation et la vente. On voit mal en quoi cette question pouvait représenter un danger pour les relations publiques d'une association, et pourtant des groupes tels que le Sierra Club choisirent de mener leur combat à l'écart de l'opinion, devant les tribunaux fédéraux, où ils obtinrent des victoires à la Pyrrhus ; et le président baby-boomer, dont le besoin d'amour était indifférent aux sapins Douglas et aux chouettes mais pouvait être comblé par les bûcherons, ajouta bientôt la décimation des vieilles forêts du Nord-Ouest à une longue liste de reculs – un NAFTA environnemental édenté, la métastase de l'expansion urbaine, le ralentissement de la baisse de consommation moyenne des véhicules, le triomphe des 4 × 4, l'épuisement accéléré des réserves mondiales de poissons, le refus sénatorial du Protocole de Kyoto, etc. –, et tout cela pendant la décennie où j'ai quitté mon épouse pour une femme de vingt-sept ans et où j'ai vraiment commencé à me payer du bon temps.

Ensuite ma mère est morte et je suis allé observer les oiseaux pour la première fois de ma vie. C'était l'été 1999. J'étais à Hat Island, un pain de gravier arboré subdivisé en lots pour de petites maisons de week-end, près de la ville ouvrière d'Everett, dans l'État de Washington. Il y avait des aigles, des martins-pêcheurs, des mouettes et des douzaines de moineaux identiques qui, quelle que fût la fréquence de mes observations, persistaient à ressembler aux six espèces différentes de moineaux répertoriées dans mon guide. Des vols de chardonnerets brillaient au-dessus des escarpements ensoleillés de l'île comme dans une cérémonie japonaise. J'ai vu mon premier pivert rayé : il semblait se demander à quelle espèce d'oiseau il appartenait. Évoquant davantage une colombe en peinture de guerre qu'un pivert par son plumage, il voletait, queue blanche relevée, attitude typique du pivert, d'une identité instable à l'autre. Quand il se posait, on croyait à un crash. Dans sa beauté bancale, il me rappelait mon ancienne petite amie, celle que j'avais vue aux prises avec un lampadaire et dont j'étais encore très épris, quoique à distance maintenant.

Depuis, j'avais rencontré une écrivaine californienne végétarienne, se décrivant elle-même comme « folle des animaux », légèrement plus âgée que moi, qui n'exprimait aucun désir particulier d'être enceinte, de se marier ou d'emménager à New York. Dès que je suis tombé amoureux, j'ai entrepris de changer sa personnalité pour la rapprocher de la mienne ; au bout d'un an, ma tentative était toujours infructueuse, mais je savais au moins que je ne risquais pas de la détruire : la Californienne sortait elle-même d'un divorce destructeur. Son indifférence à l'idée de la maternité m'évitait de regarder ma montre toutes les cinq minutes pour voir si l'heure était venue d'aborder la question de sa fécondité. C'était moi qui voulais des enfants, pas elle. Et, puisque j'étais un homme, je pouvais me permettre de prendre mon temps.

Pendant le tout dernier jour que j'ai passé avec ma mère, chez mon frère à Seattle, elle n'a cessé de me poser les mêmes questions : étais-je sûr que la Californienne était une femme pour moi ? Pensais-je que nous allions finir par nous marier ? Son divorce avait-il été déjà réellement prononcé ? Envisageait-elle d'avoir un bébé ? Et moi ? Ma mère espérait avoir un aperçu sur ce que serait ma vie quand elle-même ne serait plus. Elle n'avait rencontré la Californienne qu'une fois, dans un restaurant bruyant de Los Angeles, mais elle voulait pouvoir se dire que notre histoire allait continuer et qu'elle y aurait participé d'une certaine manière, ne fût-ce qu'en exprimant son opinion sur la nécessité pour la Californienne de divorcer sans attendre. Ma mère aimait être partie prenante, et exprimer des opinions tranchées était pour elle un moyen de ne pas se sentir exclue. À n'importe quel moment, pendant les vingt dernières années de sa vie, les membres de la famille répartis sur les trois fuseaux horaires pouvaient avoir affaire à ses opinions tranchées, devaient protester avec véhémence ou se téléphoner mutuellement pour savoir quelle position adopter.

Je ne sais quel publicitaire a imaginé que AIMEZ VOTRE MÈRE était un bon slogan écologiste à coller sur l'arrière des voitures, mais je peux affirmer qu'il n'avait pas une maman comme la mienne. Dans les années quatre-vingt-dix, quand je suivais une Subaru ou une Volvo ornée de cette admonestation accompagnée de sa photo de la Terre, j'avais l'impression de me faire gronder comme si le message avait été « La nature se demande pourquoi elle n'a pas eu de vos nouvelles depuis près d'un mois » ou « Notre planète désapprouve *fortement* votre façon de vivre » ou « La

Terre ne veut pas s'immiscer, mais… » À l'instar du monde naturel, ma mère n'était pas d'une santé à toute épreuve à l'époque où je suis né. Elle avait trente-huit ans, avait eu trois fausses couches successives et souffrait de colite ulcéreuse depuis dix ans. Elle ne m'avait pas inscrit à l'école maternelle parce qu'elle ne voulait pas être séparée de moi, même quelques heures par semaine. Elle pleura à fendre l'âme quand mes frères partirent pour la faculté. Après leur départ, je fus pendant neuf ans le dernier objet à sa disposition pour ses aspirations maternelles, ses frustrations, ses critiques, et je devins donc l'allié de mon père, que ces effusions embarrassaient. Je me mis à rouler des yeux chaque fois qu'elle disait quelque chose. Au cours des vingt-cinq années suivantes, tandis qu'elle subissait coup sur coup une phlébite aiguë, une embolie pulmonaire, deux opérations du genou, une fracture du fémur, trois autres opérations orthopédiques, la maladie de Raynaud, de l'arthrite, des coloscopies bisannuelles, des prises de sang mensuelles, un enflement facial stéroïdien, des problèmes cardiaques et un glaucome, je l'ai souvent plainte du fond du cœur, j'ai essayé de dire les choses qu'il fallait et d'être un bon fils, mais ce ne fut que lorsqu'on détecta chez elle un cancer grave, en 1996, que je me mis à faire ce que les slogans collés sur les voitures m'intimaient de faire.

Elle mourut à Seattle un vendredi matin. La Californienne, qui devait arriver dans la soirée pour passer quelques jours avec nous et apprendre à la connaître, se retrouva seule avec moi dans la maison de vacances de mon frère à Hat Island. Je fondais en larmes toutes les deux ou trois heures, j'interprétais ça comme un travail de deuil dont je me remettrais bientôt. Je m'asseyais dans l'herbe avec mes jumelles et j'observais un pinson tacheté gratter vigoureusement dans les broussailles, tel un passionné de jardinage. J'étais heureux de voir des mésanges charbonnières voleter dans les conifères, puisque, d'après mon guide, les conifères étaient leur habitat favori. Je conservais une liste des espèces que je n'avais jamais vues.

En milieu de semaine, pourtant, j'avais trouvé un passe-temps plus exaltant : je me suis mis à harceler la Californienne sur la question de la maternité et le fait qu'elle n'était pas encore officiellement divorcée. Dans le style de ma mère, qui avait le don de tirer sur la corde sensible des gens qui ne faisaient pas son bonheur, j'ai rassemblé et collationné tous les défauts et faiblesses que la Californienne m'avait confessés dans l'intimité, et je lui ai démontré que l'interaction de tous ces défauts et faiblesses l'empêchait de se prononcer *une fois pour toutes* sur notre avenir conjugal et parental. À la fin de la semaine, sept jours pleins après le décès de ma mère, je pensais avoir surmonté le plus gros de mon chagrin et j'étais donc ébahi autant qu'exaspéré par les réticences de la Californienne à s'installer à New York et à tomber enceinte immédiatement – un ébahissement et une exaspération poussés à l'extrême un mois plus tard, lorsqu'elle s'est envolée pour Santa Cruz et a refusé de revenir.

Lors de ma première visite dans la cabane où elle vivait, dans les monts Santa Cruz, j'ai regardé des colverts flotter sur la rivière San Lorenzo. J'étais frappé par la formation des couples : il y a toujours un mâle pour veiller sur une femelle picorant dans les herbes. Loin de moi l'idée de faire une croix sur le bifteck ou le bacon mais, après ce voyage, comme concession au végétarisme, j'ai décidé de ne plus manger de canard. J'ai demandé à mes amis ce qu'ils savaient sur les canards. Tous s'accordèrent à trouver que c'étaient de beaux oiseaux ; certains précisèrent toutefois que, comme animaux de compagnie, ils n'étaient pas terribles.

À New York, pendant que la Californienne se réfugiait dans sa cabane, les opinions tranchées bouillaient en moi. *Tout ce que je voulais*, c'était que nous habitions au même endroit et je serais parti de bon cœur pour la Californie *si elle m'avait seulement dit clairement* qu'elle ne voulait pas revenir à New York. Plus les mois s'écoulaient sans grossesse en vue, plus je défendais agressivement l'idée de vivre ensemble et plus j'étais agressif, plus elle était évasive. Je n'eus bientôt plus d'autre choix que de lancer un ultimatum, qui occasionna une rupture, puis un ultimatum plus définitif, qui occasionna une rupture plus définitive, puis un ultimatum définitivement définitif, qui occasionna une rupture définitivement définitive, à l'issue de laquelle je m'en suis allé marcher le long du lac de Central Park où, voyant un couple de colverts voguer côte à côte et picorer ensemble dans les herbes, j'ai éclaté en sanglots.

Ce fut seulement un an plus tard, après que la Californienne eut changé d'avis et m'eut rejoint à New York, que j'ai regardé en face les faits médicaux et admis que nous n'étions pas près d'avoir un bébé. Et même alors j'ai pensé : notre ménage est bien tel quel mais, si d'aventure j'avais envie de tenter une autre vie avec une autre femme, j'aurais une échappatoire toute trouvée : « Ne t'ai-je pas toujours dit que je voulais des enfants ? » Et ce n'est qu'après avoir eu quarante-quatre ans, l'âge de mon père à ma naissance, que j'ai commencé à me demander pourquoi, si je désirais tellement une progéniture, j'avais choisi de courtiser une femme qui avait manifesté clairement dès le début son indifférence à ce sujet. Voulais-je des enfants avec cette personne exclusivement, parce que je l'aimais ? En tout cas, selon toute apparence, mon désir d'enfants était intransférable. Je n'étais pas Henri VIII. Ce n'était pas comme si j'avais trouvé que la fécondité était un trait de caractère attachant ou un gage prometteur de conversations palpitantes à long terme. Au contraire, je rencontrais des tas de gens féconds très ennuyeux.

Finalement, hélas, vers Noël, je dus constater que mon échappatoire toute faite n'existait plus. Peut-être en trouverais-je une autre plus tard mais, pour le moment, cette échappatoire-là était barrée. Pendant un temps, dans la cabane californienne, je trouvai le réconfort dans l'aquavit, le champagne et la vodka en quantités stupéfiantes. Mais, avec l'An nouveau, vint cette question taraudante : que faire de moi-même pendant les trente prochaines années sans enfants ? Le lendemain, je me suis levé de bonne heure et je suis parti à la recherche de la macreuse eurasienne qui avait été signalée dans le sud du comté de Santa Cruz.

Mon histoire avec les oiseaux avait commencé innocemment – une rencontre à Hat Island, des échanges de jumelles avec des amis un matin à Cape Cod. Je ne fus proprement initié que par un chaud samedi de printemps, lorsque la sœur et le beau-frère de la Californienne, deux amateurs éclairés en visite à New York pour la migration printanière, m'emmenèrent en promenade à Central Park. Nous commençâmes par Belvedere Castle et, juste là, sur un paillis derrière la station météo, nous vîmes un oiseau semblable à un pinson, mais à la gorge plus claire et aux ailes roussâtres. Une rousserolle, dit le beau-frère.

Je n'avais jamais entendu parler de rousserolles. Les seuls oiseaux que j'avais remarqués au cours de mes centaines de balades dans le parc étaient des pigeons, des canards et, de loin, derrière une batterie de télescopes, les faucons à queue rouge qui étaient devenus des célébrités surexposées. C'était bizarre de voir une rousserolle étrangère, sans célébrité, sautiller au vu de tous, à cinq pas d'un sentier fréquenté, un jour où la moitié de Manhattan prenait le soleil dans le parc. J'eus l'impression d'être passé à côté de quelque chose d'important toute ma vie. Je suivis mes visiteurs dans la Promenade avec une incrédulité béate, comme dans un rêve où l'on eût disséminé des rouges-gorges, des rouges-queues, des mésanges bleues et des mésanges vertes dans les feuillages urbains en guise de décoration, où une équipe cinématographique eût laissé derrière elle des tangaras et des bruants avec la même négligence que des restes de rubans adhésifs, où des passerines eussent fait du jogging sur la Promenade, pareilles à de minuscules majorettes costumées dans une parade de la Cinquième Avenue : comme si ces oiseaux étaient juste des papiers gras multicolores que les services de nettoyage feraient bientôt disparaître pour rendre au parc son aspect normal.

Ce qui fut le cas. En juin, la migration était finie ; les oiseaux chanteurs ne volaient plus de nuit pour rallier New York à l'aube, voir de lugubres trottoirs, de lugubres fenêtres et filer vers le parc en quête de fraîcheur. Mais ce samedi après-midi m'avait appris à être plus attentif. Désormais je m'octroyais quelques minutes de plus quand je traversais le parc pour aller quelque part. À la campagne, par les fenêtres des hôtels, je regardais les ajoncs et les sumacs près des échangeurs routiers et je regrettais de ne pas avoir emporté de jumelles. Une vue sur des taillis ou un rivage rocheux me faisait bicher, je me sentais propriétaire d'un monde plein de possibilités. Il y avait de nouveaux oiseaux à chercher partout et, peu à peu, j'ai découvert les meilleures heures (le matin) et les meilleurs endroits (près de l'eau) pour observer. Malgré cela, il m'arrivait de traverser le parc sans apercevoir d'oiseau plus insolite qu'un martin roselin, littéralement pas un seul, et je me sentais mal-aimé, abandonné, trompé. (Ces stupides oiseaux, où étaient-ils ?) Puis, plus tard dans la semaine, j'avais repéré un bécasseau tacheté près de Turtle Pond, ou un harle couronné près du Réservoir, ou un héron vert dans de la boue près de Bow Bridge, et j'étais heureux.

Les oiseaux étaient ce qui restait des dinosaures. Ces montagnes de chair dont les ossements pétrifiés étaient exposés au Muséum d'histoire naturelle s'étaient remodelées au fil des âges et survivaient sous forme de loriots dans les sycomores de l'autre côté de la rue. Comme solutions au problème de l'existence terrestre, les dinosaures avaient été grandioses, mais les viréos à tête bleue, les rousserolles jaunes et moineaux à gorge blanche l'étaient davantage encore. Les oiseaux étaient des versions améliorées des dinosaures. Ils avaient de courtes vies et de longs étés. Nous aurions de la chance de laisser derrière nous de tels héritiers.

Plus j'observais les oiseaux, plus je regrettais de ne pas les avoir connus plus tôt. Quelle tristesse, quel gâchis que d'avoir passé tant de mois dans l'Ouest, à camper et à marcher parmi des lagopèdes, des solitaires et autres oiseaux fantastiques, et d'en avoir, pendant tout ce temps, remarqué et mémorisé un seul : un courlis cendré à long bec dans le Montana. Mon mariage eût été tellement différent si je m'étais intéressé à l'ornithologie ! Les oiseaux aquatiques européens eussent rendu notre année en Espagne tellement plus agréable !

C'est drôle, quand j'y pense : j'ai grandi sans m'en apercevoir à côté de Phoebe Snetsinger, la mère d'un de mes camarades de Webster Groves, qui allait devenir la plus brillante observatrice du monde. Après qu'on eut diagnostiqué chez elle un mélanome malin, en 1981, Snetsinger décida de consacrer les derniers mois de sa vie à l'ornithologie et, pendant vingt ans, entre rémissions et rechutes répétées, elle a vu plus d'espèces qu'aucun autre être humain ; sa liste approchait les huit mille cinq cents quand elle fut tuée dans un accident de la route en traquant des raretés à Madagascar. Dans les années soixante-dix, mon copain Manley avait subi l'influence de Snetsinger. En fin d'études secondaires, il avait une liste de plus de trois cents espèces, et la science m'intéressait plus que lui, mais je n'avais jamais braqué mes jumelles sur autre chose que le ciel nocturne.

L'une des explications est que les meilleurs ornithologues amateurs de mon lycée étaient de gros consommateurs de shit et d'acide. Et puis, la plupart d'entre eux étaient des garçons. L'observation des oiseaux n'était pas nécessairement une activité d'intellos (les intellos ne participaient pas aux excursions scolaires), mais le décor qui y était associé n'avait rien de galvanisant pour moi. Ni de romantique. Crapahuter à travers bois et champs pendant dix heures, regarder obstinément des oiseaux, ne parler que d'oiseaux, passer tout un samedi comme ça, c'était, socialement parlant, l'équivalent d'une carbonisation.

Là est peut-être la raison pour laquelle, dans les années qui suivirent ma rencontre avec la rousserolle, quand j'ai commencé à observer plus souvent et à rester dehors plus longtemps, j'étais secrètement honteux de ce que je faisais. Même lorsque j'en étais encore à potasser les mouettes et les moineaux, je prenais soin, à New York, de ne jamais suspendre mes jumelles à une lanière mais de les tenir discrètement dans une main et, si j'avais emporté un guide, je cachais soigneusement la première page de couverture où le mot OISEAUX s'étalait en gros caractères. Lors d'un voyage à Londres, j'ai raconté à un ami, un éditeur toujours tiré à quatre épingles, que j'avais vu un pivert manger des fourmis à Hyde Park. Il a fait la grimace et a rétorqué : « Oh, malheur, ne me dis pas que tu es un mordu. » Une amie américaine, elle aussi très élégante, s'est pris la tête entre les mains quand je lui ai parlé de ma passion pour les oiseaux. « Non, non, non, non, non, non ! dit-elle. Tu ne vas *pas* devenir un amateur d'oiseaux.

– Pourquoi ?

– Parce que ce sont des… *outch*. Ils sont tellement… *outch*.

– Mais si c'est moi et si je ne suis pas comme ça…

– Justement ! Tu vas *devenir* comme ça. Et je ne voudrai plus te voir. »

Elle pensait en partie aux accessoires, tels que la courroie élastique que les observateurs attachent à leurs jumelles pour épargner leur cou et dont le surnom, je le crains, est « le soutien-gorge ». Mais le spectre vraiment inquiétant que mon amie avait à l'esprit était la sincérité sans vergogne des amateurs d'oiseaux. La candeur de leur recherche. Leur addiction affichée. Le problème était moins aigu sur la Promenade ombragée (dont les recoins sont prisés à la fois pour observer les oiseaux le jour et draguer les homos la nuit), mais dans les endroits très publics de New York, comme le Bow Bridge, je n'osais pas mettre mes jumelles devant mes yeux pendant plus de quelques secondes. C'était trop gênant de sentir, ou d'imaginer, que mes passions secrètes étaient épiées par des New-Yorkais plus discrets que moi.

Ce fut donc en Californie que l'affaire démarra vraiment. Au lieu de m'isoler une heure par-ci par-là, je passais des journées entières à observer les oiseaux, affublé du soutien-gorge. Je réglais le réveil de la cabane californienne à une heure cruellement matinale. Manier un levier de vitesses et un thermos de café quand les routes étaient encore grises et vides, être en avance sur tout le monde, ne pas voir de phares sur la Pacific Coast Highway, être la seule voiture dans le parc national Rancho del Oso, être déjà sur place quand les oiseaux se réveillaient, entendre leurs trilles dans les bosquets de saules, les marais salants et les prairies aux chênes épars drapés de plantes épiphytes, sentir l'imminence de la beauté collective des oiseaux en attente quelque part : quelle pure joie c'était ! À New York, quand je n'avais pas assez dormi, j'avais mal au visage toute la journée ; en Californie, après mon premier regard matinal sur un gros-bec picorant ou une macreuse en plongeon, je me sentais tonifié comme par une ligne de coke impeccablement calibrée. Les jours passaient à la vitesse des heures. Je me déplaçais au rythme du soleil dans le ciel ; je croyais percevoir la rotation de la Terre. Je piquais un bref roupillon dans ma voiture et, au réveil, je voyais deux aigles dorés planer fièrement le long d'un coteau. Je m'arrêtais à une station-service, cherchais des yeux un carouge à tête jaune parmi mille oiseaux plus plébéiens et, quand la multitude effarouchée prenait son essor, je voyais un faucon émerillon se percher sur un château d'eau. Je pouvais marcher des heures dans des bois prometteurs sans rien voir ou presque, une grive, quelques roitelets, et tout à coup, alors que je me disais que cette occupation était une monumentale perte de temps, la forêt s'animait d'oiseaux chanteurs, toutes les branches étaient revivifiées : pendant un quart d'heure, chaque mouvement de feuillage était un cadeau à déballer – un pivert, un phragmite des joncs, une sittelle naine –, puis, tout aussi soudainement, la vague s'en allait, comme l'inspiration ou l'extase, et les bois retrouvaient leur calme.

Jamais, dans le passé, malgré mes efforts, la beauté de la nature ne m'avait comblé. Lors de nos randonnées dans l'Ouest, ma femme et moi avons souvent découvert des sommets inconnus des autres randonneurs, mais même alors, quand la promenade était parfaite, je me disais : « Bon, et maintenant ? » Je prenais une photo. J'en prenais une autre. Comme un homme avec une petite amie photogénique qu'il n'aime pas. Comme si, incapable de trouver la satisfaction, je pouvais au moins impressionner quelqu'un d'autre plus tard. Et, quand je commençais à me lasser, je prenais des photos mentales. J'invitais ma femme à convenir que telle ou telle vue était incroyable, je m'imaginais dans un film avec ladite vue en arrière-plan, j'imaginais que des filles que j'avais connues au lycée ou en fac regardaient ce film et m'admiraient ; mais rien ne marchait. Les stimulations restaient obstinément théoriques, comme la sexualité sous Prozac.

Maintenant seulement, voyant dans la nature le domaine des oiseaux, je comprenais de quoi il s'agissait. Le tohi de Californie à flancs roux que je regardais chaque matin au petit déjeuner, le plus banal des oiseaux bruns de petite taille, un modeste sautilleur, un émetteur de joyeux gazouillis élémentaires, m'apportait plus de plaisir que Half Dome au lever du soleil ou le front océanique de Big Sur. Le tohi en général, dans toutes ses variétés, de plumage et de mœurs assez uniformes, était un ami dont l'énergie et l'optimisme avaient transcendé les limites d'un simple corps pour animer les bords de route et les cours sur des milliers de kilomètres carrés. Et il y avait six cent cinquante autres espèces qui vivaient aux États-Unis et au Canada, une population si variée dans ses aspects, ses habitats et ses comportements – grues, martinets, aigles, bécassines – que, prise dans son ensemble, elle était une compagnie d'une richesse inépuisable. Rien ne m'avait rendu aussi heureux à la campagne.

Ma réponse à ce bonheur, naturellement, fut de me demander si je n'avais pas succombé à une manie morbide, mauvaise et fautive. Une addiction. Chaque matin, en allant à un bureau que j'avais loué à Santa Cruz, je luttais contre l'envie de m'arrêter pour observer « quelques minutes ». Voir un bel oiseau m'incitait à rester dehors pour en voir d'autres. Ne pas en voir du tout me rendait amer et triste. Le seul remède était de continuer à regarder. Si j'arrivais à ne pas m'arrêter « quelques minutes » et si mon travail avançait mal, je me disais que le soleil était déjà haut et que j'avais été stupide de m'enfermer dans un bureau. Finalement, vers midi, j'attrapais mes jumelles. Le seul moyen de ne pas me sentir coupable d'avoir gâché une journée de travail était de me concentrer entièrement sur le rendez-vous, de poser un guide ouvert contre le volant et de comparer, pour la vingtième fois, les formes de bec et les plumages respectifs des plongeons à gorge jaune et des plongeons du Pacifique. Si j'étais coincé derrière un véhicule lent ou me trompais de route, je jurais méchamment, je braquais d'un coup sec, j'écrasais les freins et j'enfonçais l'accélérateur.

Mon problème me tracassait, mais je ne pouvais pas m'arrêter. En voyage d'affaires, je me réservais des jours entiers pour observer les oiseaux, en Arizona, dans le Minnesota, en Floride, et ce fut là, dans ces virées solitaires, que mon histoire d'amour avec les oiseaux commença à soulager le chagrin que je cherchais à fuir. Phoebe Snetsinger, dans son mémoire pertinemment intitulé *Instants volés pour observer les oiseaux*, a montré combien les grandes régions d'habitat aviaire qu'elle avait visitées dans les années quatre-vingt étaient rétrécies ou détruites à la fin des années quatre-vingt-dix. En roulant sur de nouvelles artères, en voyant toutes ces vallées envahies par l'urbanisation, tous ces habitats naturels éradiqués, j'étais de plus en plus consterné par le sort de la faune ailée. Les oiseaux de bas vol périssaient par dizaines de milliers sous les griffes des chats domestiques et sauvages ou se faisaient écraser sur un réseau routier en constante expansion, les oiseaux de moyen vol se démantelaient contre les relais de téléphonie mobile et les éoliennes, les oiseaux de haut vol percutaient des gratte-ciel illuminés, confondaient les parkings luisants de pluie avec des étangs ou se posaient dans des « refuges » où des hommes bottés s'alignaient pour leur tirer dessus. Sur les routes d'Arizona, les véhicules les plus polluants se signalaient par des drapeaux américains et des autocollants du genre SI VOUS NE POUVEZ PAS LES NOURRIR, NE LES ÉLEVEZ PAS. L'administration Bush proclama, au sujet de la loi sur les espèces en danger, que le Congrès n'avait jamais eu l'intention de gêner le commerce si des emplois locaux étaient en jeu – en d'autres termes, que les espèces en danger ne bénéficieraient de la protection fédérale que sur les terres ne présentant aucune valeur commerciale. Le pays dans son ensemble était devenu tellement hostile aux déshérités que nombre d'entre eux votaient maintenant contre leur propre intérêt économique.

La difficulté pour les oiseaux, dans un tel climat politique, est qu'ils sont profondément pauvres. Pour le dire tout net, ils vivent d'insectes. Et de vers, de graines, d'herbes, de bourgeons, de rongeurs, de vairons, de miettes et d'ordures. Quelques espèces chanceuses – que les observateurs appellent « oiseaux poubelles » – trouvent leur subsistance dans les quartiers urbains mais, pour en trouver de plus intéressantes, mieux vaut aller dans des endroits pittoresques : déversoirs d'égouts, déchetteries, mares de boue puantes, voies ferroviaires de garage, bâtiments désaffectés, marécages, ronces, toundra, clairières de mauvaises herbes, rochers moussus des lagons, plaines arides, tas de fumier dans les fermes laitières, déserts tord-chevilles. Les espèces qui résident dans ou autour de ces volières-ghettos sont elles-mêmes assez chanceuses. Ce sont les oiseaux aux goûts plus onéreux, les guifettes et les pluviers qui aiment les bords de mer, les alques et les chouettes qui nichent dans les vieilles forêts, ce sont ceux-là qui finissent sur les listes des espèces en danger.

Non seulement les oiseaux veulent profiter de notre précieux territoire, mais encore ils sont dans l'incapacité de payer des droits. Dans le Minnesota, au nord de Duluth, par un matin gris où la température avoisinait moins 12 degrés, j'ai vu un clan de becs-croisés des sapins à ailes blanches, un déploiement de rouges, d'ors et de verts tamisés, voler vers la cime d'un épicéa enneigé. Ils pesaient moins d'une once chacun, ils avaient passé l'hiver dehors, ils étaient très chics dans leurs manteaux de plumes et les pommes de pin leur paraissaient délicieuses ; pourtant, tout en enviant leur sociabilité dans la neige, je m'inquiétais pour leur sécurité dans l'avenir centré sur le profit que leur préparaient les conservateurs à Washington. Dans cet avenir, un petit pourcentage de personnes gagneront le gros lot – la Lincoln Navigator, la maison avec un atrium de deux étages et une pelouse de deux hectares, la résidence secondaire à Laguna Beach – et tous les autres se verront offrir des simulacres électroniques de luxes inaccessibles. La difficulté évidente pour les becs-croisés, c'est qu'ils ne *veulent* pas de la Lincoln. Ils ne *veulent* pas de l'atrium ou des commodités de Laguna. Ce qu'ils veulent, c'est des forêts boréales où ils puissent ouvrir des pommes de pin avec leurs becs de perroquets du Nord. Quand notre carbone atmosphérique aura réchauffé la température planétaire de quelques degrés, quand nos dernières forêts boréales intactes auront succombé aux insectes enhardis par des hivers plus courts et que les becs-croisés n'auront plus d'habitat, la « société de propriétaires » ne les aidera pas. La mondialisation du libre-échange n'améliorera pas leur mode de vie. Même la pathétique loterie d'État ne sera pas un espoir pour eux.

En Floride, à l'Estero Lagoon de Fort Myers Beach où, d'après mon guide, je devais trouver des « centaines » de vanneaux et de pluviers de Wilson, je n'ai eu droit qu'à la sono du Holiday Inn de front de mer braillant une chanson de Jimmy Buffett et à une troupe de mouettes errant sur le sable blanc derrière l'hôtel. C'était la « happy hour ». Comme je scrutais la troupe, pour m'assurer qu'elle était constituée uniquement de mouettes communes et rieuses, une touriste vint prendre des photos. Elle s'approchait de plus en plus, absorbée par ses clichés, et la troupe s'éloigna, d'abord en un mouvement amibien, puis par sautillements accélérés, avec des murmures de déplaisir, avant de pousser des cris d'alarme quand la femme se baissa avec son appareil de poche numérique. Comment ne voyait-elle pas que les mouettes voulaient être tranquilles ? Il est vrai qu'elles ne semblaient pas importunées par Jimmy Buffett. L'animal qui désirait vraiment qu'on lui foute la paix, c'était moi. Plus loin sur la plage, cherchant toujours les foules promises de vanneaux et de pluviers de Wilson, je suis tombé sur une étendue de sable boueux particulièrement peu attrayante où il y avait quelques oiseaux de littoral moins rares, bécasseaux variables, bécasseaux minuscules et pluviers semi-palmés dans leur plumage hivernal brun-gris. Bivouaquant entre de hauts immeubles d'habitation et des hôtels, contemplant la plage dans des postures d'accablement assoupi, tête baissée, yeux mi-clos, ils ressemblaient à une bande d'inadaptés sociaux. Prémonition d'un avenir dans lequel les oiseaux devront soit collaborer avec le monde moderne soit s'en aller mourir tranquillement quelque part ? Ce que je ressentais pour eux était au-delà de l'amour. Je m'identifiais carrément. Les troupes bien acclimatées d'oiseaux collaborateurs de Floride, tant les pigeons poubelles et les étourneaux poubelles que les plus élégants mais non moins apprivoisés pélicans et cormorans, m'apparaissaient maintenant comme des traîtres. Cette bande mêlée de modestes piafs et pluviers sur la plage me rappelait les humains que j'aimais le mieux : ceux qui ne s'adaptaient pas. Ces oiseaux n'étaient peut-être pas capables d'émotions mais, à les voir ainsi, assiégés, peu nombreux, mes amis laissés-pour-compte, je me sentais l'un d'eux. On m'avait dit qu'il fallait se méfier de l'anthropomorphisme, mais je ne savais plus pourquoi. De toute façon, l'anthropomorphisme consiste à se projeter dans d'autres espèces, non l'inverse. Avoir tout le temps faim, être fou de sexualité, ne pas croire au réchauffement de la planète, avoir la vue courte, vivre sans penser à ses petits-enfants, passer la moitié de son temps à se pomponner, être perpétuellement sur ses gardes, être compulsif, être conditionné, être avide, ne pas être impressionné par l'humanité, préférer sa propre espèce : voilà autant de manières d'être comme un oiseau. Plus tard dans la soirée, dans la Naples cossue et nécropolitaine, sur un trottoir devant un hôtel dont les portes d'ascenseur étaient décorées d'immenses photos en gros plan d'enfants mignons tout pleins et de l'injonction trisyllabique SOURIEZ, j'ai repéré deux adolescentes désœuvrées, deux midinettes en plumage gothique, et j'aurais voulu les présenter aux inadaptés brun-gris sur la plage.

Quelques semaines après avoir entendu Al Gore à la Société pour la culture éthique, je suis retourné au Texas. D'après mon nouveau logiciel de listing d'oiseaux Avi-Sys 5.0, le martin-pêcheur vert que j'avais vu à la dernière heure de mon excursion avec Manley était mon trois cent soixante-dixième oiseau nord-américain. J'approchais de la barre satisfaisante des quatre cents espèces, et le meilleur moyen pour l'atteindre sans attendre la migration printanière était de repartir pour le Sud.

Le Texas me manquait. Pour une personne avec un « problème oiseau », il y avait dans cette région quelque chose d'étrangement rassurant. La basse vallée du Rio Grande comportait certaines des terres les plus laides que j'eusse jamais vues : de mornes étendues plates d'agriculture industrielle et de lotissements à vil prix traversées par la Route 83, un viaduc mal fini flanqué de routes à trois voies, de Machinburger, d'entrepôts, de panneaux publicitaires clamant RAJEUNISSEMENT VAGINAL ou LA FOI PLAÎT À DIEU ou DÉPÔT INTERDIT

(« Apportez vos ordures à la déchetterie »), de centres-villes pourris où seuls les magasins de chaussures discount semblaient en activité et de centres commerciaux en fausse brique tellement lugubres qu'on se demandait s'ils étaient encore en construction ou s'ils avaient déjà fait faillite. Pourtant, pour les oiseaux, la vallée était une destination trois étoiles Michelin : vaut le détour ! Le Texas était le fief du président Bush et du chef de la majorité parlementaire Tom DeLay, deux personnes que nul n'avait jamais prises pour des amis de l'écologie ; ses propriétaires fonciers étaient notoirement hostiles à la réglementation fédérale ; et, malgré cela, c'était l'État où, en roulant bien, vous pouviez totaliser deux cent trente espèces d'oiseaux en une seule journée. Il y avait de prospères sociétés Audubon, le plus grand tour-opérateur du monde pour l'observation des oiseaux, des campings et des parcs de caravanes spéciaux pour ornithologues amateurs, vingt festivals aviaires annuels, et la Great Texas Coastal Birding Trail, une piste qui serpentait sur deux mille cent miles entre des installations pétrochimiques, des coques de supertanker et des exploitations d'agrumes géantes, de Port Charles à Laredo. La division entre nature et civilisation ne semblait pas troubler le sommeil du Texas. Même les fervents amateurs d'oiseaux du Texas en parlaient collectivement comme d'une « ressource ». Les Texans aimaient employer l'oxymoron « *management* de la vie sauvage ». Ils pratiquaient la chasse et, pour eux, l'observation des oiseaux en était une version non-violente. Ils ouvraient des yeux ronds quand je leur demandais s'ils s'identifiaient aux oiseaux et se sentaient une parenté avec eux ou si, au contraire, ils voyaient en eux des êtres complètement différents. Ils me priaient de répéter la question.

J'ai pris l'avion pour McAllen. Après avoir revisité les refuges que j'avais vus avec Manley et emmagasiné des spécialités telles que le pauraque (n° 374), la chouette elfe (n° 379) et le canard siffleur fauve (n° 383), j'ai mis le cap au nord pour ratisser un territoire où le viréo à tête noire (n° 388) et la paruline à tête cendrée (n° 390), deux espèces menacées, signalaient leurs positions par des chants. Nombre de mes meilleures observations, toutefois, eurent lieu sur des terrains privés. L'ami de l'ami d'un ami me fit explorer son ranch de quatre mille hectares près de Waco, ce qui me permit de relever trois nouvelles espèces de bécasses dans des marais qu'il avait créés grâce à des subventions fédérales. Au King Ranch, dont les terres sont plus vastes que Rhode Island et comprennent cinquante mille hectares d'habitat côtier pour oiseaux migrateurs, j'ai payé 119 dollars pour avoir l'occasion de voir ma première chouette naine ferrugineuse et mon premier tyranneau imberbe nordique. Au nord de Harlingen, j'ai rendu visite à d'autres amis d'amis d'amis, un dentiste pour enfants et sa femme qui avaient fondé un refuge privé sur deux mille cinq cents hectares de maquis. Ils avaient creusé un lac, converti d'anciens affûts de chasse en affûts pour photographes et planté de grands parterres de fleurs pour attirer les oiseaux et les papillons. Ils me parlèrent de leurs efforts pour rééduquer certains de leurs voisins qui, comme mon père dans les années soixante-dix, avaient pris en grippe les bureaucrates de l'environnement. Être texan, c'était s'enorgueillir de la beauté et de la diversité de la faune sauvage texane, et le couple pensait que la mentalité conservatrice des propriétaires de ranches texans avait juste besoin d'être titillée.

Cela, évidemment, c'était un axiome du conservatisme volontariste – si le gouvernement lâche la bride aux individus, ceux-ci seront ravis de prendre leurs responsabilités – qui ne me semblait ni réaliste ni désintéressé. De loin, à New York, dans le brouillard de la politique contemporaine, j'aurais probablement catalogué le dentiste et sa femme, qui étaient des partisans de Bush, comme mes ennemis. Mais, de près, le tableau était plus complexe. D'abord, j'aimais tous les Texans que je rencontrais. Ensuite, je commençais à me demander si, aussi pauvres qu'ils fussent, les oiseaux ne préféraient pas tenter leur chance dans une Amérique radicalement privatisée où la répartition des revenus serait encore plus inégale, la taxe foncière abrogée et où les grands propriétaires terriens seraient capables de préserver leurs chênaies et leurs immenses maquis pour les louer à de riches chasseurs. C'était assurément très plaisant d'observer les oiseaux dans un ranch privé ! Loin des pique-niqueurs et des bus de collégiens ! Loin des motards, des randonneurs, des promeneurs de chiens, des bécoteurs, des salisseurs, des fêtards, des masses indifférentes aux oiseaux ! Les clôtures qui les tenaient à l'écart n'étaient pas des obstacles pour les grives et les troglodytes mignons.

Ce fut pourtant sur une propriété fédérale que j'obtins ma quatre centième espèce. Dans le village de Rockport, dans la baie d'Aransas, je suis monté à bord d'un bateau à faible tirant d'eau, le *Skimmer*, dont le capitaine était un jeune homme affable nommé Tommy Moore. Les autres passagers étaient de vieilles dames enthousiastes et leurs maris silencieux. S'ils avaient pique-niqué dans un endroit où je pistais une rareté, je ne les aurais peut-être pas aimés, mais ils étaient sur le *Skimmer* pour regarder des oiseaux. Tandis que nous traversions les eaux grises des hauts-fonds et approchions d'un groupe de grands hérons bleus – des oiseaux si communs que je ne les remarquais presque plus –, les femmes se mirent à pousser des cris d'étonnement et de

plaisir : « Oh ! Oh ! Quels oiseaux magnifiques ! Oh !
Regardez ça ! Oh ! Mon Dieu ! »

Nous nous arrêtâmes le long d'un très grand marais
salant vert. Au loin, enfoncées dans les herbes, craque-
taient deux grues adultes dont les poitrines blanches, les
longs cous robustes et les têtes rousses réfléchissaient la
lumière du soleil, la renvoyaient vers mes jumelles et
mes rétines, ce qui me permit de revendiquer la grue
comme mon n° 400. L'une des deux se penchait, apparemment intriguée par quelque chose dans les hautes
herbes ; l'autre semblait scruter l'horizon avec inquié-
tude. Leur attitude me rappelait des parents oiseaux que
j'avais vus en détresse ailleurs – deux geais sur la Promenade, battant des ailes furieusement mais en vain
pendant qu'un ragondin mangeait leurs œufs ; un plongeon tremblant, sur le qui-vive, assis dans l'eau au bord
d'un lac du Minnesota en pleine inondation, s'obsti-
nant à couver des œufs qui ne pourraient pas éclore –
et le capitaine Moore expliqua que le petit de ces deux
grues semblait avoir souffert : elles n'avaient pas bougé
de là depuis plus d'une journée et la jeune grue était
invisible.

« Elle est peut-être morte ? dit l'une des femmes.

– Les parents ne seraient plus là si elle était morte »,
répondit Moore.

Il sortit sa radio et alerta le bureau du Refuge national d'Aransas, qui l'informa que le biologiste spécia-
liste des grues était en train d'enquêter.

« D'ailleurs, nous dit Moore en rangeant la radio, le
voici. »

À six ou sept cents mètres de là, à l'autre bout d'un
bassin, tête basse, une silhouette humaine avançait
avec une extrême lenteur. Le voir là, dans un territoire
fédéral hautement surveillé, était aussi déconcertant
que voir un micro apparaître dans le champ d'une
scène de film palpitante, un machiniste baguenaudant

derrière Jason et Médée. Le genre humain devait-il s'insérer *partout* ? En payant mon billet trente-cinq dollars, j'espérais une illusion de nature plus parfaite.

Le biologiste, quant à lui, qui s'approchait des grues, seul dans ses cuissardes, n'avait pas l'air gêné le moins du monde. En s'efforçant d'enrayer l'extinction des grues, il faisait simplement son métier. Un boulot assez désespéré, en un sens. Il restait environ trois cent cinquante grues de ce type sur la planète et, même si ce chiffre était en net progrès par rapport aux vingt-deux dénombrées en 1941, les perspectives à long terme pour n'importe quelle espèce avec d'aussi maigres ressources génétiques étaient affligeantes. Il s'en fallait d'une fonte de calotte glaciaire pour que la réserve d'Aransas tout entière devînt une zone de ski nautique, il s'en fallait d'une tempête grave pour qu'elle devînt un abattoir. Néanmoins, comme le capitaine Moore nous l'expliqua joyeusement, des scientifiques avaient pris des œufs de grue dans des nids du Canada occidental et les avaient incubés en Floride, où il y avait maintenant une troupe de trente oiseaux totalement manufacturés, et, puisque les grues ne connaissaient pas naturellement les itinéraires de migration (chaque nouvelle génération l'apprend en suivant ses parents), ces scientifiques avaient essayé de dresser les grues à suivre un avion vers un second séjour estival dans le Wisconsin…

Savoir qu'une chose est condamnée et tenter gaiement de la sauver quand même : c'était caractéristique de ma mère. Je m'étais enfin mis à l'aimer vers la fin de sa vie, pendant son année de chimio et radiothérapie, une année de solitude pour elle. J'avais admiré son courage. J'avais admiré sa volonté de guérir et son extraordinaire résistance à la douleur. J'avais été fier d'entendre sa sœur me dire : « Ta mère a plus belle allure deux jours après son opération de l'abdomen que moi dans un dîner en ville. » J'avais admiré son habileté et son impassibilité au bridge, où elle affichait la même mine déterminée quand elle maîtrisait le jeu et quand elle était dans les choux. La dernière décennie de sa vie, qui commença avec la démence de mon père et s'acheva avec son propre cancer du côlon, fut une mauvaise donne qu'elle joua comme une main gagnante. Pourtant, même vers la fin, je ne supportais pas d'être près d'elle plus de trois jours d'affilée. Bien qu'elle fût mon dernier lien vivant avec un réseau de parentèle et de traditions du Midwest qui commenceraient à me manquer dès qu'elle aurait disparu, et bien que, lorsque je la vis pour la dernière fois en avril 1999, le retour de son cancer l'eût considérablement amaigrie, je m'appliquais à arriver à St. Louis le vendredi après-midi pour repartir le lundi soir. Pour sa part, elle était habituée à mes départs et ne s'en plaignait pas trop. Mais elle avait toujours pour moi les mêmes sentiments, ceux que je n'éprouverais moi-même qu'après son décès. « Je déteste le passage à l'heure d'été quand tu es là, me dit-elle en m'accompagnant à l'aéroport, parce que ça signifie une heure de moins avec toi. »

Tandis que le *Skimmer* remontait le chenal, nous pûmes approcher d'autres grues d'assez près pour les entendre croquer des crabes bleus, la base de leur régime d'hiver. Nous vîmes un couple se livrer à une gracieuse parade sexuelle semi-aérienne. Suivant l'exemple des autres passagers, j'ai sorti mon appareil photo et j'ai dûment pris quelques clichés. Mais tout à coup – peut-être parce que j'avais atteint la barre des quatre cents espèces – j'en ai eu marre des oiseaux et de l'ornithomanie. Sur le moment du moins, j'étais prêt à rentrer à New York, parmi les miens. Chaque journée heureuse avec la Californienne aggravait un peu plus la perspective de nos pertes futures, chaque heure approfondissait ma tristesse de voir nos vies fuir trop vite, de sentir la mort approcher à grands pas, et pourtant j'étais impatient de la voir : de poser mes sacs derrière la porte, d'aller la trouver dans son bureau, où elle serait probablement occupée à éplucher son interminable liste d'e-mails, et de l'entendre me dire, comme toujours quand je rentrais : « Alors ? Qu'est-ce que tu as vu ? »

Table

COMPOSITION : NORD COMPO MULTIMÉDIA
7 RUE DE FIVES - 59650 VILLENEUVE-D'ASCQ

Cet ouvrage a été imprimé en France par
CPI Bussière
à Saint-Amand-Montrond (Cher)
en août 2014.
N° d'édition : 98183-4. - N° d'impression : 2010829.
Dépôt légal : septembre 2008.

Éditions Points

Le catalogue complet de nos collections est sur Le Cercle Points, ainsi que des interviews de vos auteurs préférés, des jeux-concours, des conseils de lecture, des extraits en avant-première…

www.lecerclepoints.com